ENDES DES GEISTES

DIE RIVEN TRILOGIE
BUCH DREI

A.R. KNIGHT

ANDERE WELT

Ich war noch am Leben gewesen, als ich ihre Lippen zum letzten Mal küsste. Weich, kühl bei der Berührung. Meine waren wahrscheinlich genauso. Selenas Augen jedoch hatten noch Leben. Ihre Seele war noch da. Meine auch.

Wir trennten uns und holten unsere Sachen aus der grauen, aschigen Wohnung. Ich schlüpfte in meinen langen schwarzen Mantel, eine Erinnerung an etwas, das ich nicht mehr war. Ein Führer, der die Geister der Toten der Erde, die in Riven feststeckten, mitnehmen und weiterschicken sollte. Sie in den Zyklus schicken, um zu verhindern, dass sie diese Welt überfüllen. Diesen großartigen, trostlosen Ort.

Mein Zuhause.

Ich hakte meine Peitsche in meinen Gürtel, eine drei Meter lange Schnur, die sich am Ende in Metallspitzen teilte. An meiner linken Seite steckte ich ein langes Messer, einen halben Meter spitze Verzweiflung. Auf meinen Rücken kam das große Schwert, das ich dem Mann abgenommen hatte, der mich getötet hatte. Das Schwert war halb so groß wie ich und brauchte beide Hände zum Schwingen. Seine schwarzsilberne Metallklinge wäre schwer gewesen, aber ohne einen echten Körper und dessen Einschränkungen hatte ich keine Probleme, die Waffe zu heben.

Ich wurde nicht mehr müde.

Meine Armbrust hing über dem Schwert, drei Sätze Bolzen schlangen sich um den Schaft. Normale schwarzspitzige Pfeile, die dazu bestimmt waren, allem, was sie trafen, spitzen Schmerz zuzufügen. Als nächstes kamen blaue, bereit, zappelndes Feuer auszuspucken, das einen Geist zu seinem friedlichen Ende bringen würde. Zuletzt kamen orangefarbene. Ein Schuss, der für mich genauso gefährlich sein konnte wie für den Feind. Meine Lieblinge.

„Bist du sicher, dass wir das tun sollten?", fragte Selena, als sie ihr Hackbeil – so lang wie ein Messer und so dick wie mein Schwert, mit beißenden Rillen an der Vorderkante – in sein Holster am vorderen Mantelaufschlag steckte.

„Ich weiß es nicht", sagte ich. „Aber wenn Nara keine Idee hat, stecken wir fest. Überall brechen Risse auf, und die Führer haben nicht die Zahlen. Wir brauchen ein Wunder, und wenn du in den letzten paar Stunden keins ausgedacht hast, ist dieser Geist unsere beste Chance."

Ich erwähnte den anderen Grund für die Eile nicht. Die Stimme, die am Rande meines Verstandes flüsterte und mich aufforderte, alles fallen zu lassen und den langen Weg in die Vergessenheit anzutreten. Der Zyklus murmelte, war immer da. Ein honigsüßes Flüstern, das mich einlud, meine Sorgen aufzugeben und den Frieden zu umarmen.

Und sie sagten, die Toten hätten keine Sorgen.

„Ist er heute stark?", bemerkte Selena meine geschlossenen Augen. „Schlimm?"

Sie fragte mich jeden Morgen. Ihre Leidenschaft hielt den Zyklus in Schach. Wenn ich mich auf sie konzentrierte, auf das, was Selena sagte, was wir hatten, dann würde der Sirenenruf des Zyklus schwächer werden. Selena gab mir einen

Grund zu bleiben, einen weitaus überzeugenderen als den Drang des Zyklus zu gehen.

„Nicht schlimmer als sonst." Ich fuhr mir mit der Hand übers Gesicht und warf ihr ein schiefes Lächeln zu.

Selena starrte mich einen Moment lang hart an. Sie wusste, wenn ich ihr nicht die ganze Wahrheit sagte. Ich hatte jetzt aber keine Zeit für diese Diskussion. Es gab Größeres, um das man sich Sorgen machen musste.

„Bist du fertig?", ich bewegte mich zur Tür. „Alec und Anna sollten bald kommen."

„Du bist derjenige mit einem Dutzend Waffen." Selena brauchte keine Klingen, um tödlich zu sein, obwohl die beiden, die sie trug, genug waren. Ein harter Blick aus diesen eisigen Augen, und jeder Geist sollte davonlaufen.

LABORARBEIT

Wir verließen die Wohnung, die sich im obersten Stockwerk eines dreistöckigen Gebäudes befand, das wir hektisch instand hielten, während der Rest der Stadt um uns herum zerfiel. Rivens graues Licht brannte durch die glaslosen Fenster, allgegenwärtig und leblos. Eine Erinnerung an das, was ich verloren hatte, als Piotr mich ermorden ließ. Die Farbe des Sonnenaufgangs, das Zwitschern der Vögel am Morgen, sogar das Dröhnen und Rumpeln des vorbeifahrenden Verkehrs. Riven stand als stille Ruine da.

Die meisten Gebäude in der Stadt verfielen nach Jahrhunderten ohne Pflege. Zerstört durch Kämpfe, durch die gequälte Zerstörung wütender Geister oder dem Verfall überlassen nach Rivens mysteriösen Gesetzen. Normalerweise war der graue Himmel eine leere Fläche, aber jetzt sprenkelten Funken seine trübe Unendlichkeit mit farbigen Ausbrüchen. Führer, die sich über Straßen und Meilen von Häuserblocks hinweg alarmierten und miteinander kommunizierten. Sie ließen andere von einem Durchbruch wissen, einem Schwarm wütender Geister, die auf Rache oder Chaos oder beides aus waren.

Im Erdgeschoss betraten wir ein geschäftiges Labor, einen großen quadratischen Raum voller blubbernder Maschinen, verschlungener Metallkonstruktionen und feuriger Schmieden. Geräte, die in Rivens harter Welt von einem Verrückten konstruiert wurden, den ich vor Jahren gefunden hatte.

Nicholas Salzer blickte auf, als wir hereinkamen, und winkte kurz, bevor er sich wieder einem großen Stück Stoff zuwandte, das er auf einem Tisch ausgebreitet hatte. Er hielt einen Stock mit einem verbrannten Ende in der Hand. Papier war in Riven schwer zu finden, also benutzte man alles, was dunkle Asche einfing.

„Was beschäftigt deinen Geist gerade so?", fragte ich, und Nicholas hielt inne, drehte sich zu mir um mit einem abwesenden Blick, wie ein Mann, der aus den Tiefen der Konzentration auftaucht.

„Ich versuche, einen guten Weg zu finden, um dieses Problem zu lösen", sagte Nicholas und hielt den Aschestab hoch, als würde das alles erklären.

„Dieses Problem?", ich versuchte einen Blick auf das zu erhaschen, was er schrieb, aber die Flut von Mathematik, die auf dem Stoff geätzt war, war mir fremd.

„Die Geister", sagte Nicholas. „Es scheint, der Engpass ist einfach, dass der Zyklus zu lange dauert. Dass den Geistern erlaubt wird, über ihr Verfallsdatum hinaus zu bleiben."

„Du hast das Offensichtliche entdeckt." Selena lehnte sich an die Wand, die Arme verschränkt. „Aber was willst du dagegen tun?"

„Genau das versuche ich gerade herauszufinden." Nicholas sprach zum Tisch, uns den Rücken zugewandt. „Wenn ich eine passende Hypothese habe, werde ich euch gerne davon in Kenntnis setzen."

Eine forschende Frage kam mir in den Sinn, aber bevor ich sie stellen konnte, brach der Wissenschaftler in rhetorisches Gemurmel aus. Zweifellos für seine Gleichungen gedacht. Ich warf Selena einen Blick zu und zuckte mit den Schultern. Nicholas war sein eigener Herr und er duldete keine Unterbrechungen.

„Draußen warten?", sagte Selena. Ich nickte.

Das Labor öffnete sich zu einer breiten Straße, auf beiden Seiten von verschiedenen Gebäuden gesäumt, die eine niedrige Schlucht bildeten. Gelegentlich wanderte ein Geist auf und ab, verloren aussehend oder in seltenen Fällen vor sich hin brabbelnd. Riven kannte keine Vorurteile. Geister von überall konnten, nun ja, überall auftauchen. Du konntest die Straße entlanggehen und auf der einen Seite einen Soldaten aus dem Krieg sehen und auf der anderen einen Stammesangehörigen aus einem Land, von dem du nicht einmal wusstest, dass es existierte. Das Jenseits war der ultimative Schmelztiegel.

Doch unter den aschgrauen Flocken und leeren Bürgersteigen waren Alec und Anna nirgends zu sehen.

DURCHBRUCH IN DER GASSE

Der Himmel war frei von Funken. Keine panischen Rufe hallten die Allee hinunter. Unerklärliche Abwesenheiten in Riven führten normalerweise zu düsteren Schlussfolgerungen, aber ich klammerte mich an einen angenehmeren Grund.

„Hab ich die Zeit aus den Augen verloren?", fragte ich.

Riven hatte keine Uhren, keinen Tag oder sternenklare Nächte, an denen man den Verlauf der Stunden ablesen konnte. Nur meine Intuition, dieses allgemeine Gefühl für das Fortschreiten der Geschichte, bewahrte mich davor, jegliche Vorstellung davon zu verlieren, wann ich war.

„Es fühlt sich richtig an", sagte Selena. „Was keine Garantie ist."

Früher, als ich noch am Leben war, hatte ich die Zeit gespürt. Mein Körper, noch auf der Erde, auf der anderen Seite, hätte mir gesagt, wann ich aufwachen sollte. Wann ich zurückkehren sollte. Anna hatte diesen Körper irgendwo begraben. Oder verbrannt. Ich hatte sie nie gefragt, was damit passiert war, und sie hatte es mir nicht erzählt. Ich hatte auch nie vor, es zu tun.

Wir schrien beide gleichzeitig auf, als wir Anna sahen, wie sie aus einer Gasse einen halben Block entfernt stolperte und sich die Seite hielt. Blutende Kratzspuren, die gezackten Linien von Fingernägeln, die durch ihren Mantel rissen. Ihr Morgenstern, Kette und Stachelkugel ausgefahren, schleifte am Boden. Sie humpelte.

„Alec braucht Hilfe", sagte Anna, als wir zu ihr liefen. „Es gibt einen Durchbruch gleich da hinten. Er hat sich direkt über uns geöffnet."

Wir zögerten nicht. Ich rief zurück ins Labor, sagte Nicholas, er solle rauskommen und Anna helfen, und dann rannten Selena und ich los. Unsere Füße hämmerten auf die Steine. Wir tauchten zwischen den Gebäuden hindurch. Kamen in eine Hintergasse und sahen dann den Durchbruch zu unserer Rechten. In einer kleinen Lichtung, die entstanden war, als die hinteren Hälften einiger Gebäude zu einem großen Trümmerhaufen zusammengestürzt waren. Jetzt bedeckte ein glühendes Becken diese zerbrochenen Bretter und Steine, nur dass die Oberfläche statt Wasser einen Teil der Erde widerspiegelte.

Geister kletterten durch den Durchbruch, ihre Hände erhoben sich in Riven wie Schwimmer, die aus dem Wasser auftauchen. Menschen, die durch Gewalt, Krankheit oder einfach nur Altersschwäche starben. Normalerweise über ganz Riven verstreut, zogen die Durchbrüche die Geister zusammen. Zogen sie in einzelne Gebiete, wo ihre Verwirrung, ihre Wut und Verzweiflung über ihre verlorenen Leben einander anstachelten und sie in die hysterische Raserei trieben, die die Toten so gefährlich machte. Sie kamen in zerrissenen Kleidern, in Uniformen, jung und alt herüber, so wie die Geister sich selbst sahen, als sie diese letzte Grenze zwischen Leben und Verlust überschritten.

Ein Führer stand inmitten dieser greifenden Hände, knurrenden Münder und wilden Augen. Alec sprang von einem Geist zum nächsten und verteilte eine Serie kurzer Schläge mit den gerippten Panzerhandschuhen, die seine Fäuste und Unterarme umhüllten. Stacheln auf diesen Handschuhen brannten mit blauem Feuer, das jeden Geist, den sie berührten, einhüllte und die Wut in diesen toten Augen wegbrannte. Befriedete sie und schickte die Geister auf ihren letzten Gang zum Zyklus.

Es wäre einfach gewesen, diesem Tanz zuzusehen, zurückzubleiben und Alec zu bewundern, wie er einen Geist nach dem anderen bändigte. Nur konnten wir den Tribut sehen. Hier und da erschienen Schnitte, wenn eine Hand oder eine andere einen glücklichen Hieb landete. Ein Seitenschritt, der einem plumpen Tackling auswich, führte Alec in den Biss eines anderen Geistes. In Riven in der Unterzahl zu sein, war ein Todesurteil, egal wie gut der Führer war.

Selena und ich wateten von beiden Seiten hinein. Ich schlug zuerst mit der Peitsche zu und schickte ihre spitze Spitze aus, die sich um einen Geist wickelte, der nach Alecs Rücken griff. Die Peitsche schlang sich um den Arm des Geistes und ihre Spitze biss sich in seine Schulter. Der Geist, ein schicker Herr in einem Anzug, der aussah, als käme er direkt von einer Hochzeit, drehte sich um und knurrte mich an. Seine Augen brannten mit dem blassen Feuer, ein verlorener Verstand.

Ich drehte den Griff meiner Peitsche und Feuer brach entlang der Schnur aus, blaue Flammen, die dem Farbton der Augen des Geistes entsprachen. Als der Geist auf mich zustürzte, erreichte das Feuer seinen Körper und hüllte ihn in seinen reinigenden Brand. Ich spürte, wie seine Hand meine Schulter berührte, aber anstatt zu zerreißen, fiel sie weg und ich blickte in einen leeren Blick. Die leeren Augen eines befriedeten Geistes.

„Euer Eintreffen ist äußerst glücklich." Alec wich einem weiteren Geist aus und versetzte ihm drei schnelle Schläge in die Mitte, die ihn taumelnd zurückschickten, umhüllt von einem bändigenden blauen Leuchten. „Ich habe eine Tafel, und sie ist fast bereit."

Ich blickte in Selenas Richtung und sah sie mit ihrem Hackbeil in der einen und einem Messer in der anderen Hand zwischen den Geistern hin und her huschen und ihre Wut mit Stich um Stich durchtrennen. Ein wunderschöner Sturm, eine Partnerin, von der ich nie realisiert hatte, dass ich sie neben mir hatte. Ich wusste nicht, woher Selena ihre Fähigkeit nahm, aber ihr zuzusehen, wie sie sich ihren Weg durch diese greifenden Arme und spuckenden Münder bahnte, erfüllte mich mit einer Art Stolz, einer Liebe, die nur daher kommt, wenn man sieht, wie die Person, die einem am wichtigsten ist, die kühnsten Hoffnungen übertrifft.

Ja, zuzusehen, wie die Liebe meines Lebens einen Haufen toter Geister zerhackte, war der Höhepunkt meines Tages.

„Zurück", rief Alec.

Ich sah zu, wie der Führer eine Tafel von seinem Gürtel nahm, einen Steinblock mit einem Saphir in der Mitte. Ein Saphir, der in einem tiefen Blau glühte, bereit, seine Mission zu erfüllen. Den Durchbruch zu schließen und die verbleibenden Geister zu vertreiben. Alec legte sie auf den Boden und drückte auf den Saphir, als zwei weitere Geister nach seinem Rücken griffen.

Blaue Ranken schossen aus der Tafel hervor, durchbohrten die Geister und hüllten sie in Feuer. Andere schossen zum Rand des Durchbruchs, schienen in den Boden zu tauchen und das Portal zu schließen. Und dann zog Selena an meinem Arm und zog mich weg.

„Wir müssen rennen", sagte Selena. „Wenn uns dieses Ding erwischt, sind wir weg."

Meine Beine setzten sich in Bewegung und wir sprinteten die Gasse hinunter. Ich hatte es vergessen. Ich war jetzt ein

Geist. Diese Tafel würde mich genauso sicher zerstören wie unsere Feinde. So viele Regeln, die ich neu lernen musste.

„Danke", sagte ich. „Ich bin das nicht gewohnt."

„Ich bin mir ziemlich sicher, dass du es warst, der mir gesagt hat, dass Riven keine zweiten Chancen gibt", sagte Selena. „Dass ich immer auf der Hut sein muss."

„Nicht solange du in der Nähe bist", sagte ich. Selena verdrehte die Augen.

Ich blickte zurück in die Gasse und sah nichts mehr vom Portal. Nur Alec, der das Tablet aufhob. Zufriedene Geister, die ins Nichts starrten. In ein oder zwei Minuten würden sie sich auf den Weg machen und eine tagelange Reise zu einem Berg westlich der Stadt antreten. In eine Höhle und hinab in deren Tiefen, wo sie den Zyklus finden würden, einen großen blauen See.

Jeder einzelne dieser Geister würde hineinfallen und sich selbst aus der Existenz löschen.

NACH OSTEN

Soweit es Kratzer betraf, waren Annas nicht gefährlich. Risse im Mantel, ein Schnitt am Bein. Blaue Flecken an ihren Handgelenken, wo Geisterhände zu fest zugegriffen hatten. Alec hatte ähnliche Verletzungen. Der übliche Preis für unsere Arbeit in Riven heutzutage.

„Erinnerst du dich an die Zeiten, als wir schmerzfrei ein- und ausgehen konnten?", fragte Alec und starrte auf seine Wunden, während er den Kopf schüttelte. Wir standen im Labor und bereiteten uns auf unseren Ausflug zur anderen Seite der Stadt vor. „Als wir uns nur vor ein bisschen Pech fürchten mussten?"

„Ich weiß nicht, in welchem Riven du warst", sagte ich. „Es war schon immer gefährlich."

„Es hat mal Spaß gemacht", erwiderte Alec. „Jetzt gehe ich rüber, weil es mein Job ist, nicht weil ich es will."

„Du sprichst mit jemandem, der hier gefangen ist", sagte ich. „Für immer."

„Nicht wenn sie ein Loch aufreißen", sagte Anna. „Dann könntest du zurückkommen."

„Um die Welt für die kurzen Stunden zu genießen, bevor

die Toten sie vollständig überrennen", sagte ich. „Was für ein schöner Gedanke."

„Und das ist der Grund für dieses Abenteuer, oder?", fragte Alec. „Diese Frau, diese Nara, sie hat einen Weg?"

„Das werden wir herausfinden", sagte ich und warf einen Blick auf Selena. „Apropos, wir sollten uns in Bewegung setzen. Anna, wirst du klarkommen?"

„Ich schaff das schon." Anna erhob sich, ihre Schultern waren gestrafft. Ihr Kopf hoch erhoben. „Alec sollte sowieso nicht allein da draußen sein."

Das Gehen ging langsam voran. Anna musste immer noch humpeln, und wir waren vorsichtiger als sonst. Wir hielten ständig Ausschau nach Gassen und Seitenstraßen, einer von uns behielt immer unseren Rücken im Auge. Ich war beim Gehen durch Riven nie entspannt, aber jetzt stand ich unter Strom. Mein Blick huschte ständig in verschiedene Richtungen, versuchte, in alle Ecken und Schatten zu sehen.

Von der Wohnung aus gingen wir nach Osten und durchquerten den zentralen Teil von Riven. Straßen weiteten sich zu breiten Boulevards und Gebäude wuchsen auf fünf und sechs Stockwerke an. Hotels und Büros, die nie benutzt worden waren. Als hätte ein Kind sie sich ausgedacht und die Idee auf halbem Weg verworfen. Puppenhäuser ohne Puppen.

Wir sahen Führer. Führer zu Dutzenden. Sie stürmten in Teams auf aufpoppende Funken zu. Trugen Verwundete zurück dorthin, wo sie überqueren konnten, wo Führer heilen und nach einigen Stunden Pause zurückkehren konnten. Hilferufe vermischten sich mit Siegesrufen in den Korridoren zwischen den Wänden. Mehrmals hielten wir an, um Führern zu helfen, Geister zu versiegeln, eine Bresche zu schließen oder einen Haufen wütender Seelen einzufangen. Selena und ich, mit unseren Mänteln und Führerwaffen, hielten uns bedeckt. Sprachen nicht, nannten keine Namen.

Taten, was wir konnten, und vermieden es, erkannt zu werden.

Nur einmal drängte ein anderer Führer auf die Sache. Er hatte Alec erkannt und nachdem wir zusammen eine Bresche geschlossen hatten, gratulierte der Führer jedem von uns der Reihe nach. Er zögerte, als er meine zerschlagenen Gesichtszüge sah. Seine Augen, geschwollen und müde, verengten sich. Er musterte mich von oben bis unten.

„Ich kenne dieses Gesicht", sagte der Führer. „Wie heißt du?"

„Sein Name spielt keine Rolle", sagte Anna und legte ihre Hand auf meine Schulter. „Er ist bei mir. Und Alec."

Der Führer warf ihr einen Seitenblick zu. „Unsere Gesetze sind nicht freundlich zu denen, die Flüchtlingen helfen."

„Ich wusste nicht, dass ein Führer sich gegen jemanden wendet, der ihm hilft", sagte ich.

Der Führer trat einen Schritt zurück. „Ich kann eure Bemühungen nicht leugnen. Und ich habe weder die Energie noch den Wunsch, dir heute Gerechtigkeit widerfahren zu lassen. An einem anderen Morgen jedoch werde ich mich nicht zurückhalten. Du hast Leben zu verantworten, Carver Reed."

Er drehte sich um und ging weg, die anderen Führer in seiner Gruppe folgten in stillem Urteil. Seine Worte taten weh, aber der Schmerz sickerte in den gleichen tauben Teil von mir, der in den Tagen seit meiner Verbannung als Führer gewachsen war. Ich machte mir nichts vor, dass ich ein Heiliger war. Dass ich keine schrecklichen Dinge im Namen größerer Ziele getan hatte. Aber Freunde zu verlieren war nie leicht. Meinen Platz im Leben zu verlieren, schmerzte jeden Tag. Jede Stunde.

Als wir uns dem östlichen Rand der Stadt näherten, wurden die Gebäude weniger; breite Innenhöfe wurden zur

Norm. Gemusterter weißer Stein, unterbrochen von gelegentlichen Statuen oder Kuppelbauten. Der größte davon, der Palast, markierte die Stelle, wo Alec und ich vor Monaten unseren ersten Ghul bekämpft hatten. Eine Zeit, als mein Leben anders war.

Als ich noch ein Leben *hatte*.

„Wann glaubst du, wirst du zurück sein?", fragte Anna.

„Das ist eine unmögliche Frage", antwortete ich. „Nara könnte uns in fünfzehn Minuten eine Antwort geben, oder sie könnte uns fünfzehn Monate dort festhalten."

„Riven wird nicht so lange durchhalten." Alec blickte auf seine Handschuhe, als wären sie direkt für Rivens Überleben verantwortlich.

„Wir werden uns so schnell wie möglich bewegen", sagte Selena. „Ich werde nicht zulassen, dass Carver Zeit verschwendet."

„Du wirst nicht?", fragte ich. „Aber das ist meine Lieblingsbeschäftigung."

Rivens Osttor stand groß und stolz da. Ein Torbogen aus Stein, flankiert von zwei Türmen mit Zinnen. Wir vier standen unter diesem Bogen und blickten auf die hundert Meter freie Fläche, bevor die endlosen Felder mit wogendem weißen Getreide begannen. Es lag etwas Unausweichliches in dieser Haltung, das Gefühl, dass wir uns vielleicht nie wiedersehen würden. Dieser Abschied, dieser Moment, in dem sich die beiden Paare trennten, Alec und Anna, die in die kriegsgebeutelten Straßen zurückkehrten, während Selena und ich uns ins Unbekannte wagten.

„Bist du sicher, dass du nicht willst, dass ich dich binde?", fragte Anna. „Ich kann dich vom Zyklus fernhalten. Wir können über weite Entfernungen miteinander sprechen."

„Du brauchst deine Kraft", sagte ich. „Kannst es dir nicht leisten, weniger als dein Bestes zu geben. Wenn du stirbst, weil die Bindung deine Energie raubt, dann wäre ich genau da, wo ich jetzt bin. Die Bindung würde auch Selena nicht helfen."

„Wir können uns gegenseitig bei Verstand halten", sagte Selena.

„Das Gegenteil von den meisten Liebschaften, die ich kannte", fügte Alec hinzu. Wir lachten, aber es war die trockene Sorte. Leise und beladen mit zukünftigen Lasten. Trotzdem begrüßte ich die Gelegenheit zu lächeln. In meinem Kopf flüsterte der Zyklus weiter.

Er hörte nie auf.

DIE EWIGEN FELDER

Selena und ich setzten einen Fuß vor den anderen. Alec und Anna drehten sich um und verschwanden zwischen den Statuen und Säulen. Zurück in die Welt, die ich gekannt hatte. Vor uns erhoben sich Halm um Halm großes weißes Getreide. Einige größer als ich, die meisten mindestens einen Meter oder mehr hoch. Alle wogten im ewigen Wind Rivens hin und her.

Ich ging voran und schob die Halme beiseite. Es war, als würden wir uns durch einen dichten Wald oder Sumpf bewegen. Es gab einfach keine Bewegung, die ich machen konnte, ohne die Pflanzen zur Seite zu schieben. Falls man sie überhaupt so nennen konnte.

„Wie konntest du vorher so weit laufen?", fragte Selena und schlug einen Halm von ihrem Gesicht weg. „Wie hast du den Weg irgendwohin gefunden?"

„Nara hat mir geholfen", sagte ich. „Sie hat mir die Richtung gezeigt und mich den größten Teil des Weges geführt. Bis ich die Mauern sehen konnte."

„Ich erinnere mich an die Gespräche", sagte Selena. „Du

hast davon erzählt, wie endlos das alles war. Ich habe es nicht wirklich geglaubt, aber jetzt sind diese Pflanzen das Einzige, was ich sehen kann."

Als ich das letzte Mal hier durchgegangen war, waren Selena und ich miteinander verbunden gewesen. Ich war am Leben gewesen, und wir konnten unsere Gedanken und Gefühle über jede Entfernung in Riven hinweg zueinander senden. Es war mein einziger Trost gewesen, als ich allein durch das endlose Feld gewandert war. Selbst Nara, als sie da gewesen war, hatte sich weniger wie eine Gefährtin und mehr wie eine entfernte Lehrerin verhalten.

„Wenn wir sie finden", sagte ich, „lass mich zuerst mit ihr reden. Ich glaube nicht, dass sie dich erwartet."

„Denkst du, das wird ein Problem sein?"

„Ich weiß nicht, was ich denken soll." Ich teilte ein paar Halme mit meinen Händen, trat zwischen sie und hielt sie für Selena auseinander, damit sie folgen konnte. „Sie hat mir erzählt, dass sie alt sei. Hunderte von Jahren. Dass sie gesehen habe, wie Riven von Grund auf erbaut und zu dem gemacht wurde, was es jetzt ist. Sag du mir, ob du verrückt werden würdest, wenn du so lange hier drin wärst, ohne Freunde, ohne Jahreszeiten, nichts außer dem hier."

„Allein? Ich glaube nicht, dass ich einen Monat durchhalten würde. Ich glaube nicht, dass das irgendjemand würde."

„Du bist nah dran gekommen."

Selbst nachdem ich sie gefunden hatte, selbst nachdem ich Selena gebunden hatte, hatte sie die meisten Tage in Riven damit verbracht zu warten und zu beobachten. An den Wänden der Wohnung zu zeichnen; Stadtlandschaften, die sie aus ihrem Fenster sehen konnte. Ich hatte mir Sorgen gemacht, ob sie auseinanderfallen würde, ob ich sie eines Tages besuchen und Selena zerstört von der unveränderlichen Blässe dieser Welt vorfinden würde.

„Ich war schon immer eine Überlebenskünstlerin", sagte Selena. „Ich habe mich auf dich gestützt. Ich habe mich auf Nicholas gestützt. Ich habe mich auf die Erinnerung an meine Kinder gestützt und darauf, was es brauchte, sie großzuziehen."

Selena erwähnte nicht die Ehemänner, die sie ermordet hatte. Die Willenskraft, die es gebraucht haben musste, ihr Ende zu planen und tatsächlich durchzuziehen. Ein Leben nach dem anderen als weinende Witwe zurückzulassen, bis es sie schließlich einholte. Die Narbe, die über Selenas Gesicht verlief, war eine ständige Erinnerung an die Opfer, die sie gebracht, und den Schmerz, den sie erlitten hatte. Und den sie zugefügt hatte.

Vielleicht war es das, was mich zu ihr hinzog. Was uns in dieser verrückten Welt zusammenhielt. Wir beide hatten so viel verloren, hatten zerbrochene Leben und zerbrochene Träume ertragen. Es war passend, dass Riven sich als unser Zuhause erweisen würde. Der einzige Ort, an dem zwei Seelen wie wir eine Existenz aufbauen konnten. So wie sie war.

„Wie lange werden wir noch umherwandern?", fragte Selena später, als die Stadtmauern am Horizont verschwanden und wir unseren Marsch fortsetzten.

„Kommt darauf an, ob ich sie finden kann", sagte ich. „Wenn ich mich verlaufe, dann könnte es sein, dass wir einfach hier sind und uns durch die Halme kämpfen, bis Riven implodiert."

„Du flößt mir wirklich viel Vertrauen ein."

„Hey, es war deine Idee mitzukommen", sagte ich. Selena hatte tatsächlich darauf bestanden. Sie hatte erklärt, dass, wenn ich ohne sie auf eine weitere Quest ginge, eines von zwei Dingen passieren würde: Entweder würde ich wahnsinnig werden und dem ständigen Flüstern des Zyklus zum

Opfer fallen, oder sie würde es. Das machte die Wahl ziemlich einfach.

Wir drangen weiter und weiter in das riesige Feld vor, was sich anfühlte wie ein Tag oder mehr, aber ohne die Ermüdung eines Körpers oder das Muster einer Sonne, um die Zeit zu bestimmen, war es schwer zu sagen. Schließlich sahen wir beide den dünnen Rauch, der in den Himmel aufstieg. Naras Feuer. Es verbrannte das Getreide anscheinend endlos, einen Halm nach dem anderen.

Als ich durch die letzte Reihe von Halmen auf die Lichtung stieß, sah es genauso aus wie zuvor. Naras Hütte, ein Strohdachbau, stand einsam jenseits eines Feuers, das sich durch einen großen Haufen Getreide fraß. Ich war nicht sicher, ob es derselbe Haufen war, der dort gewesen war, als ich die Lichtung zum ersten Mal gefunden hatte, oder ob Nara tatsächlich mehr Halme schnitt. So oder so schien ihr ständiges Brennen keine Fortschritte zu machen. Das Getreide drängte sich so nah heran wie zuvor.

„Wo ist sie?", fragte Selena. „Hast du nicht gesagt, sie würde warten?"

Ich nickte in Richtung der Hütte. „Ich vermute, sie ist da drin, oder wir sind den ganzen Weg umsonst gekommen."

„Umsonst?", kam Naras Stimme aus der Tür der Hütte, frostig und rau. „Umsonst? Du hast eine sehr geringe Meinung von deinen Reisen, Carver. Selbst wenn du jetzt einfach umkehren müsstest, hättest du nicht zumindest die geringste Einsicht darüber gewonnen, wer du bist?"

Nara kam aus der Hütte, in denselben dunklen Umhang gekleidet, den ich schon zuvor an ihr gesehen hatte. Ihre Kapuze war hochgezogen, um ihre Augen zu verdecken und ihr Gesicht im Schatten zu halten. Diese seltsame Kombination aus Alter, die Nara sowohl weise als auch alles andere als gebrechlich erscheinen ließ. Geätzte Linien über starken

Armen, dicke Haut und leuchtend helles Haar. Bewegungen
mit Bestimmtheit.

„Redet sie immer so?", fragte Selena.

Ich konnte nur nicken.

DIE HERREN VON RIVEN

Vielleicht lag es an der Art, wie Nara in ihrem Gewand aussah, ihr langsamer, zielstrebiger Gang, als sie die Lichtung überquerte, um sich vor Selena und mir aufzustellen, aber ich erschauderte. Ich wollte zurückweichen, widerstand aber dem Drang. Als Nara näher kam, enthüllte das Licht, das unter ihre Kapuze drang, mehr von ihrem Gesicht, ein Anblick, der gerade genug Falten hatte, um Weisheit, aber kein ausgedörrtes Alter zu vermitteln. Wäre das in Chicago gewesen, hätte ich ihr den Respekt einer Seniorin erwiesen, sie als Älteste geachtet. Hier, an einem Ort, wo Geister ihre eigene Erscheinung bestimmten, hatte die Wahl eines solchen Aussehens einen Zweck.

„Du hast jemanden mitgebracht? Wer ist das?", Nara neigte ihren Kopf in Richtung Selena, behielt aber ihre Augen auf mir. „Ein Geist. Eine ungewöhnliche Wahl für einen Führer."

„Ich bin kein Führer mehr", antwortete ich. „Das ist Selena. Wir sind hier, um deine Hilfe zu erbitten."

„Meine Hilfe?"

„Du sagtest, du hättest einen Weg, Riven davon abzuhalten, auseinanderzufallen. Es wird nur schlimmer; die Geister strömen weiterhin herein und überall öffnen sich Risse", sagte ich. „Wenn du eine Lösung hast, würde ich gerne wissen, was es ist."

Nara trat auf mich zu, streckte ihre Hand aus und berührte mein Gesicht. Ich zuckte zurück. Es war seltsam, wenn eine Person, die man nicht kannte, einen berührte. Naras kalte Haut, das Streifen ihrer Fingernägel auf meiner Wange säte Unbehagen. Ich bemerkte, wie Selenas Hand zu ihrem Hackmesser wanderte. Aber dann trat Nara zurück, ein Stirnrunzeln huschte über ihre Lippen.

„Sie und ich sind nicht die einzigen Geister hier", sagte Nara. „Was ist mit dir passiert, Carver Reed?"

„Siehst du dieses Schwert?", sagte ich und hob meine Hand zum Griff der großen Klinge auf meinem Rücken. „Der Mann, dem es gehörte, ließ mich auf der anderen Seite töten. Er hat dafür bezahlt."

„Dann warst du erfolgreich. Ich bin beeindruckt. Dass du zurück bist, muss bedeuten, dass Riven wirklich in einer verzweifelten Lage ist."

„Bitte", sagte Selena. „Wenn du helfen kannst, brauchen wir einen Weg, die Risse schnell zu schließen. Einen Weg, den Geistern zu helfen, schneller in den Zyklus zu gelangen."

Nara warf Selena einen eisigen Blick zu. „Riven ist kein Produkt der Natur. Es ist keine zufällige Welt des Chaos, wie die, aus der du kommst. Aus der ich komme. Es ist ein Konstrukt. Erbaut von denen, die sich weigern, den letzten Sprung in den Zyklus zu wagen. Ich bin eine von ihnen."

Nara hob eine runzelige Hand.

„Bevor du anfängst, deine Fragen zu stellen, bevor du in Panik gerätst oder annimmst, ich sei etwas Größeres als das, was ich bin, sieh dir die Welt noch einmal an, in der du dich befindest. Ein Ort, an dem Naturgesetze verstreut sind. Wo die Dinge, die du für Gewissheiten hältst, mit dem Wind kommen und gehen. Wo ein Haus nichts weiter als ein Haufen Schutt sein kann und das nächste perfekt dasteht. All das, jeder Zentimeter, auf dem du gehst, kommt von uns."

Ich hörte die Worte. Sie klangen wie Piotrs. Das irre Gerede von jemandem, der dachte, er stünde über allen anderen. Selbst wenn Nara die Wahrheit sagte, selbst wenn sie eine Art uralter Geist war, der eine Hand in der Formung Rivens zu dem hatte, was es war, war sie immer noch hier inmitten der endlosen Getreidehalme, allein in einer Hütte. Kaum die Existenz, die ich mir für jemanden mit der Macht, eine Welt zu erschaffen, vorgestellt hätte.

„Wenn du so stark bist, wenn du wirklich das bist, was du sagst, warum lässt du dann zu, dass Riven verfällt?", fragte ich.

„Weil ich es nicht kann", antwortete Nara. „Weil wir, trotz allem, was wir in unseren Jahrhunderten in Riven gelernt haben, einmal Menschen waren. Und Menschen sind unvollkommen."

„Das ist keine Antwort auf meine Frage."

„Ich bat dich zurückzukehren", sagte Nara. „Weil ich dich retten will. Ich will deine Führer und deinen Orden retten. Um Riven sicher zu bewahren. In unserer Torheit, in unserer Angst, haben wir uns selbst gebunden. Ich kann diese Lichtung genauso wenig verlassen wie du, ein Geist, dich entscheiden kannst, nach Hause zurückzukehren."

„Carver", sagte Selena. „Sie manipuliert dich. Ich habe das schon einmal gesehen. Ich habe es selbst schon getan."

„Deine Freundin ist scharfsinnig", sagte Nara. „Ich will tatsächlich etwas von dir. Ich will, dass du losgehst und die anderen beiden findest. Bring sie her. Gemeinsam können wir drei Riven zu dem machen, was es sein muss. Wir können diese Katastrophe verhindern und dafür sorgen, dass die Führer nie wieder sterben müssen."

„Das ist ein verdammt großes Versprechen", sagte ich.

„Es ist eines, das ich halten kann", sagte Nara. „Ist es eines, das du dir leisten kannst zu ignorieren?"

Ich warf einen Blick auf Selena. Ihr Mund war zusammengepresst, ihre Augen auf Nara verengt. Ich war schon einmal Gegenstand dieser Prüfung gewesen. Hatte meine Seele gewogen und gemessen bekommen. Aber das spielte keine Rolle. Wir waren mit einem Ziel hierhergekommen; zu versuchen, Hilfe für die dem Untergang geweihte Stadt und unsere Freunde zu finden, die in diesem Moment um ihr eigenes Überleben kämpften. Selbst wenn Nara uns nicht die ganze Wahrheit sagte, konnten wir einfach weggehen?

„Du sagtest, es gäbe zwei andere", fragte ich. „Wo sind sie?"

Nara bewegte sich zu ihrem brennenden Feuer und ergriff das unbeleuchtete untere Ende eines der Getreidehalme. Sie hielt die Fackel hoch. Ihre Lippen bewegten sich, ein stilles Flüstern, das ich nicht verstehen konnte. Die Flamme an der Spitze des Getreidehalms verdrehte sich, kräuselte sich in sich selbst, bevor sie nach Norden und Westen schoss. Zurück in Richtung der Stadt und dann darüber hinaus.

„Mali ist die erste", sagte Nara. „Du wirst sie finden, wie sie mit ihren Schöpfungen spielt. Wenn es eine von uns gab, die wirklich eine Göttin sein wollte, dann war es Mali."

Wieder flüsterte Nara zu dem Getreidehalm. Wieder kroch die Flamme in sich zusammen und schoss hinaus, diesmal nach Süden und Westen.

„Dolan ist der Zweite", sagte Nara. „Er sollte so untätig wie eh und je sein. Gefangen in einer Vergangenheit, in die er nicht zurückkehren kann."

„Und wenn wir die beiden haben, könnt ihr dann zusammenarbeiten?", fragte Selena. „Werdet ihr in der Lage sein, die Risse zu schließen?"

Nara nickte matt. Ich hatte weiterhin das Gefühl, dass

Nara jahrelang mit niemandem außer mir gesprochen hatte. Möglicherweise sogar Jahrzehnte. Allein der Akt, eine Unterhaltung zu führen, war für sie eine Herausforderung.

„Wir werden mehr tun, als die Risse zu schließen", sagte Nara. „Wir werden verhindern, dass sie je wieder entstehen."

„Das klingt zu schön, um wahr zu sein", sagte ich.

„Wenn man es mit Göttern zu tun hat, ist das oft der Fall. Ich schlage vor, zuerst Mali zu finden. Sie wird die Schwierigere sein, und ihr werdet all eure Kraft brauchen."

Nara drehte uns den Rücken zu und ging in ihre Hütte. Ich sah zu, wie sie verschwand, und hielt tausend Fragen auf der Zunge. Wenn ich eine Sache von Bryce und den anderen Führern gelernt hatte, dann war es, dass Informationen oft nach den Wünschen anderer kamen, nicht nach meinen eigenen.

„Sie hat uns den Weg gezeigt", sagte ich. „Ich schätze, wir sollten anfangen zu laufen."

„Warte mal", erwiderte Selena. „Wir folgen einfach ihren Anweisungen?"

„Hast du bessere Ideen?"

„Wir könnten mehr Informationen bekommen." Selena blickte zur Hütte. „Ich habe das Gefühl, sie erzählt uns nicht alles."

„Sie sagt nicht die ganze Wahrheit", sagte ich. „Aber ich glaube nicht, dass wir eine bessere Antwort bekommen, wenn wir sie drängen."

„Carver, sie sagte, die drei hätten Riven erschaffen. Wenn das stimmt, warum braucht sie uns dann dafür? Du glaubst doch nicht diesen Unsinn vom Gebundensein, oder?"

Ich wusste nicht, was ich tun sollte. Oder was ich sagen sollte. Auf einmal schien das Gefühl, gefangen zu sein, für immer in Riven eingesperrt zu sein, meinen Verstand zu umklammern und in Stücke zu brechen. Ich würde diesen Ort nie verlassen. Nie wieder einen anderen Himmel sehen, der nicht grau war, nie wirklich echte Luft atmen oder eine weitere Tasse Kaffee trinken. Ich war von einer Welt der Ordnung und Gesetze, in der die Vernunft herrschte, in eine Welt gekommen, in der die Toten wandelten und mysteriöse Gestalten unvorstellbare Macht beanspruchten.

„Selena", sagte ich und umarmte sie so plötzlich, dass ihre Augen sich vor Überraschung weiteten. „Ich weiß nicht, was ich glauben soll. Ich weiß nicht, welche anderen Möglichkeiten wir haben. Wenn wir dem den Rücken kehren, was bleibt uns dann? Was können wir sonst tun, außer zu kämpfen und zu kämpfen und zu kämpfen, bis der Zyklus unseren Verstand beansprucht und uns zu Nichts macht?"

„Ich ..."

„Wir sind gestorben, Selena. Unser Leben endete. Und doch haben wir uns irgendwie hier an diesem schrecklichen Ort gefunden", sagte ich, ohne wirklich zu wissen, welche Worte ich sprach. Sie kamen eines nach dem anderen heraus, als kämen sie aus dem Instinkt statt aus meinem Verstand. „Riven ist großartig und abscheulich, aber es ist alles, was wir haben. Ich bin bereit, alles zu tun, was wir können, um es zu retten. Hilf mir."

Ich spürte, wie Selenas Arme mich umschlangen und die Umarmung erwiderten. Es war sowohl lächerlich als auch absolut notwendig für uns beide, uns eng aneinander zu halten. Ich konnte ihren Herzschlag nicht hören, weil sie keinen hatte. Ich spürte nicht das Heben und Senken ihrer Lunge, weil sie nicht atmete. Ich spürte nicht die Wärme ihres Körpers unter dem Mantel, weil wir nicht warm waren. Aber ich spürte ihre Liebe, und ich umarmte sie.

Einen langen Moment später ließ ich los, trat zurück und sah Selena in die Augen. „Bist du bereit, eine Gottheit zu finden?"

„Nach allem, was wir schon getan haben? Ich habe das Gefühl, ich werde enttäuscht sein", erwiderte Selena.

DER LEERE CANYON

Wir marschierten stundenlang nach Norden, bevor wir irgendeine Veränderung bemerkten. Irgendetwas anderes als das endlose Getreide. Wenn Nara die Wahrheit gesagt hatte, dann war ihre und die Vision der anderen für Riven eine ziemlich fade. Wer brauchte schon ein so riesiges Feld in einer Welt, in der niemand essen musste?

Selena, die sich umschaute, bemerkte als Erste, dass wir den Weg zurückgefunden hatten. Meine Augen waren zu tief in die Halme vergraben gewesen, während ich einen nach dem anderen aus dem Weg schob.

„Ich glaube, ich kann die Mauern sehen", sagte Selena. „Die Nordseite der Stadt."

„Dann sind wir weit genug westlich, laut Nara", sagte ich. „Zeit, nach Norden zu gehen."

„Warst du schon mal da oben? Nördlich der Stadt?"

„Am weitesten war ich, als wir dieses Mädchen, Honora, aus New York eskortiert haben", sagte ich.

Es hatte nie viel Interesse daran gegeben, nördlich der Stadt zu gehen. Es gab nicht genug Geister, um es sich lohnen zu lassen. Die Warrens und die Shambles waren ergiebigere Jagdgründe. Die zerfallenden Fabriken in der Teergrube waren aufregender als das tote Gras und die zerstörten Villen auf der Nordseite.

Ich lebte jetzt in Riven. Könnte genauso gut mein neues Zuhause erkunden.

Wir bahnten uns einen Weg zur Mauer, in diese gesegnete hundert Meter breite Lichtung zwischen dem Ende des Getreides und dem Stein der Stadt. Kein Tor in Sicht, nur gezackte Steine, die uns von dem Chaos im Inneren und dem Nichts außerhalb trennten. Ich suchte nach Funken, aber keine erleuchteten Rivens grauen Himmel. Entweder waren wir zu weit von den Kämpfen entfernt, oder sie waren bereits beendet.

„Hätte nie gedacht, dass ich diese Mauern mal sehen und Erleichterung fühlen würde", sagte ich und berührte mit meiner Hand den glatten Felsen. „Ich wäre glücklich, nie wieder in dieses Feld zurückkehren zu müssen."

„Irgendwas sagt mir, dass das unwahrscheinlich ist", sagte Selena und blickte zurück auf die Halme. „Es sei denn, Nara beschließt umzuziehen."

Naras Funke deutete an, dass wir der Mauer folgen sollten, bis wir das Nordtor der Stadt erreichten. Im Vergleich zu dem Marsch durch das Feld war das Gehen in der Lichtung jenseits der Mauer ein Kinderspiel. Ab und zu erinnerte ich mich daran, wie lange Selena und ich schon unterwegs waren, wie ich eigentlich überhaupt nicht geschlafen hatte, seit Piotr mich ermordet hatte. Ich hätte erschöpft sein müssen. Mein Körper hätte nach Meilen und Meilen des Laufens schmerzen müssen. Stattdessen fühlte ich mich gleich. Nicht gut, nicht schlecht. Einfach nur ... da.

Als wir zum Nordtor kamen, fanden wir es als ebenbürtigen Partner zu dem auf der Ostseite vor, ein einzelner geschwungener Bogen mit Platz für zehn bis fünfzehn nebeneinander Gehende. Sowohl Selena als auch ich warfen einen langen Blick in die Stadt. In diese Richtung ging es nach Hause. Nach Osten hin schrumpfte und starb das Feld, als wäre es von einer unsichtbaren Barriere abgeschnitten. Da waren winkende Getreidehalme und dann, nicht einen Fuß entfernt, harter Schmutz. Dieses abgeflachte Land erstreckte sich so weit nach Norden, wie wir sehen konnten. Eine plattgemachte, leere Landschaft.

„Man kann nicht viel über ihre Vorstellungskraft sagen", meinte ich und starrte in die Leere.

„Nara lebt in einer Hütte mitten in diesem Feld", erwiderte Selena. „Ich glaube nicht, dass sie die kreativste Gruppe waren. Wenn ich eine Welt erschaffen könnte, Carver, wäre es der erstaunlichste Ort."

„Oh? Erzähl mir davon", antwortete ich, als wir uns auf unseren Weg nach Norden machten.

„Zuerst gäbe es einen Ozean", sagte Selena. „Weil ich noch nie einen gesehen habe. Mächtige Wellen entlang eines Strandes, der sich über Meilen und Meilen erstreckt."

„Kein schlechter Anfang", sagte ich.

„Der Strand würde in eine Stadt übergehen. Nicht wie Riven oder Chicago", fuhr Selena fort. „Nein, sie wäre sowohl größer als auch kleiner. Keine Verschmutzung, Freunde und Nachbarn, die man wirklich kennt. Gebäude, die so ineinander übergehen, dass man von einem Ende der Stadt zum anderen gehen könnte, ohne zweimal das Gleiche zu sehen."

„Ich schätze, deine Skizzen waren nicht deine einzige kreative Seite", sagte ich. Die Kohle- und Aschezeichnungen bedeckten die Wände ihrer, unserer, Wohnung. Stadtansichten von Riven, die Selena vom Balkon aus festgehalten hatte.

„Vielleicht bringt mich all diese Eintönigkeit dazu", sagte Selena. „In der Mitte der Stadt gäbe es aber diesen großartigen Baum. Ein Stamm, meilenweit. Ganze Arten würden in seinen Ästen leben, und die köstlichsten Früchte würden für jeden Vorbeikommenden herunterhängen."

„Ich mag dein Riven mehr als dieses hier", sagte ich.

Selena redete weiter, während wir gingen, und fügte der Welt ihrer Vorstellung immer mehr Details hinzu. Ich steuerte Kommentare bei, und wir waren so in die Idee vertieft, dass es enttäuschend war, den Traum hinter uns zu lassen, als wir sahen, wie sich Riven vor uns aufspaltete.

Canyons. Das war das Wort, das mir in den Sinn kam. Große Risse im Boden vor uns, die Erde, die abstieg und sich in Gräben spaltete, die aus der Oberfläche herausgeschnitten waren. Im Osten und Westen konnten wir weitere sehen, ihre gezackten Kanten ragten über die ansonsten hartgepackte Erde hinaus.

Der Canyon vor uns war breit, wahrscheinlich einen halben Kilometer oder mehr. Als hätte jemand genau an dieser Stelle einen Spaten in den Boden gesteckt und diesen Ort zum Anfang erklärt. Ich hatte gezeichnete Bilder gesehen und Berichte über den Grand Canyon in Amerika gelesen. Seine bemalten Sedimente bildeten Wandgemälde an den Wänden des Wunders. Hier jedoch bewies Riven einmal mehr seine Fähigkeit, die Natur auf ihre trostloseste Form zu reduzieren.

Grau- und Schwarztöne schattierten die Canyonwände auf und ab, obwohl ich die Farben nicht erklären konnte. Rivens Licht warf sicherlich Schatten, aber die Farbverläufe entlang der zerklüfteten Seiten vor uns folgten keinem etablierten Muster. Eher als hätte jemand mit einem Glas Tinte herumgeworfen und seinen Inhalt ohne Rücksicht darauf, wo er landen würde, auf eine riesige Leinwand gespritzt.

„Und wir haben gerade noch darüber gesprochen, wie langweilig dieser Ort ist", sagte ich, während wir dastanden und starrten.

„Riven überrascht immer", erwiderte Selena.

Überraschungen. Was könnte in dieser Schlucht lauern? Ich sah keine Geister - das war definitiv nicht der Weg zum Zyklus. Die Schlucht bog nicht weit von unserem Standort ab, und hinter der Ecke konnte alles Mögliche sein. Ich erinnerte mich an den Ghul im Wald, dieses uralte Monster, das darauf wartete, jede arme Seele zu verschlingen, die vorbeikam. Warum sollte es hier nicht auch einen geben?

„Ich vermute, Mali ist irgendwo da unten", sagte ich. „Das ist der Ort, zu dem Nara uns geschickt hat. Wir werden einfach vorsichtig sein."

„Weil wir bisher nicht vorsichtig waren?", erwiderte Selena. „Komm schon, Carver. Was auch immer kommt, wir werden darauf vorbereitet sein."

Klug, kreativ und selbstbewusst? So viele Gründe, warum ich diese Frau liebte.

LEBEN IM TOD

ir betraten den Canyon, die Wände erhoben
sich zu beiden Seiten. Je tiefer wir vordran-
gen, bemerkte ich, dass das, was ich für Schatten oder
farbigen Fels gehalten hatte, in Wirklichkeit eine moosartige
Pflanze war. Etwas wie die dunklen Blätter an den Bäumen
im Wald. Sie wuchs in Strängen und Streifen, die sich
zwischen Felsvorsprüngen und bröckelnder Erde durchzo-
gen. Tatsächlich schien es, als ob dieses Zeug den Canyon
regelrecht zusammenhielt und verhinderte, dass er in sich
zusammenfiel. Nach den Bäumen und dem Getreide war ich
über eine neue Form des Halblebens in Riven nicht wirklich
überrascht.

Unter unseren Füßen wurde der Boden unebener, die
Erde füllte sich mit Steinen und Mulden. Natürlicher. Die
allgegenwärtigen Ascheflocken verschwanden, als würden
sie aus dem Himmel gefiltert. Ein Himmel, der etwas von
seinem grauen Schleier verloren hatte. Ich konnte sogar
einen Hauch von Blau erkennen. Je weiter wir nach Norden
kamen, desto mehr begann Riven der Welt zu ähneln, die ich
zurückgelassen hatte.

„Ich verstehe diesen Ort nicht", sagte ich. „Riven ist nicht es selbst."

„Mali ist eine Schöpferin, hat Nara das nicht gesagt?", erwiderte Selena. „Was, wenn sie das hier erschafft?"

„Warum verändert Mali dann nicht alles in Riven? Warum nur diese Canyons beeinflussen?"

„Carver, du versuchst zu fragen, warum ein Geist, der seit Jahrhunderten hier festsitzt, keinen Sinn ergibt."

„Stimmt."

Je weiter wir gingen, desto mehr begannen sich die Pflanzen zu verändern. Das schwarze, spinnenartige Moos wechselte zu Grün. Auch das sah auf seine eigene Art seltsam aus. Die Ranken und Blätter waren makellos, fleckenlos in ihrer smaragdgrünen Farbe. Wie der Ghul im Wald gewesen war. Hin und wieder sprossen Blumen aus einer der Ranken; in fluoreszierendem Lila und Blau. Unter unseren Füßen wich die harte Erde weichem Gras, alles von einheitlicher Höhe. Als wäre es von einem besonders aufmerksamen Gärtner gepflegt worden.

Bäume begannen um uns herum aufzuragen, nicht die hohen toten Statuen westlich der Stadt, sondern braune, mit Blättern versehene Rinden. Zwischen ihren verschlungenen Ästen schlängelten und schwangen sich weitere Ranken. Farne, alle mit der gleichen Art von gebänderten Blättern, sprossen zwischen den Stämmen hervor. Die gleichen Muster tauchten immer wieder auf. Es war einerseits wunderschön und andererseits beunruhigend.

„Selbst wenn Riven etwas Unglaubliches tut", sagte ich, „kann es nicht anders, als ein bisschen gruselig zu sein."

„Ich bin neugierig", Selena fuhr mit einem Finger über die knorrige Rinde. „Wenn Mali all das geschaffen hat, dann hat Mali auch die Stadt und den Wald und den Berg erschaffen, aber die sind nicht identisch. Die Gebäude in der Stadt sind nicht ein und dasselbe, das sich immer wieder wiederholt. Das hier ist jedoch das Gegenteil von natürlich."

„Ich denke, wir werden ihr ein paar Fragen stellen müssen", sagte ich.

Natürlich müssten wir sie erst einmal finden. Der Canyon weitete sich um uns herum, bis ich die Wände nicht mehr sehen konnte. Verdeckt durch den Dschungel, die dicken Ranken. Wir bewegten uns vorwärts, bahnten uns einen Weg durch das Dickicht und hofften, irgendeinen Hinweis zu finden, dass wir in die richtige Richtung gingen.

Doch ich würde lügen, wenn ich sagte, dass das gelbe Licht, das von einem blauen Himmel auf uns herabfilterte, mir keine Freude bereitete. Und Heimweh. Für ein paar wundersame Momente konnte ich so tun, als wäre ich zurück auf der Erde.

„Wie fühlt es sich für dich an?", fragte ich. „Erinnerst du dich an solche Dinge? An einen so blauen Himmel?"

„Wurden dir als Kind jemals Geschichten erzählt?"

„Das hing davon ab, bei wem ich war. Manchmal erzählte mir der Führer Geschichten. Oder las aus einem Buch vor. Häufiger war ich mir selbst überlassen."

„Den Himmel zu sehen, das Sonnenlicht, das ist wie sich an ein Märchen zu erinnern. So erinnere ich mich an das Leben, das ich früher hatte", sagte Selena. „Eine Geschichte, die mir vor Jahren erzählt wurde und von der ich jetzt nur noch vage Erinnerungen habe. Gefühle und Eindrücke."

„Ich nehme an, irgendwann muss alles vergehen."

„Du wirst es ersetzen." Selena warf mir ein Lächeln zu. „Du wirst neue Erinnerungen schaffen. Neue Dinge finden, die du hier liebst. Riven ist vielleicht nicht alles, was du dir wünschst, aber es ist nicht leer. Es gibt hier Dinge, die es wert sind, gekannt zu werden. Die es wert sind, geliebt zu werden."

„Mir fallen da schon ein paar ein."

Ich war gerade dabei, Selenas Lächeln zu erwidern, als ich einen Glanz vom Baum zu unserer Rechten bemerkte. Metall hat einen bestimmten Schimmer, ein eindeutiges Zeichen, dass es nicht natürlich ist. Ein greller Schein. In Chicago hatte ich diese Reflexion jeden Tag gesehen. Zwischen den Blättern und Felsen des Canyons gab es kein Verstecken davor.

Mit einer einzigen Bewegung griff meine rechte Hand über meinen Rücken und zog die Armbrust. Fing die Waffe mit der Linken auf und zielte auf das Licht. Selena erstarrte, folgte meiner Richtung.

„Sag mir, wer du bist, und ich werde nicht schießen", rief ich in den Dschungel. Ich drehte die Kurbel und lud einen normalen Bolzen. Er würde keinen Geist einfangen, könnte ihn aber ordentlich verletzen. Uns Zeit geben zu reagieren, falls sich das, was das Metall hielt, als weniger freundlich erweisen sollte.

„Ihn erschießen?", sagte eine Stimme hinter mir, neugierig und leicht. „Warum sollten Sie das tun? Keiner von Ihnen sieht aus, als wären Sie Mitglieder der Rechten Hand."

Ich gab Selena ein leichtes Nicken, bewegte weder meine Armbrust noch mein Ziel. Selena zog ihr Hackbeil und richtete es über meine Schulter auf denjenigen, der gesprochen hatte.

„Das Gleiche gilt für Sie", sagte Selena. „Wer sind Sie und was wollen Sie?"

„Ich? Ich bin Cheo, und wir sind Teil von Malis Linker Hand", sagte der Mann. „Würden Sie uns bitte begleiten? Es wird solch eine Ehre sein, zwei wie Sie für die Sammlung zu bringen."

DIE ZWEI HÄNDE

Das Glitzern bewegte sich aus den Bäumen. Es schlängelte sich durch die Äste und Blätter nach unten. Ich hielt meine Armbrust weiterhin auf die Gestalt gerichtet, während sie sich tiefer bewegte. Cheo, hinter uns, flüsterte Worte, Namen, die ich nicht kannte, in den Dschungel. Um uns herum kamen mehr Leute hinter Baumstämmen hervor und ließen sich von anderen Ästen herab. Alle waren in orangefarbene Gewänder gekleidet, und jedes einzelne ihrer Hemden trug eine linke Hand, aufgedruckt in verschmiertem, schmutzigem Rot.

„Du kannst deine Waffe jetzt wegstecken; hier gibt es keine Rechtshänder", sagte Cheo.

„Du musst mir verzeihen", erwiderte ich. „Ich habe nicht vor, meinen Finger vom Abzug zu nehmen, bis ich weiß, was ihr seid."

„Carver, das ist nicht gerade die beste Art, Freunde zu gewinnen", sagte Selena.

„Es ist in Ordnung. Ich verstehe das. Die Rechtshänder sind hinterhältig. Gefährlich", sagte Cheo, als ich mich zu ihm umdrehte, die Armbrust immer noch schussbereit.

„Behaltet eure Waffen. Wir werden euch in unser Dorf bringen. Euch lehren, warum ihr uns nicht fürchten müsst."

„Wir haben keine Zeit dafür", sagte ich. „Wir müssen zu Mali. Wisst ihr, wo sie ist?"

„Mali?", sagte Cheo. „Die Große? Mali ist alles. Die Geberin und Nehmerin. Die Schöpferin und die Zerstörerin. Wir sind ihrer nicht würdig. Ihr auch nicht."

„Das ist anmaßend", sagte ich.

Cheo schüttelte den Kopf. „Nein, es ist nur eine Tatsache. Keiner von uns kann würdig sein, solange die Rechtshänder überleben. Genauso wie sie nicht existieren können, solange wir existieren."

Ich warf Selena einen Blick zu. „Glaubst du, sie wissen, dass sie Geister sind?"

Cheo neigte den Kopf. „Geister?"

„Ich glaube nicht", sagte Selena. „Nara sagte, Mali könne Dinge formen. Vielleicht ist das etwas, das sie tut?"

„Cheo", sagte ich. „Weißt du etwas über den Zyklus? Fühlst du jemals den Drang, von hier wegzugehen und fortzulaufen?"

Cheo schüttelte den Kopf. „Ihr seid sehr seltsam für Wanderer. Die meisten stellen nicht so viele Fragen."

„Wir sind eben der neugierige Typ", sagte ich. Es klang, als hätte Mali ihr eigenes kleines Stück von Riven und machte etwas sehr Seltsames daraus. Wenn Mali all das verändern konnte, dann hatte sie vielleicht wirklich die Macht, Riven zu retten. Die Risse zu blockieren oder den Zorn der Toten zu mildern.

Macht. Dieses Wort hatte seit Piotr und Graham neue Bedeutungen angenommen. Graham hatte mir gezeigt, dass Geister Ziele haben und daran arbeiten konnten, sie zu erreichen. Piotr hatte sowohl Führer als auch Geister gebunden und eine tödliche Kraft geformt, die seinen Wünschen folgte, ohne Rücksicht auf die Konsequenzen.

Riven war nicht mehr so einfach, wie es einmal war. Es ging nicht mehr nur darum, wütende Geister einzufangen und am Nachmittag nach Chicago zurückzukehren, um einen Drink zu nehmen.

Ich vermisste dieses Leben.

Die Gruppe von Menschen, die uns umgeben hatte - ich zählte acht von ihnen -, starrte uns mit Lächeln im Gesicht an. Das leere Glück, das von einem unbeschwerten Leben kommt. Jetzt, da sie nahe waren, konnte ich sehen, dass jeder von ihnen eine Vielzahl von Waffen trug. Keine von der Qualität, die die Führer hatten. Angespitzte Stöcke, Bögen und Pfeile mit Metallspitzen, einige grobe Messer und Äxte. Welchen Krieg Cheo und seine Linke Hand auch zu führen planten, es würde kein schicker werden.

„Du sagst also, dass die Rechtshänder verschwinden müssen, wenn wir Mali sehen wollen", sagte ich, und Cheo nickte, diesmal mit einer Heftigkeit, die mich befürchten ließ, er würde sich den Kopf abreißen.

„Ja, ja, genau das ist es", sagte Cheo. „Kommt mit uns. Helft uns. Wenn wir die abscheulichen Rechtshänder besiegt haben, dann werdet ihr eure Audienz bei Mali bekommen. Dann wird die Welt wieder in Ordnung sein."

„Was denkst du?", fragte ich Selena. Die Gruppe schien ihrerseits endlos geduldig zu sein. Bereit, uns mit hoffnungs-vollen Grinsen anzustrahlen, während wir uns Zeit ließen.

„Entweder wir versuchen, uns den Weg durch sie zu kämpfen", sagte Selena, „und weiter durch diese Schluchten zu wandern, oder wir helfen ihnen und bekommen einen direkten Weg dorthin, wo wir hinwollen."

„Einverstanden", sagte ich, dann zu Cheo: „Du bist dran, Kapitän. Führe uns."

Cheo klatschte in die Hände, in dem wohl reinsten Ausdruck purer Freude, den ich je gesehen hatte. Dann schritt er in den Wald hinein und winkte uns, ihm zu folgen.

Der Rest der Linkshänder reihte sich hinter uns ein, als wir marschierten, obwohl ich bemerkte, dass mehr als die Hälfte von ihnen verschwand, während wir uns bewegten. Sie verschwanden zurück in die Bäume.

„Wo gehen sie hin?", fragte ich Cheo, nachdem der dritte verschwunden war.

„Wir sind noch nicht fertig mit dem Sammeln", antwortete Cheo. „Sie gehen, um mehr Verlorene für uns zu finden."

„Verlorene?"

„Wie ihr", sagte Cheo. „Wanderer, die helfen können. Die meisten sind allerdings nicht so gut bewaffnet wie ihr. So groß und mächtig."

„Groß? Mächtig?", sagte Selena. „Füttere nicht sein Ego, Cheo. Carver braucht das nicht."

„Entschuldigung", erwiderte Cheo. „Wir sind eine Gruppe verlorener Seelen. Was wir an Waffen haben, kommt von dem, was wir finden können. Was wir bauen können. Ich schaue auf eure Macht und sehe Hoffnung. Dinge, die unseren Kampf für immer gewinnen könnten."

„Das ist der Plan", sagte ich.

„Sind die Rechtshänder wie ihr?", sagte Selena. „Geister?"

„Sie mögen unser Gesicht teilen, aber nicht unsere Herzen", antwortete Cheo. „Alles, was sie sind, ist böse. Schrecklicher Zorn."

„Wie lange kämpft ihr schon?", fragte ich.

„Für immer", antwortete Cheo. „Es gab immer eine Rechte Hand und eine Linke Hand. Nie hat eine die andere vollständig ausgelöscht."

Ich hörte die Hitze in seiner Stimme. Cheos Schultern versteiften sich, und er blickte mich mit einer verdrehten Heftigkeit an, die ich nur bei einem Geist gesehen hatte, der von unkontrollierter Wut verzehrt wurde.

„Das ändert sich mit euch beiden", fuhr Cheo fort.

„Mali verlangt, dass ihr sie vollständig auslöscht?", sagte Selena. „Sie klingt grausam."

Cheo antwortete nicht. Sagte nichts, während wir weiter durch den Dschungel gingen. Vielleicht hatte Selena einen wunden Punkt getroffen. Den Geist dazu gebracht, noch einmal zu überdenken, was Mali von ihm und den anderen verlangte. Dann ertappte ich mich selbst.

Wen kümmerte es, ob die Links- und Rechtshänder sich gegenseitig zerstörten? Sie waren bereits tot.

EWIGER KRIEG

ie Vegetation wurde dichter, als Cheo uns durch weitere Haine von dünnen Bäumen und Ranken führte. Er erholte sich und kam aus seiner Niedergeschlagenheit heraus, wobei er versprach, dass wir von den Errungenschaften der Linken Hand beeindruckt und überwältigt sein würden. Von dem Paradies, das sie hier im rauen Land der Schluchten geschaffen hatten. Und natürlich, betonte Cheo, hatten sie all dies trotz der kalten Versuche der Rechten Hand erreicht, jeden Einzelnen von ihnen zu verletzen und zu töten.

Cheo hatte nicht Unrecht. Während im Rest von Riven die Gebäude und Städte seit Jahrhunderten dem Verfall und der Zerstörung preisgegeben waren, vermodernde Überreste von Träumen, die man hatte scheitern lassen, hatte die Linke Hand ein Zuhause. Ein Dorf aus Baumhäusern und strohgedeckten Hütten. Ein großer Platz mit einer zentralen, dominierenden Säule, die mit Runen beschriftet war, die ich weder lesen noch verstehen konnte. In großen Grillgruben brannten Feuer, obwohl ich kein Essen sah, das aktiv gekocht wurde. Geister wanderten umher, Männer, Frauen und sogar

Kinder, die damit beschäftigt waren, weitere Häuser zu bauen, Kleidung aus Pflanzen zu weben oder Holz zu Waffen zu biegen und zu formen. Hier war vielleicht Rivens einzige Gesellschaft. Ein Dorf der Toten, das sich dennoch lebendig anfühlte.

„Aber ihr seid alle Geister?", fragte Selena. „Wie macht ihr das?"

Cheo sah sie verwirrt an. „Schon wieder Geister? Was meinst du mit diesem Wort? Wir sind alle Mitglieder der Linken Hand. Wir wurden alle gesammelt und zu unserer Pflicht gerufen. Dies ist unser Zuhause, unser heiliger Ort, den wir beschützen müssen."

Unser heiliger Ort. Die Worte hatten einen seltsamen Klang. Sie wurden mit einer Ehrfurcht ausgesprochen, die ich lange nicht mehr gehört hatte. Die gleiche Art von Ehrfurcht, die ich als kleines Kind in Kirchen gehört hatte. Oder auf Marktplätzen, wenn Ausrufer die Predigt des Tages vortrugen. Wer auch immer diese Geister waren, ich glaubte nicht, dass sie sich selbst für tot hielten.

„Cheo, wie viele von euch gibt es?", fragte ich. „Wie groß ist die Linke Hand?"

„Fast hundert", strahlte Cheo. „Einhundert Seelen, bereit, Speere für Mali zu ergreifen und die Rechte Hand zu besiegen."

„Und die Rechte Hand? Wie groß sind sie?"

„Leider sind sie immer noch größer. Ich fürchte, wenn wir unsere Zahl nicht bald aufstocken, werden sie kommen und uns zermalmen."

Cheo sagte die Worte und runzelte die Stirn. Dann wandte er sich einer der größeren Hütten zu, die mehr als dreimal so groß war wie die von Nara. Er zeigte darauf. „Bitte, folgt mir dort hinüber. Wir können mehr über den Plan sprechen."

„Den Plan?", fragte Selena.

„Natürlich! Unser großer Angriff, um die Rechte Hand zu Fall zu bringen. Er muss bald beginnen. Bevor sie wissen, dass wir kommen."

Als wir durch das Dorf gingen, schauten die Geister der Linken Hand zu uns herüber. Einige winkten sogar. Alle sahen bewusst und aufmerksam aus. Keiner hatte den leeren Blick von Geistern, die vom Zyklus gefangen waren. Keiner hatte die blassen Feueraugen von jemandem, der sich in Rivens unersättlichem Hunger verloren hatte. Nein, was auch immer die Geister waren, sie hatten einen Weg außerhalb dessen gefunden, was Riven zu einem brutalen Universum machte. Selena und ich tauschten Blicke aus und nickten. Mali hatte sich ihre eigene kleine Ecke in dieser toten Welt geschaffen.

Im Inneren fehlte der Hütte sogar das Nötigste. Nur eine kleine Grube für ein Feuer, diese unangezündet. Einige spärliche Bündel von Pflanzen und Gras, die kleine Kreise im Inneren bildeten. Als ob jemand das Haus zusammengebaut und vergessen hätte, wie man es füllt. Cheo setzte sich auf den harten Boden und deutete uns, dasselbe zu tun. Ich suchte nach Betten, nach irgendeinem Zeichen der üblichen Lebensannehmlichkeiten. Die Art von Dingen, die jedes dauerhafte Dorf haben müsste. Aber ich sah keine.

„Sag mir", fragte ich Cheo, bevor er mit seinem Plan beginnen konnte. „Gibt es dieses Dorf schon so lange wie die Linke Hand?"

Cheo legte den Kopf schief. „Natürlich. Wie könnte es eine Linke Hand geben ohne ein Zuhause für sie?"

„Das ergibt keinen Sinn", sagte Selena.

„Es muss keinen Sinn ergeben", erwiderte Cheo. „Aber so ist es nun mal."

Selena und ich warteten einen Moment. Um zu sehen, ob Cheo eine zusätzliche Erklärung anbieten würde. Aber es schien, als wäre mit dieser Aussage, dass Sinn und Logik nicht nötig seien, die Angelegenheit erledigt.

„Wenn wir die Rechte Hand angreifen", sagte Cheo, „solltet ihr wissen, dass es ein harter Kampf sein wird. Das ist es immer. Sie werden sich nicht zurückhalten, und wir auch nicht."

„Wir sind es gewohnt", sagte ich.

„Das habe ich erwartet."

Cheo legte einen komplizierten Angriffsplan auf ein Dorf dar, das dem, in dem wir gerade saßen, sehr ähnlich zu sein schien. Eine Reihe von Hütten auf einer großen Lichtung. Zumindest sah es so aus, wenn man nach den Steinen ging, die Cheo auf dem Boden auslegte, und den Markierungen im Boden, die er mit einem Stock zeichnete, um genau zu zeigen, wie wir uns nähern würden. Wenn es eine Sache gab, die ich aus dem Plan mitnahm, dann war es, dass Cheo einen unsterblichen Hass auf die Rechte Hand hegte. Er durchsetzte jeden Satz mit Beleidigungen und Wut. Bis ich es nicht mehr ertragen konnte.

„Was tun sie? Die Rechte Hand?", fragte ich. „Was macht sie so schrecklich?"

„Sie haben versucht, unsere Göttin zu töten", sagte Cheo, seine Stimme verfiel in eine fast benommene Träumerei. „Sie haben versucht, sie uns wegzunehmen. Es gibt keine unverzeihlichere Tat, als zu versuchen, den eigenen Schöpfer zu zerstören."

„Wie haben sie das gemacht?"

„Sie haben ihren Tempel angegriffen", sagte Cheo, „und wir haben sie verteidigt. Die Linke Hand, wir kamen ihr zu Hilfe und hielten sie auf. Schlugen sie nieder. Aber die Rechte Hand, sie sind wie eine Krankheit. Sie werden uns nicht lange in Ruhe lassen. Sie werden es wieder versuchen. Wir müssen sicherstellen, dass sie es nicht können."

Bevor eine weitere Frage über meine Lippen kommen

konnte, betraten drei weitere Geister die Hütte, einige der Jäger von früher. Sie trugen die gleichen strahlenden Lächeln auf ihren Gesichtern und winkten mit den Armen. Sie riefen, dass sie mehr gefunden hätten. Mehr, die bereit waren, sich der Linken Hand anzuschließen.

Die Sammlung war erfolgreich gewesen.

DIE SAMMLUNG

Wir gingen aus der Hütte und sahen eine veränderte Szene. Wo zuvor die Geister in einer vernünftigen Imitation des Lebens durch das Dorf geschlendert waren, als ob sie eines hätten, versammelten sich jetzt all diese Geister um den Pfahl in der Mitte. Männer, Frauen und Kinder standen da und starrten auf diesen Pfahl und die fünf Gestalten, die sich darum versammelt hatten. Ein Quintett verwirrter und verlorener Geister; zwei waren als Soldaten gekleidet, ein anderer war ein Kind von höchstens zehn Jahren, mit dem eingefallenen Aussehen eines von Krankheit Gezeichneten. Die letzten beiden waren ältere Frauen in fließenden Kleidern aus einer mir unbekannten Region.

Cheo führte uns beide an die Spitze des Kreises und schob dabei ruhig die Geister in unserem Weg beiseite. Sie machten uns ehrerbietig Platz, verbeugten sich vor unseren Gesichtern und hinter unseren Rücken. Ich konnte nicht ganz begreifen, was hier vor sich ging. So unähnlich allen anderen Teilen von Riven. Die Geister verhielten sich so anders. Sie schienen nicht gebunden zu sein und bewegten sich dennoch zielgerichtet. Sie schienen sich nicht daran zu erinnern, wer sie einmal waren, aber sie waren in der Lage, ein gemeinsames Ziel zu finden.

Riven machte es schwierig, mit vielen Geistern zu kommunizieren. Sprache und Ideen überdauerten den Tod nicht. Während ich vielleicht Englisch konnte, konnte das ein Geist möglicherweise nicht. Was ich als Begrüßungsgeste verstand, konnte ein anderer Geist als Angriff interpretieren. All das machte Riven zu einem gefährlichen Ort für Annahmen. Hier jedoch war es, als wären die Geister wie leergefegt. Ersetzt durch eine gemeinsame Persönlichkeit, ein gemeinsames Ziel, einen gemeinsamen Geist.

„Mit jeder Sekunde, die wir hier sind, mache ich mir mehr Sorgen", sagte Selena. „Diese Geister sind nicht normal."

Wenn Cheo sie gehört hatte, reagierte er nicht darauf. Stattdessen führte er uns zu unserem Teil des Kreises und ging dann zu den fünf in der Mitte. Cheo drehte sich um und hob seine Hände zur Menge. Sie begannen zu murmeln. Keine individuellen Worte, nein, sondern die gleichen drei Worte immer und immer wieder in einem leisen und konstanten Summen.

Wir sind Mali.

„Nara glaubt, diese Person wird ihr helfen?", flüsterte ich Selena zu.

„Ich nehme an, Mali hat eine Armee von Geistern? Sie könnte sie benutzen, um Riven zu reinigen", sagte Selena.

„Oder es zu beherrschen", erwiderte ich.

Das Gemurmel wurde lauter und schneller, bis es zu einem Schrei wurde. Alle Geister riefen in perfektem Einklang. Die fünf in der Mitte ließen ihre Blicke umherschweifen, neugierig, aber unbesorgt. Unerschrocken. Es war schwer, Angst zu haben, wenn man bereits tot war. Wenn man nicht wusste, was man war oder was, wenn überhaupt, auf dem Spiel stand.

„Bringt das Wasser", verkündete Cheo, als der Gesang seinen Höhepunkt erreichte, so laut, dass ich bei jedem Takt zusammenzuckte.

Ein Weg teilte sich durch die Menge der Geister, eine breite Gasse, die von einem sich bewegenden Bottich gefüllt wurde. Ein Kessel aus schwarzem Stein. Acht Geister trugen ihn, das Gefäß an Holzstöcken über dem Boden schwebend. Ich konnte nicht über den Rand sehen, aber es schien, an der Beugung der Schultern der Geister zu erkennen, dass was auch immer in diesem Topf war, nicht leicht war.

„Stellt es vor unseren neuen Freunden ab", befahl Cheo, und die tragenden Geister stellten den Topf zuerst vor dem jungen Mädchen ab.

Jetzt am Boden konnte ich über den Rand und in den Bottich sehen. Hätte man mir die Flüssigkeit zurück auf der Erde gezeigt, auf der anderen Seite, hätte ich gesagt, dass es Wasser war. Vielleicht verschmutzt oder mit irgendeinem Farbstoff verunreinigt. In Riven erinnerte mich der blasse blaue Schimmer der Flüssigkeit an den Zyklus und das Feuer, das Geister sowohl wahnsinnig als auch vernünftig machte.

„Nun wird sie die Nächste sein, die sich uns anschließt", verkündete Cheo. „Wie heißen wir eine neue Seele in der Linken Hand willkommen?"

„Mit dem festesten Griff", rief die Menge zurück.

„Und wie danken wir ihnen?", fuhr Cheo fort.

„Mit dem süßesten Wein", antwortete die Menge.

„Ich hab meinen fairen Anteil an Wein getrunken", flüsterte ich Selena zu. „So hat er nie ausgesehen."

„Carver", sagte Selena. „Wenn sie uns das anbieten, glaube ich nicht, dass wir es trinken sollten."

„Ich hab sowieso keinen Durst." Ich bewegte meine Hand

zum Griff der Peitsche. Wir hatten noch immer unsere Waffen. Cheo hatte sich nicht die Mühe gemacht, sie uns wegzunehmen. Vielleicht vertraute er darauf, dass wir tatsächlich seine neuesten Freunde waren. Seine größten Verbündeten in diesem seltsamen Krieg.

Das junge Mädchen ging zum Topf, legte ihre Hände an den Rand und hob sich hoch. Starrte in das schimmernde Wasser. Sie zögerte. Cheo trat hinter sie, legte seine Hand an ihren Kopf und tauchte den Geist ins Wasser.

„Trink", sagte Cheo.

Noch eine Premiere in Riven. Ich hatte noch nie einen Geist hier etwas trinken sehen, nicht dass es viel Flüssigkeit gab. Ich war mir nicht einmal sicher, ob sie es konnten, bis zu diesem Moment. Ich hatte es sicher nicht versucht, seit Piotr meine Verbindung zum Leben durchtrennt hatte. Das Mädchen jedoch nahm einen großen Schluck. Wir konnten sehen, wie ihr Hals arbeitete, als sie schluckte. Nach einem Moment stand sie zurück, drehte sich zu Cheo und umarmte ihn.

„Willkommen, Schwester", sagte Cheo. „Willkommen in der Linken Hand."

Der Rest der Fünf arbeitete der Reihe nach. Jeder ging zum Topf, nahm seinen Drink und kam als liebendes Mitglied der Linken Hand zurück. Neue Ergänzungen zu ihrem Dorf. Nach der letzten Umarmung, um den neuesten Bruder willkommen zu heißen, den zweiten der beiden Soldaten, hob Cheo eine Hand. Eine Hand, seine linke.

„Mit dieser Sammlung sind wir endlich bereit. Bereit, unseren großen Feinden ein letztes Ende zu bereiten. Geht jetzt und bereitet euch vor. Wir werden beim dritten Ruf marschieren", verkündete Cheo. Einer der Geister, die den Topf getragen hatten, legte seine Hände um seinen Mund, formte sie und gab einen scharfen, hohen Schrei von sich.

„Der erste Ruf", sagte Cheo zu uns, als sich die Menge

zerstreute. Die gleichen acht Geister, die den Topf hereingetragen hatten, hoben ihn erneut auf den hölzernen Träger und trugen ihn weg. „Seid ihr bereit?"

„Was war das?", fragte ich und ignorierte Cheos Frage. Selena und ich waren so bereit, wie wir es sein würden. So bereit, wie man an einem Ort sein konnte, den man plötzlich nicht mehr verstand.

„Die Sammlung?", sagte Cheo. „Sie haben Loyalität geschworen. Sich uns in unserem Kreuzzug angeschlossen."

„Warum hast du nicht versucht, das bei Selena und mir zu machen?"

„Weil ihr es nicht braucht", sagte Cheo. „Ihr seid nicht verloren. Ihr sucht nicht nach einer Sache."

„Woher weißt du, dass wir dir helfen werden?", fragte Selena. „Vielleicht stehen wir auf der Seite der Rechten Hand?"

Ich warf ihr einen warnenden Blick zu, aber Cheo lachte. Er nickte an uns vorbei. Ich drehte mich um und folgte Cheos Blick, und bemerkte, dass auf vielen der Baumhäuser, auf Dächern und geflochtenen Terrassen, Geister mit Pfeil und Bogen standen. Primitive Sachen, aber ihre Spitzen hatten einen unverkennbaren blauen Schimmer.

„In Malis Gabe getaucht", sagte Cheo. „Tödlich für die Rechte Hand. Vielleicht auch für euch."

„Eine Drohung. Weil genau das hier noch gefehlt hat", sagte ich.

„Nur eine Warnung", erwiderte Cheo. „Eine, die unnötig sein wird, denke ich. Mit eurer Hilfe wird die Rechte Hand fallen. Und dann kann all das aufhören zu existieren."

Zum ersten Mal sah ich Cheos Lächeln wanken. Ich sah etwas in diesen Augen, das von einer tieferen Sehnsucht sprach, etwas unter seinem Antrieb, die Rechte Hand zu vernichten.

„Wonach suchst du, Cheo?", fragte ich.

„Nach einem Ende", sagte Cheo. „Frei von dieser Last zu sein. Frei von diesem Hass. Einfach frei zu sein."

Ein anderer Geist stieß einen Schrei aus. Der zweite. Cheo verabschiedete sich kurz von uns, um sich fertig zu machen. Um sich für den letzten Kampf seines Lebens zu wappnen, so wie es war.

EINSAME SEELEN

Selena und ich gingen in die Hütte, um einen Moment für uns zu haben. Draußen schrien die Geister einander zu, riefen nach diesem oder jenem oder sonst was. Sie bereiteten sich auf einen Krieg vor. Etwas, das nicht einmal der Tod aus der Existenz zu verbannen schien.

„Weißt du, du siehst wirklich lächerlich aus", sagte Selena. Sie stand mir gegenüber, die karge Feuerstelle zwischen uns. Ihr Haar umrahmte ihr Gesicht und berührte den Kragen ihres Mantels. Normalerweise trug sie es hochgesteckt, um es vor potenziellen Gefahren zu schützen. Doch als wir aufbrachen, um Nara zu finden, bemerkte ich, dass sie es offen trug.

„Ich würde behaupten, dass die meisten von uns so aussehen", sagte ich. Sie stand da und fummelte an einem ihrer Handschuhe herum, versuchte ihn perfekt an ihre Finger anzupassen. Ihre Augen und ihr Lächeln folgten mir.

„Die meisten von uns haben kein Schwert, keine Armbrust, keine Peitsche und kein langes Messer, die aus ihnen herausragen", sagte Selena. „Ich muss allerdings sagen, es wächst mir ans Herz."

„Jetzt, wo ich tot bin, fängst du an, mir Komplimente zu machen?", sagte ich. In Riven alterte man nicht. Selena würde sich nie verändern, bis sie zum Zyklus aufbrach. Zumindest äußerlich. Unter der Haut war sie völlig anders als die Frau, die ich ziellos durch die Straßen wandernd gefunden hatte.

„Will meine Chance nicht verpassen", sagte Selena. „Und irgendjemand sollte es tun. Du siehst in letzter Zeit ziemlich traurig aus."

„Schätze, das passiert, wenn man stirbt", sagte ich. Ich sprach nicht darüber, wie sich auch Selena verändert hatte. Riven hatte normalerweise einen düsteren Einfluss auf die Seele, konnte selbst die positivsten Menschen zerstören. Doch in den letzten Monaten hatte sich Selena von jemandem, der auf Nicholas und mich angewiesen war, um ein Lächeln zustande zu bringen, zu der Ursache für unser eigenes Lächeln entwickelt.

„Du wirst dich daran gewöhnen", sagte Selena. „Der Tod hat seine Vorteile."

„Ach ja? Wie zum Beispiel?"

Anfangs glaube ich, habe ich mich in Selena verliebt, weil sie wie ich war. Völlig allein. Ich war ein Waisenkind, sie ein Geist. Wir teilten unsere Geheimnisse miteinander, weil es niemand anderen gab, dem wir sie hätten erzählen können. Jetzt aber ging es nicht mehr darum, was uns von den anderen trennte, sondern was uns zusammenbrachte. Buchstäblich hielt Selena mich vor dem Lied des Zyklus sicher, und ich tat dasselbe für sie.

„Er nimmt dir deine Bedürfnisse", sagte Selena und hielt ihre Hände über das kleine Feuer. „Ich brauche die Wärme dieser Flammen nicht. Muss keine Nahrung finden, keine Luft atmen. Ich bin nie krank oder müde. Jahrhunderte könnten vergehen, ohne dass ich auch nur einen Tag altere."

„Aber ohne all diese Dinge, was haben wir dann noch?"

Selena trat über die Feuerstelle, legte ihre Hand unter

mein Kinn und lehnte sich für einen Kuss vor. Unsere kalten Lippen berührten sich, und obwohl ich vielleicht keinen Tropfen Blut in meinem Körper hatte, obwohl ich vielleicht keinen Herzschlag hatte, hatte ich eine Seele. Und in diesem Moment fand meine Seele einen Partner.

„Du bringst ein überzeugendes Argument vor", flüsterte ich in ihr Lächeln. Ein Lächeln, das verblasste, als sie von mir wegtrat. Zurück über die Feuerstelle.

„In gewisser Weise denke ich, dass das, was wir haben, jetzt reiner ist als je zuvor." Selena warf einen Blick zur Tür hinaus, auf die Geister, die sich draußen fertig machten. „Unser Überleben hängt voneinander ab, und es gibt keine anderen Bedürfnisse, die uns im Weg stehen."

„Ich will es nicht so sehen", sagte ich. Jetzt war ich an der Reihe, ihr um die Feuerstelle herum zu folgen. Sie sanft in meine Arme zu schließen. „Es geht hier nicht ums Überleben. Es geht um dich und mich. Zusammen."

„Vorsicht, Carver, du wirst zu süß", lachte Selena. „Sag bloß nicht, mein rauer Führer wird weich?"

Ich wusste nicht, ob der Kuss mich weich machte oder nicht. Es war mir egal.

„Dir ist klar, dass wir im Begriff sind, einen Krieg für einen Haufen Geister zu führen?", sagte ich, als wir uns trennten. „Dass wir die Stadt verlassen haben, um dem Kämpfen ein Ende zu setzen, und nur noch mehr gefunden haben?"

„Du und ich kämpfen schon unser ganzes Leben lang." Selena begann, ihre Waffen zu überprüfen und sich zurechtzumachen. „Warum dachtest du, es würde aufhören, wenn unser Leben vorbei ist?"

Das große Schwert kam über meinen Rücken, die Armbrust darüber. Kein Bolzen geladen, da ich nicht sicher war, was ich zuerst schießen müsste. Die Peitsche aufgerollt und in den Gürtelhalter rechts gesteckt. Mein langes Messer, scharf und bereit, links.

„Eine Weile", sagte ich, „hatte ich die seltsame Hoffnung, dass du und ich einen Weg finden würden. Dass wir uns in dieser unvollkommenen Ecke der Welt zusammenrollen und ein Leben aufbauen könnten. Oder dass ich einen Weg finden würde, dich zurückzubringen."

Selena band ihre Haare zurück, und wir standen uns gegenüber. Zwei Führer, schwer bewaffnet und bereit, in einen weiteren Kampf zu stürzen. Selena so stark dastehen zu sehen, jagte mir einen Schauer durch den Körper. Die Liebe deines Lebens selbstbewusst und fähig zu sehen, dieser Nervenkitzel verschwand nicht mit dem Tod.

„Das hast du bereits getan", sagte Selena. „Du hast mir einen Sinn gegeben. Du hast mir beigebracht, was ich zum Überleben brauchte. Jetzt erweise ich dir den gleichen Gefallen."

Der dritte Ruf ertönte. Der Aufruf zu einer weiteren Schlacht. Ich würde sie nicht allein kämpfen.

TOTENMARSCH

Wir flossen mit der Linken Hand durch den Dschungel. Cheos Gruppe flüsterte zwischen und über den Bäumen, glitt durch Äste und um Stämme herum mit kaum mehr als dem Rascheln von Blättern, um ihr Vorbeikommen anzukündigen. Cheo selbst, zusammen mit uns und einigen anderen Geistern, die, wie ich feststellte, die Kunst des Waldreisens noch nicht ganz gemeistert hatten, stapfte am Boden entlang, zertretene Farne und abgefallene Blätter unter unseren Füßen.

„Ist dir schon mal aufgefallen, Cheo, dass alles gleich aussieht?", fragte ich unseren Anführer, während wir uns vorwärts bewegten.

„Gleich?", erwiderte Cheo.

„Die Pflanzen, die Bäume. Sie sind alle Kopien. Die gleichen Arten, und sie wachsen auf die gleiche Weise."

„Als ich zum ersten Mal hierherkam, war jeder Ast einzigartig. Blumen in allen Farben blühten. Kreaturen pfiffen sogar in der Nacht oder stoben bei unserem Näherkommen auseinander." Cheos Stimme verfiel in Träumerei. „Mit der Zeit sind solche Dinge verschwunden."

„Mit der Zeit?", fragte Selena. „Wie lange bist du schon hier?"

Cheo sah uns an, die Mundwinkel hatten Mühe zu entscheiden, ob sie sich nach oben oder unten wenden sollten. „Mali ist eine wunderbare Göttin, und ich bleibe zu ihrem Vergnügen."

Eine Göttin? Ihr Vergnügen? Malis private Welt wurde immer seltsamer, und Nara wollte, dass diese Person ihr hilft?

„Dienst du jemandem?", fragte mich Cheo, als ich die Fragen stellte. „Hast du je gelebt und bist gestorben, um einem anderen zu helfen?"

„Nur aus eigener Entscheidung", antwortete ich.

„Dann verstehst du es vielleicht nicht. Mali ist nicht einfach eine Herrin oder jemand, dem wir gehorchen. Sie ist bei uns allen. In uns. Wenn wir triumphieren, feiert sie mit uns. Wenn wir versagen, trauert sie um unseren Verlust."

„Kontrolliert sie euch?" Was Cheo da erzählte, klang immer mehr nach einer Gruppe gebundener Geister, die Malis Launen dienten.

„Sie äußert ihre Wünsche, und wir tun, was wir können, um sie wahr werden zu lassen." Cheo hörte nie auf, vorwärts zu gehen, behielt immer den nächsten Dschungelteil im Auge, den es aus dem Weg zu räumen galt. „Du stellst diese Fragen, als ob du es missbilligst, und doch bist du hergekommen, ja?"

„Wir brauchen Malis Hilfe, aber ich bin kein Fan von Bindung, es sei denn, es ist notwendig."

„Ich habe gesehen, was mit denen passiert, die Malis Gabe verlieren. Diese Bindung, die du erwähnst. Sie wandern umher, verloren, und verschwinden, um nie zurückzukehren."

Cheo klang bei dieser Aussicht allerdings nicht allzu

enttäuscht. Tatsächlich hätte ich behauptet, der Anführer der Linken Hand sah den Verlust von Malis Gabe als Segen an.

Cheo schien zu merken, dass sein eigener Tonfall ihn verriet, und er seufzte schwer. „Wenn ich des Bogens und des Pfeils, des Speers und des Schwertes müde bin, dann deshalb, weil Malis Dienst nicht leicht ist."

„Du könntest verlieren, oder?", sagte ich. „Dich in den Angriff der Rechten Hand stürzen?"

„Mali zwingt mich, so gut wie möglich zu kämpfen. Eine solche Tat würde gegen ihre Wünsche verstoßen. Daher warte ich auf den Tag, an dem mich ein Rechthänder im Kampf besiegt. Möge er bald kommen."

Ich wusste nicht, was ich darauf sagen sollte. Ein Geist mit einem anhaltenden Todeswunsch, den er nicht erfüllen konnte. Riven hörte nie auf, mich zu überraschen.

Die Wanderung fühlte sich lang an, aber ohne Erschöpfung oder den Verlauf eines Tages, um die Zeit zu bestimmen, war es unmöglich zu wissen. Erst als Cheo eine Hand hob, entdeckten wir, dass wir nahe waren.

„Hinter der nächsten Lichtung", sagte Cheo. „Werden wir ihr Dorf finden. Sie werden uns nicht erwarten, also wenn wir uns schnell bewegen, sollte der Sieg unser sein."

„Woher weißt du, dass sie uns nicht erwarten?", fragte ich.

„Weil sie ihre Sammlung abgeschlossen haben. Wir nicht", sagte Cheo. „Sie durchkämmen den Dschungel nicht mehr nach Neuen, um ihre Reihen zu verstärken, was bedeutet, dass sie sich darauf vorbereiten, uns anzugreifen. Was bedeutet, dass wir einen Moment haben, um sie zu überraschen."

Cheo nahm einen primitiven Bogen von seinem Rücken und hielt einen Pfeil in seiner linken Hand. Seine Augen nahmen einen konzentrierten Glanz an, den ich bei meinen Führerkollegen vor einer Schlacht gesehen hatte; dieser eiserne Fokus, eine gestählte Reserve gegen jede kommende Gnadenlosigkeit.

„Scheint, es ist soweit", sagte ich zu Selena, aber sie hatte bereits ihr Hackbeil und ihr Messer gezogen. Ich folgte Cheos Beispiel und holte die Armbrust heraus. Lud die blauen Bolzen ein und spannte einen in Schussposition. Wollte ich einen der sechs Bolzen, die ich hatte, in einem zufälligen Kampf mit Dschungelgeistern einsetzen? Nicht unbedingt, aber ich wollte auch nicht sterben.

Und wenn der Sieg eine Audienz bei Mali bedeutete, dann gab es keinen Grund, sich zurückzuhalten.

Jetzt schlichen wir. Hielten uns tief, während wir uns durch das Unterholz bewegten. Cheo und ich auf beiden Seiten und Selena zwischen uns, direkt dahinter. Die Positionen gaben uns freie Schusslinien, während Selena frei war, vorzutreten und jeden anzugreifen, der auf uns zustürmte. Standardtaktik für den Umgang mit Geistern. Ob sie gegen die Rechte Hand funktionieren würde, wer wusste das schon?

Die Lichtung sah identisch aus mit dem Dorf der Linken Hand. Die gleiche Anzahl von Hütten an ungefähr den gleichen Stellen. Ein zentraler Pfahl ragte hoch auf, obwohl die Runen anders waren. Genauso wie die Geister, die sich darum scharten. Die vielen Geister, die den Pfahl umkreisten. Weit mehr als die Linke Hand.

„Cheo, wir sind zahlenmäßig zu unterlegen", sagte ich. „Sie müssen doppelt so viele sein wie wir, vielleicht mehr."

„Überraschung, mein Freund", sagte Cheo, „ist der große Ausgleicher."

Cheo stand auf, legte einen Pfeil an. Die Rechthänder fuhren fort zu chanten – ich hörte Malis Namen inmitten unbekannter Worte heraus – und ich blickte um den Umkreis, um zu sehen, wie sich die anderen Linkshänder in Position brachten. Ihre Schüsse auswählten. Ich nahm an, ich sollte meinen auch finden.

Ich blickte durch die Armbrust, kniff mein rechtes Auge

zusammen und zielte. Wie die Linke Hand hatte die Rechte Hand Geister aller Hintergründe, Altersgruppen, Rassen. Malis Anhänger diskriminierten nicht.

Ich fand einen furchterregenden Mann, der eine Reihe von gezackten Narben um sein Gesicht, seinen Körper und seine Arme trug, und richtete meinen Schuss aus. Er war wahrscheinlich bei einem Unfall gestorben, plötzlich und brutal. Nach Riven übergetreten, ohne es zu merken, ohne die Chance zu haben, seine Seele seinen Wünschen anzupassen.

Jetzt würde ich das, was von ihm übrig war, genauso schnell auslöschen. Mein Finger spannte sich am Abzug, und ich kniff die Augen zusammen. Direkt drauf.

Cheo schoss.

ANGRIFF

Der Pfeil flog lautlos. Mein einziger Hinweis kam vom leichten *Twang*, als die Bogensehne schnappte. Cheos Ziel war präzise, und der Pfeil tauchte wieder auf, eingekeilt zwischen den Schulterblättern eines Geistes am Rand des Kreises. Ein Mann, der vor Überraschung aufschrie, ein Schrei, der abrupt endete, als blaues Feuer von der Pfeilspitze ausbrach.

Ich zögerte. Blaues Feuer? Diese Geister hatten Pfeile, die einfangen konnten? Wie?

Kampfschreie rissen mich in die Gegenwart zurück. Linkshänder riefen aus den Bäumen, während sie die Rechtshänder mit Pfeilen überschütteten. Die Rechtshänder zerstreuten sich und riefen nach Waffen. Beide Seiten wünschten ihren Feinden Malis Rache. Beide Seiten verdammten ihre Gegner im Namen derselben Göttin.

„Wirst du das Ding benutzen?", fragte Selena, als Cheo einen weiteren Pfeil abschoss.

„Ich warte auf den richtigen Moment", sagte ich, um meine Unsicherheit zu verbergen. Ich zielte mit der Armbrust. Mein vernarbter Mann war in der wirbelnden

Menge verschwunden, also wählte ich wahllos ein Ziel aus. Ein aufgebrachter Typ, dessen dürre Arme winkend den Verkehr dirigierten. Er zeigte auf Linkshänder in den Bäumen und im Dschungel. Ich drückte ab.

Mein blauer Bolzen schoss hervor, durchbohrte die Brust des Geistes und hüllte ihn in dasselbe blaue Feuer wie die Pfeile der Linkshänder. Er hörte auf, mit den Armen zu wedeln, und wanderte einen Moment später in Richtung Dschungel. Ein langer, langer Weg zum Zyklus von hier, aber der Geist würde dort ankommen.

Die ersten Gegenangriffe der Rechtshänder begannen. Eigene Pfeile schossen aus Hüttenfenstern oder von Geistern, die hinter Holzstapeln oder Buschwerk kauerten. Unser Hinterhalt hatte, so schätzte ich, etwa ein Fünftel von ihnen erwischt, basierend auf der Anzahl der untätig herumlungernden und umherwandernden Geister in der Mitte der Lichtung. Trotzdem waren wir noch in der Unterzahl.

„Wir können es uns nicht leisten, sie sich einrichten zu lassen", rief ich Cheo zu.

„Einverstanden!", erwiderte Cheo, und dann legte er die Hände an den Mund und stieß einen trillernden Schrei aus. „Stürmt mit mir, Freunde!"

„Und jetzt wird's interessant", sagte Selena, als wir unsere ersten Schritte aus dem Gebüsch machten.

„Bleib dicht bei mir", antwortete ich. „Wenn uns diese Pfeile treffen, können wir einander nicht retten. Können keine Bindung zur Wiederherstellung nutzen."

„Du meinst, wir könnten nochmal sterben?", lachte Selena, während wir auf das Dorf zurannten. „Carver, das würde mir nur Frieden bringen!"

Ich hob die Armbrust, während wir vorrückten, und spannte den nächsten blauen Bolzen ein. Direkt vor uns standen ein paar Hütten, aus deren Haupttüren Rechtshänder zu strömen begannen. Es war schwer zu zielen, da jeder Schritt die Armbrust auf und ab bewegte. Glücklicherweise war ein Schuss aus nächster Nähe nicht schwer zu finden.

Ein bulliger Geist drängte sich aus der Hütte rechts heraus, und ich traf den monströsen Brustkorb des Mannes mit meinem Schuss, der ihn mit blauem Feuer an seinem Körper zurück in die Hütte fallen ließ. Eine tätowierte Frau nahm seinen Platz ein, hob ein Paar Messer und kam auf mich zu.

Ich warf die Armbrust hart und traf sie im Gesicht. So hielt ich sie in der Türöffnung der Hütte, dem einzigen Hindernis, das die Zahl der auf mich zukommenden Geister begrenzte. Als sie zurückwich, packte ich das große Schwert mit beiden Händen, pflanzte meinen rechten Fuß in den Boden und führte, nach vorne gelehnt, einen langen Frontalschnitt aus. Das Schwert schnitt durch die Wände der Hütte, zerschnitt die erbärmlichen Messer der Geisterfrau und zerteilte sie in Flammen.

Der Türrahmen brach zusammen, das Dach sackte ein, als mein Schnitt die Integrität der Hütte untergrub. Statt einem standen nun drei weitere Geister vor mir in der breiten Öffnung. Zwei mit groben Äxten und ein dritter, der einen Bogen hielt, mit eingelegtem Pfeil, bereit zu schießen. Ich machte mich auf den Schuss gefasst.

Ein Messer flog an meiner rechten Schulter vorbei und bohrte sich in den bogentragenden Geist, was den Mann stolpern ließ. Selena folgte ihm, wich dem Schwung eines Axtmannes aus, um ihr Messer zu verfolgen, packte die Waffe mit ihrer linken Hand und drehte den Griff. Blaues Feuer raste die Klinge hinunter und schickte den Bogenschützen in seligen Frieden.

Der erste Axtmann kam auf mich zu, schrie in einer Sprache, die ich nicht kannte, und führte seine kurzschaftige Waffe in einem Überkopfschlag in Richtung meines Kopfes.

Ein Selbstmordangriff – der Geist ließ sich weit offen, bereit, einen Treffer einzustecken, um einen vernichtenden Schlag zu landen. Stattdessen stieß ich mich mit meinem rechten Fuß ab, ging nach links am wilden Schwung vorbei und schlug mit meinem Schwert zu, als der Geist vorbeizog. Mein Hieb traf den Geist im Rücken und ließ den Axtmann zu Boden gehen, blaues Feuer umloderte ihn.

Vor mir parierte Selena Schlag für Schlag ihres Axtmannes, Klirren hallte, als das Hackbeil die Schläge des Axtmannes immer wieder auffing. Der Axtmann täuschte einen Schlag von rechts vor, den Selena abwehren wollte, und schlug mit seiner linken Hand zu. Er zielte auf Selenas Gesicht.

Meine Liebste war zu schnell. Sie sah den Schlag kommen, duckte sich darunter weg und rammte ihre rechte Schulter in die Brust des Axtmannes. Als er zurücktaumelte, führte Selena ihren rechten Arm zurück, schwang das Hackbeil nach vorne und erwischte den Axtmann mit weit ausgestreckten Armen. Ein brennend blauer Schnitt öffnete sich im Bauch des Geistes, und er sah Selena mit offenem Mund an, während all die Wut und Zerstörung aus seinen Augen schwanden.

„Cheo!", rief Selena, als der Axtmann fiel. Ich folgte ihrem Blick und sah unseren Anführer der Linken Hand, bedrängt von einem Quartett Rechtshänder-Geister. Zunächst dachte ich, Cheos Ende würde schnell kommen, aber unser Führer in dieses verfluchte Land hatte nicht vor, leise abzutreten. Er wirbelte und trat, blockte und konterte, zufrieden damit, die schwingenden Äxte und Messer auf Abstand zu halten, anstatt sich für einen tödlichen Schlag zu exponieren.

„Scheint, als müssten wir ihm helfen", sagte ich und rannte zurück auf die Lichtung. Jenseits von Cheos verzweifeltem Tanz war der Rest des Rechtshänder-Dorfes in eine von Rivens surrealen Schlachten ausgebrochen. Leere Geister, die betäubt dastanden oder begannen, zum Zyklus zu wandern, mischten sich unter die wütenden Kämpfe beider Seiten. Die Linkshänder, entweder ohne Pfeile oder unfähig, gute Ziele im Getümmel zu finden, hatten ihre Hinterhaltsposten verlassen und sich in eine sich formierende Truppe der Rechtshänder gestürzt.

Der Part der Strategie in diesem Spiel war beendet. Das Chaos hatte die Oberhand gewonnen.

Etwas krachte in mich hinein, als ich auf Cheo zurannte, hob mich hoch und schleuderte mich zehn Fuß über den Boden. Ich landete auf dem Gras und rollte mich ab, wobei ich die Klinge des großen Schwertes flach am Boden hielt. Ich blickte auf und sah einen Fuß auf mich zukommen. Spürte, wie er meinen Kopf traf und ihn nach hinten schnellen ließ.

Geister in Riven konnten nicht lange unter ernsthaften Verletzungen leiden. Ohne Organe, Knochen oder Blut gab es einfach nicht viel, was tatsächlich beschädigt werden konnte. Schmerz allerdings, der blieb. Nicht wegen eines natürlichen Prozesses, wie Nicholas mir erklärt hatte, sondern weil unser Verstand immer noch glaubte, wir hätten zerbrechliche Körper. Immer noch glaubte, wir könnten verletzt und zerstört werden.

Als der Tritt also traf, durchzuckte eine pochende Blüte hämmernder Qual meinen Verstand, und der Dschungel über mir drehte sich wie eine überdrehte Uhr. Nur der Instinkt rettete mich. Ich rollte mich mit dem Schlag ab, hob das große Schwert in den Weg des Angriffs und fing die Keule meines Angreifers damit ab.

Die Waffe meines Gegners war ein albtraumhaftes Instrument: ein verzogener Holzschaft mit Metallsplittern, die an seinem Ende in seltsamen Winkeln herausragten. Wie die krummen Klauen eines grässlichen Monsters. Jedes einzelne dieser glitzernden Stücke schimmerte mit blassem

Feuer, das darauf wartete, entfesselt zu werden. Ich durfte nicht zulassen, dass es mich berührte.

Ich stieß gegen die Keule und gegen die sehnigen Arme, die sie hielten. Arme, die mit Narben übersät waren. Mein erstes Ziel, zurückgekommen, um seinen vermeintlichen Mörder zu finden. Der Stoß verschaffte mir etwas Luft zum Atmen, als er zurücktrat, um das Gleichgewicht zu halten. Ich krümmte mich nach vorn, stemmte das Schwert gegen den Boden, um auf die Füße zu kommen. Nahm meinen ersten guten Blick auf meinen Gegner.

Das Erste, was mir auffiel, war seine Keule, die schon wieder auf mich zukam in einem krachenden Schlag, dem ich keine Zeit hatte auszuweichen.

DER PREIS

Also versuchte ich es gar nicht erst. Ich ließ das große Schwert fallen und duckte mich unter seinen Schwung, in der Hoffnung, nah genug heranzukommen, um diesen Metallteilen auszuweichen. Ich spürte, wie die Keule meine Schulter und die linke Seite meines Halses traf. Der Schlag hätte mich fast in die Knie gezwungen, aber ich fühlte keinen Stich. Keinen schneidenden Schnitt. Kein blaues Feuer. Meine Schulter wäre, wäre ich noch menschlich gewesen, ausgerenkt worden. Meine Schulter, da ich tot war, wechselte lediglich zwischen pochenden Schmerzen und Taubheit.

Mit meiner rechten Hand zog ich mein Messer und versuchte, den Geist in den Bauch zu stechen, aber seine linke Hand packte mein Handgelenk und hielt mein Messer weit weg. Er holte mit der Keule zu einem weiteren Schlag aus, und ich schlüpfte um ihn herum, wobei ich seinen linken Arm über seine Brust zog, als ich unter seinem rechten hindurchging. Oder zumindest versuchte ich das. Als ich mich hinter ihn bewegte, grub der Geist seinen linken Fuß ein und zog mich zurück, wobei er mich zu Boden schmetterte. Er hob die Keule über seinen Kopf und brachte sie krachend in Richtung meines Gesichts. Ich stach mit dem Messer nach oben und fing die Keule mit der Spitze meiner Klinge auf. Das Messer drang in das Holz ein, spaltete die Keule und zerschmetterte sie in Stücke, wobei die Splitter um mich herum regneten. Der Geist starrte auf den Stummel in seiner Hand, ein paar Zentimeter zersplittertes Holz. Bis ich aufstand.

„Qualität zählt, mein Freund", sagte ich und schwenkte mein poliertes, geschmiedetes Messer.

Der Geist knurrte mich an, sein Gesicht ein bedrohliches Durcheinander aus zerknautschtem Knochen und Haut. Sein Abschied vom Leben war ein wahrhaft elender gewesen. Er warf den Keulenstummel nach mir und folgte mit einem waghalsigen Angriff, den Kopf gesenkt und die Arme ausgestreckt. Ich duckte mich unter seinen Händen hindurch, packte seine Taille und hob ihn, meine Füße fest auf dem Boden, über meine Schulter und schleuderte ihn hinter mich.

Als er auf dem Boden aufschlug, drehte ich mich um und zog meine Peitsche. Der Geist stemmte seine Hände auf und stieß sich wieder hoch, gerade rechtzeitig, damit sich meine Peitsche um seinen Hals wickelte. Das Metallende durchbohrte die Haut des vernarbten Mannes, und ich drehte den Griff, wodurch das blaue Feuer entlang der Schnur lief und den Geist in seinem blassen Schein einhüllte, was seinen Schmerz beendete.

Ich zog meine Peitsche zurück und drehte mich um, in der Hoffnung, dass Cheo noch lebte. Ich sah, dass Selena ihm zu Hilfe gekommen war. Die beiden waren dabei, die Geister der Rechten Hand zu erledigen. Sie schnitten und hackten und rissen mit wilder Hingabe. Hinter ihnen legte sich das heftige Handgemenge. Cheos Überraschungsangriff hatte funktioniert. Ohne die Chance, sich zu formieren, waren die Rechthänder in Hütten gefangen oder über die Lichtung verstreut worden, wo Teams von Linkshändern ihre Feinde teilten und aufspießten. Trotz der Überzahl hatten die Rechthänder keine Führung, keine Organisation und wurden in Stücke gerissen.

Selena und ich beteiligten uns an den Aufräumarbeiten, kümmerten uns um den verstreuten Widerstand und stellten sicher, dass keine anderen Bedrohungen übrig blieben. Schließlich, als der Dschungel zu seiner normalen Ruhe zurückkehrte, schlossen sich uns die etwa vierzig Linkshänder, die die Schlacht überlebt hatten, in der Mitte der Lichtung an. Gruppen von Geistern mit leerem Blick starrten uns an, während andere unter dem Sirenenruf des Zyklus hinauswanderten.

„Dann ist es vollbracht", sagte Cheo zur Gruppe. „Die Linke Hand ist siegreich. Unsere Feinde sind besiegt. Jetzt kann endlich unser Frieden herrschen."

Ich blickte zu Selena. „Von welchem Frieden spricht er deiner Meinung nach?"

Selena zuckte mit den Schultern. „Glaubst du nicht, dass sie in ihrem Dorf leben können?"

„Hast du es gesehen, als wir dort waren? Hast du dieses hier gesehen? Das Einzige, was sie taten, war, sich auf den Krieg vorzubereiten. Mehr Geister zu rekrutieren. Sie haben keine Friedensfunktion."

„Vielleicht können sie jetzt eine finden", sagte Selena.

Cheo pries weiterhin ihren Sieg. Er beanspruchte die Schlacht im Namen von Mali. Behauptete, ihre Gnade habe den Triumph der Linken Hand bewirkt. Die übrigen Linkshänder echoten jede seiner Aussagen mit wildem Geschrei. Die Art von rauschhaftem Sieg, die ich gelegentlich bei Führern gesehen hatte, wenn wir eine Bresche schlossen. Wenn wir einen Ghul zur Strecke brachten. Dennoch ließ mich die Ekstase auf diesen Geistergesichtern, als Cheo sie zu den Auserwählten erklärte, erschaudern. Ich hatte solche

Loyalität schon einmal gesehen. Ich hatte die Geister in Barths Turm gesehen, die Führer, die Piotr folgten. Diese Art von inbrünstigem Gehorsam endete nur im Terror.

Nachdem Cheos Rede geendet hatte, zerstreute sich die Menge. Die Linkshänder durchstreiften die Lichtung und suchten sich die Waffen aus, die sie mitnehmen wollten. Sie sammelten Pfeile und Speere und Äxte. Dann verschwanden sie zurück in den Dschungel, um zu ihrem Heimatdorf zurückzukehren. Cheo hielt uns zurück, bis nur noch wir drei auf der Lichtung standen. Er streckte seine Hand aus und schüttelte unsere.

„Es ist lange her, dass ich an der Seite eines Paares eures Kalibers gekämpft habe", sagte Cheo. „Danke."

„Wir freuen uns, dass wir helfen konnten", sagte ich. „Ist das, was du wolltest?"

„Die Linke Hand hat gewonnen. Die Rechte Hand hat verloren. Ich habe Malis Ziel erreicht", sagte Cheo, aber die Verkündungen klangen seltsam hohl. „Nun, ich nehme an, ihr möchtet die Göttin selbst sehen?"

„Deshalb sind wir hier", sagte ich.

„Dann werde ich euch zu ihr bringen, wie versprochen."

RUNEN

Wir brachen ein paar Minuten später aus dem Dorf auf, aber diesmal nicht nach Osten in Richtung der Stadt der Linkshänder, sondern nach Norden. Tiefer in die Schluchten hinein, deren Wände immer höher zu werden schienen und wo der Dschungel immer dichter wurde. Obwohl es die gleichen Bäume und Farne waren, gab es einfach mehr davon. Sie drängten sich enger um uns, bis der Gedanke, den Pfad zu verlassen und in die Äste zu springen, wie es die Linkshänder getan hatten, unmöglich erschien. Stattdessen bewegten wir uns in einer Reihe, die dicken Stämme schlossen sich zu beiden Seiten. Alle Anzeichen des blauen Himmels über uns verblassten, als sich die belaubten Baumkronen das Licht abschirmten. Strahlen filterten durch winzige Lücken und beleuchteten unsere Schritte wie Scheinwerfer. Als würden wir zwischen Tag und Nacht hin und her wechseln.

„Ganz schön atmosphärisch", sagte ich.

„Mali hat einst wunderschöne Dinge erschaffen", erwiderte Cheo.

„Einst?", Selena wischte sich eine tief hängende Liane aus dem Gesicht.

„Sie hat ihren Tempel schon lange nicht mehr verlassen", antwortete Cheo. „Ich vermute, sie hat das Interesse an uns, an ihrem Volk, verloren."

„Wie lange seid ihr schon hier?", fragte ich.

„Du weißt, dass das eine unmögliche Frage ist." Cheo führte uns über eine Brücke, die aus mit Lianen verbundenen Baumästen bestand, über eine flache Schlucht, deren glatter Boden darauf hindeutete, dass hier einst Wasser geflossen war. „Aber es fühlt sich an, als wären es viele, viele Jahre."

„Ich frage, weil du Englisch verstehst. Du verstehst unsere Worte. Trotzdem glaube ich nicht, dass du aus Amerika kommst. Oder England."

„Ich spreche viele Sprachen", sagte Cheo. „Ich muss viele Geister sammeln, sie lehren und trainieren. Wenn ich neue finde, bemühe ich mich, zu lernen. Wenn Zeit keine Rolle spielt, ist es nicht so einschüchternd, eine neue Fähigkeit zu meistern."

„Und Mali? Wird sie uns verstehen?"

„Mali wird hören, was sie hören will. Deshalb müsst ihr eure Worte mit Bedacht wählen."

Nicht wirklich eine Antwort, aber wie bei den meisten Dingen, die Mali betrafen, schien es, als würden wir es erst wissen, wenn wir ihr von Angesicht zu Angesicht gegenüberstehen würden. Um uns herum veränderte sich der Dschungel von seiner nachgeahmten Form. Wo sich ähnliche Bäume gruppiert hatten, wölbten sich nun große Stämme mit spiralförmiger Rinde. Pilze blühten bis zu unserer Taille auf. Blumen, regungslos ohne jeden Lufthauch, standen kerzengerade und suchten nach jedem Sonnenstrahl, der durchdrang.

„Malis Garten", bemerkte Cheo. „Was sie an Energie aufwendet, konzentriert sich hier, in ihrer Nähe."

„Wunderschön." Selena ging zu einer der Blumen, einer lila-schwarzen Menagerie mit langen, spinnwebartigen Blütenblättern. Sie fuhr mit der Hand über die Enden und runzelte dann die Stirn. „Es ist hart. Nicht weich, wie eine Blume sein sollte."

Ich versuchte es auch und fuhr mit einem Finger über den Rand. Das Blütenblatt fühlte sich wie Stein an. Rau und kratzend. Als ich darauf drückte, bewegte sich die Blume nicht. Cheo, der hinter uns stand, sagte nichts.

„Darf ich sagen, dass ich mich unwohl fühle?", sagte Selena, als wir unseren Weg fortsetzten.

„Kannst du. Ich würde dir sogar zustimmen", antwortete ich. „Was auch immer Nara von Mali erwartet hat, ich glaube nicht, dass es das hier war."

„Halt dein Schwert griffbereit."

„Immer."

Ich log auch nicht. Meine Hände hatten sich daran gewöhnt, auf dem Griff der Peitsche, dem langen Messer, zu ruhen. Es war beruhigend zu wissen, dass ich, egal was auf mich zusprang, eine gute Chance hätte, es zuerst zu erwischen.

So war unsere Welt.

Unser Marsch in einer Reihe endete an einer Felswand. Nur war dieser Abschnitt, vielleicht sechzig Meter breit, anders als die schwarzen, moosigen Ranken, die den Rest der Schluchten bedeckten, in Gold gehauen. Oder zumindest in Gestein, das wie Gold aussah. Jeder Quadratzentimeter war zu einem Symbol oder einem anderen geformt. Zeichen, die ich nicht erkannte, Schwünge in Linien und Diagonalen, die sich umeinander schlängelten. Einige erstreckten sich über Meter, kletterten bis ganz nach oben, wo das belaubte Blätterdach daran streifte. Alles funkelte, als verschiedene Lichtflecken ihren Weg hindurchfanden und reflektiert wurden. Eine Öffnung, sechs Meter breit, gähnte uns an. An den

Rändern von behauenen Steinen umgeben. Kein Licht kam aus dieser Höhle, nur tiefe Nacht. Neben dem Eingang standen ein Paar Säulen, auf denen sich die gleichen vier Zeichen von oben bis unten wiederholten.

„Ich nehme an, das ist ihr Name?", fragte ich.

„Meine Göttin ist nicht bescheiden." Cheo deutete auf die Vorderseite des Tempels, die Muster im Fels. „Früher brachten wir Geister hierher zur Sammlung. Dies diente als ihre erste Einführung in die Größe, die sie sehen würden. Bis Mali der Zeremonie überdrüssig wurde."

„Es gibt so viele Symbole auf diesen Wänden." Selena starrte auf die Säulen, und ich beobachtete, wie ihre Augen den Gravuren folgten. „Sie sind schwer zu verstehen."

„Du kannst diese Symbole lesen?", fragte ich.

„Es ist in einer alten Sprache", sagte Cheo. „Ich höre keine Geister mehr, die ihre Sprache sprechen. Die Erde muss sie vergessen haben."

„Ich kann sie nicht lesen, Carver." Selena ging zur linken Säule und fuhr mit der Hand über die eingeritzten Runen. „Aber ich habe die Symbole schon einmal gesehen. In Museen."

„Weißt du, was da steht?", fragte ich Cheo.

Unser Führer ließ seinen Blick über das Äußere des Tempels schweifen. Ich entschied mich, es Tempel zu nennen, weil es das zu sein schien. Malis Ort der Macht. Der Palast der Stärke einer Göttin.

„Meine Übersetzung ist unvollkommen", sagte Cheo. „Aber ich glaube, es heißt, dass diese Domäne dem Schöpfer gehört. Diese Welt gehört dem, der sie erbaut hat. All jene, die ihre Brillanz nicht erkennen, sind hier nicht erwünscht. Diejenigen, die ihren Respekt zollen wollen, treten ein und werden anerkannt."

„Ich spüre, dass Arroganz bei Mali eine wichtige Rolle spielt", sagte ich.

„Das mag alles sein, was ihr geblieben ist", erwiderte Cheo. „Wenn ihr gekommen seid, um etwas anzubieten, das Mali will, werdet ihr besser abschneiden."

„Ich habe keine Ahnung, ob Mali das will, was wir anbieten."

„Wer würde schon eine Einladung ablehnen, durch ein Feld toter Körner zu laufen, um einen unheimlichen alten Geist zu treffen?", sagte Selena.

„Wir geben ihr keine Wahl", erwiderte ich. „Sie kommt mit uns."

Cheo sah uns beide verwirrt an. Ich schüttelte den Kopf und nickte in Richtung des Eingangs.

„Sollen wir?"

„Bevor wir reingehen", sagte Cheo, „möchte ich euch warnen: Seid vorsichtig und höflich, oder seid bereit, dem Zorn einer Göttin gegenüberzustehen."

„Cheo, hat dir schon mal jemand gesagt, wie gut du darin bist, düstere Warnungen auszusprechen?", sagte ich. „Selena und ich haben das Schlimmste gesehen, was Riven zu bieten hat. Ich denke, wir können damit umgehen."

„Zu eurem Wohl hoffe ich das."

Wir folgten Cheo durch den Eingang in Malis Tempel.

Hinein in die Dunkelheit.

ZEHNTAUSEND MAL

Als Kind hatte ich jahrelang Angst vor der Dunkelheit. Ich glaube, es hatte etwas damit zu tun, dass wir ständig umzogen. Dass ich nie einen Elternteil oder jemanden hatte, zu dem ich ins Bett kriechen konnte, jemanden, der die Phantommonster vertreiben würde. Stattdessen hatte ich einen mürrischen Führer nach dem anderen, Menschen, deren Nächte in einer anderen Welt verbracht wurden. Die, wenn ich wegen eines Albtraums aufschrie, nicht aufwachten. Die nicht kamen, um mich zu trösten oder meine Ängste zu vertreiben.

Es brauchte mehr Jahre, als ich zugeben möchte, um meine Ängste zu beherrschen. Um die Schatten zu bekämpfen. Die Nacht wurde zu einem Schlachtfeld, einem Ort, an dem ich endlose Kriege mit den schwarzen Ecken meines Zimmers führte. Als ich anfing, nach Riven überzutreten, gaben die Geister den Monstern, mit denen ich seit Jahren kämpfte, Gestalt.

Also, als wir Malis Tempel betraten, als die Details verschwammen, bis nur noch die Silhouette der Tür hinter uns sichtbar war, weigerte ich mich, Angst zu haben.

Weigerte mich, das zu fürchten, was ich nicht sehen konnte. Ich legte meine Hand auf Selenas Schulter und spürte, wie Selena ihre Hand auf meine legte. Wir gingen Seite an Seite.

„Muss sagen", sagte ich, und meine Stimme klang seltsam in der Dunkelheit. Körperlos; von überall und nirgendwo herkommend. „Ich liebe die Atmosphäre."

„Früher gab es hier Lichter", sagte Cheo. „Brennende Fackeln, die nie ausgingen. Mali wurde der Gemälde überdrüssig."

„Der Gemälde?", fragte Selena.

„Moment mal." Ich griff nach unten zu meinem Gürtel, zog das lange Messer heraus und drehte den Griff. Blaues Feuer umhüllte die Waffe und erleuchtete den Gang in seinem blassen Schein. Um uns herum explodierten die Wände mit farbenfrohen Bildern. Fein detaillierte Striche, die Landschaften umrissen und Geschichten erzählten. Drei Figuren wiederholten sich in allen Bildern. Zwei Frauen und ein Mann. Eine Frau mit silbernem Haar, eine mit schwarzem. Der Mann hatte keines.

Ein Gemälde an der linken Wand zeigte das Trio, wie es auf einer von Lava umgebenen Scheibe stand. Oder irgendeiner anderen glühenden, scheußlichen Flüssigkeit. Das nächste zeigte die drei, wie sie das Land um sich herum bewunderten, die dunkelhaarige Frau mit zum Himmel erhobenen Armen. Auf festem Boden, ein Berg in der Ferne aufragend.

„Wer hat die gemacht?", fragte ich. „Mali?"

„Ich weiß es nicht", sagte Cheo. „Sie waren schon immer hier. Seit vor meiner Zeit sogar. Wenn Mali diese gemalt hat, dann waren es die einzigen, die sie je gemalt hat."

Das Feuer an meinem Messer erlosch. Es war keine Fackel, es würde nur für Sekunden brennen. Ich setzte den Griff zurück und war dabei, ihn erneut zu drehen, als Cheo im Dunkeln seine Hand auf mein Handgelenk legte.

„Bitte", sagte er. „Du kommst als Gast. Es ist besser, den Wünschen des Gastgebers zu gehorchen. Wenn Mali diese Gemälde verborgen haben will, ist es das Beste, wenn sie so bleiben."

„Und wenn ich sie sehen will?", fragte ich.

„Tu es, nachdem ich weg bin", sagte Cheo, und ich konnte sein Grinsen hören. „Dann weiß Mali, wen sie beschuldigen muss."

Ich dachte darüber nach. Klar, ich wollte Mali auch nicht verärgern, aber ich wollte noch einen Blick auf diese Gemälde werfen. Was sie zu zeigen schienen. Drei Geister, und einer mit Naras silbernem Haar. Mali vielleicht, die andere Frau, diejenige, die die Welt zu erschaffen schien. Wer der Mann war, hatte ich keine Ahnung. Nara hatte einen Namen erwähnt, Dolan?

„Denkst du das Gleiche wie ich?", fragte ich Selena.

„Carver, ich habe vor langer Zeit gelernt, nie anzunehmen, dass du und ich das Gleiche denken", antwortete Selena.

„Guter Punkt. Wenn wir hier rauskommen, lass uns reden."

„Wir haben einen langen Rückweg zur Stadt. Jede Menge Zeit."

Cheo führte uns weiter. Tiefer in den dunklen Pfad hinein. Ich konnte fühlen, wie sich die Wände um mich schlossen. Der Steinboden raschelte unter dem Scharren unserer Stiefel. Keine anderen Geräusche waren zu hören. Kein fließendes Wasser, kein Rauschen einer Brise. Kein Knistern einer fernen Flamme. Riven war nie ein lauter Ort, es sei denn, man befand sich in einem erbitterten Kampf mit heulenden Geistern oder stand neben einem Gebäude, das endlich einem langsamen Einsturz nachgab. Aber der Gang erreichte eine ganz neue Stille. Als wäre ich wirklich gestorben, als hätten alle meine Sinne aufgehört zu existieren.

Ich stieß gegen Cheos Rücken. Unser Führer war stehengeblieben.

„Wir sind fast da", sagte Cheo. „Wenn ich ihre Kammer betrete, werde ich aufhören, ich selbst zu sein."

„Was meinst du damit?"

„Ich bin Malis Untertan", antwortete Cheo. „Unter ihrer Herrschaft und ihrem Willen. Unterbrecht nicht. Danach werdet ihr eure Chance haben. Ich wünsche euch alles Glück der Welt."

„Du bleibst nicht?"

„Ich werde tun, was Mali will", sagte Cheo. „Ich glaube nicht, dass sie sich nach all den Jahren geändert hat. Es war mir eine Freude, euch beide kennengelernt zu haben. Möge die Göttin euch Glück schenken."

„Bin mir nicht sicher, ob wir ihren Segen wollen", murmelte Selena. Cheo antwortete nicht. Er ging wieder los und wir folgten.

Ich bemerkte das Licht fast nicht. Realisierte nicht, dass die Wände zurückwichen, als wir in eine größere Kammer traten. Ein Raum mit zwei Becken zu beiden Seiten. Eines schimmerte in einem schwachen Blau und das andere in einem Limegrün. Ein Steinweg führte zwischen ihnen hindurch. Er führte zu einem Podest, auf dem, in einem Stuhl, die Göttin saß, die wir suchten. Neben ihr, entschlossen und uns mit nicht vorhandenen Augen in seinem Metallgesicht anstarrend, stand ein Ghul. Seine goldene Haut schimmerte im Licht der Becken. Der Ghul trug eine mit Juwelen besetzte Tunika, ein Regenbogen aus Edelsteinen. Zwei Arme, zwei Beine, jedes eine Säule aus Edelmetall. Als hätte Mali den Ghul sowohl aus Geistern als auch aus der Erde geformt.

Mali selbst trug ein silbernes Kleid, das wie flüssiges Quecksilber um sie und den Thron floss, auf dem sie saß. Sie trug keine Krone, schmückte sich mit keinen Juwelen. Als wollte sie in Opulenz nicht mit ihrem eigenen Ghul konkurrieren.

Cheo ging weiter, während wir starrten. Ließ uns dastehen und Malis Kammer anstarren. Er machte fünf Schritte nach vorn und ließ sich auf ein Knie fallen, legte seine Hände auf den Boden und senkte seinen Blick zu Boden.

„Wie es immer ist, bin ich zurückgekehrt", verkündete Cheo. Seine Stimme verlor jegliche freundliche Anwandlung. Jede Silbe wurde gesprochen, als würde er eine offizielle Bekanntmachung machen. Als würde er jemanden zum Tode verurteilen.

„Wie es immer ist", erwiderte Mali von ihrem Thron aus. Sie sprach mit leichter Stimme, aufrichtig. Eine Person, die versuchte, aufgeregter zu erscheinen, als sie es wirklich war. Die Last ihrer Jahrhunderte verbergend.

„Soll ich den Ritus vollziehen?", fragte Cheo.

„Zehntausend Mal", sprach Mali sanft. „Zehntausend Mal, Cheo, hast du die Linke Hand zum Sieg geführt. Und zehntausend Mal hast du mein Reich für die Rechte Hand erobert. Es scheint, du bist meine größte Schöpfung."

Zehntausend Mal? Sowohl die Linke als auch die Rechte Hand? Ich wollte Fragen stellen, aber der Gedanke zu unterbrechen fühlte sich so weit entfernt von jeglichem Anstand an, dass ich wie angewurzelt dastand. Unfähig, meinen Blick von diesen beiden abzuwenden. Von einer Göttin und ihrem Diener.

„Ich habe viele Schlachten für Sie gekämpft", sagte Cheo. „Ich werde so viele weitere kämpfen, wie Sie für mich bestimmen."

„Ich frage mich, mein Cheo, warum du immer weiter siegst?", sagte Mali. „Jedes Mal, wenn ich den Mantel an einen neuen Geist weitergebe, gehst du als Sieger hervor. Bist du wirklich der Beste, den die Zeit je gesehen hat?"

„Es liegt daran, dass Sie mir die Kraft geben, die ich brauche."

„Ja", erwiderte Mali, lehnte sich in ihrem Stuhl nach vorne und schenkte Cheo ein glitzerndes Lächeln. „Solange ich lebe, wirst auch du leben. Egal wie gefährlich deine Pflicht wird, solange ich hier bin, wirst du siegreich zurückkehren."

„Wie es immer ist", sagte Cheo.

Mali nickte und Cheo stand auf, ging zum limonengrünen Becken und tauchte seine Hand ein. Nahm einen Schluck des Wassers. Erschauderte.

„Ich stehe für die Rechte Hand", verkündete Cheo der Kammer. „Mit Ihrem Segen werde ich die Linke Hand zerstören. Ich werde ihren bösartigen Versuchen, Ihnen zu schaden, ein Ende setzen. Ihrem Königreich Schaden zuzufügen."

„Geh dann und suche ihr wohlverdientes Verderben", erwiderte Mali.

Cheo drehte sich zu ihr um, verbeugte sich und marschierte dann an uns vorbei. Ich dachte darüber nach, ihn aufzuhalten, aber es sah nicht so aus, als ob unser Freund noch in diesen Augen lebte. Der Cheo, der uns hierhergebracht hatte, war verschwunden.

DIE SCHÖPFUNG

Haben Sie schon mal erlebt, wie ein Älterer Sie anstarrt? Ein Blick von jemandem, der zu wissen scheint, wer Sie sind und wer Sie werden würden?

Als Mali ihren Blick von Cheos sich entfernendem Rücken zu uns wandte, spürte ich diese Augen. Ihre Rivengrauen Pupillen auf mir. Sie durchstreiften jeden Zentimeter meiner Seele. Und als Mali zu Selena hinüberglitt, würde ich lügen, wenn ich nicht sagte, dass ich mich entspannte.

Aber der Austausch von Blicken würde uns nicht weiterbringen.

„Mali", sagte ich. „Nara hat uns geschickt. Wir brauchen Sie, um mit ihr zusammenzuarbeiten und Riven zu retten."

Mali lehnte sich auf ihrem Thron zurück. Ihre Finger hüpften ständig auf und ab, als würde sie ein Klavier spielen, das niemand sehen konnte. Ich beobachtete, wie ihre Augen zu mir huschten. Anstatt meinem Blick zu begegnen, landete Malis Blick irgendwo über meiner Schulter. In einem Raum und einer Zeit weit weg von dem Tempel, in dem wir standen.

„Nara hat euch geschickt", sagte Mali. „Seid ihr sicher?"

„Die Frau im Kornfeld", erwiderte Selena. „Riven zerfällt, und sie sagte, Sie könnten helfen, es zu retten."

Mali lachte. Eine Art seltsames, verzweifeltes Kichern, das kommt, wenn jemand von einer weiteren Torheit hört, die ein berüchtigter Freund begangen hat. Ein weiterer Fehler in einer endlosen Reihe von Fehlern. Wo die Erlösung so weit weg ist, dass die einzige Reaktion ein trauriges Kichern ist.

Dann streckte Mali, Göttin ihrer eigenen Schöpfung, ihre Arme aus, die Handflächen nach oben, und begann zu summen. Das Wasser in jedem der Becken begann aufzusteigen, Tropfen lösten sich vom Rest und hingen wie Diamanten in der Luft. Dann bewegten sich die Tropfen zur Mitte, über den Gehweg und zwischen Mali und uns.

Sie bildeten ein Quadrat, ein sich bewegendes Blatt aus Wasser, das in der Luft hing. Die Tropfen begannen sich zu verschieben, sich neu anzuordnen. Einige verbanden sich, um ihre Farbe zu verdunkeln, und andere teilten sich, wurden heller. Bis vor meinen Augen ein Bild entstand, das dem Gemälde im Flur ähnelte. Eine tiefgrüne Scheibe, auf der ein Trio blauer Figuren stand. Zwei Frauen und ein Mann. Um sie herum ein Meer aus hellblauem, fast durchsichtigem Wasser.

Das Wasser bewegte sich, blaue Tropfen sammelten sich und woben sich durch das Grün. Kleinere Figuren. Blaue Linien traten heraus und zerstreuten sich.

„Ich glaube, das ist der Zyklus", sagte Selena, und ich stimmte zu.

Die Parade der Geister setzte sich fort, während die drei Figuren zusahen. Dann schien eine der Frauen mit ihrer Hand auszugreifen, um eine der blauen Linien zu berühren. Die Tropfen stoppten ihren Weg über die grüne Scheibe. Warteten, bis die blaue Figur nach oben zeigte. Dann marschierten die Tropfen in ihrer Form nach oben und von der Scheibe weg. Erneut zerstreuten sie sich in das durchsichtige Meer.

Jetzt bewegte sich die zweite Frau und fuhr mit ihrer Hand entlang der Außenseite der grünen Scheibe. Mehr Tropfen aus dem grünen Becken rasten hinauf, um sich dem Wasservorhang anzuschließen, fügten ihre Farbe der sich ausdehnenden Scheibe hinzu. Sie erweiterten sie, bis fast das gesamte durchsichtige Wasser an den Rand gedrängt worden war. Während die Scheibe wuchs, fuhr die erste Frau fort, die kleineren blauen Geister zu berühren und sie in einer großen Gruppe zu halten. Eine Armee aufzubauen.

Das durchsichtige Wasser, der Zyklus, war fast vollständig aus dem Vorhang entfernt worden, als die männliche Figur ausgriff. Er zeigte auf die wachsende Gruppe von Geistern der ersten Frau. Auf die wandernden blauen Linien, die keinen Platz mehr hatten, wohin sie gehen konnten. Die zweite Frau bewegte sich, ihre Arme trieben den Zyklus in einen kleinen Kreis und schickten ihn zur linken Seite des wässrigen Vorhangs. Umgaben ihn mit einem Dreieck aus tiefem Grün.

Der Berg, und der Zyklus darin.

Ich bemerkte jetzt, wie durch den Wasservorhang weitere tiefblaue Figuren wanderten. Nicht so groß wie die drei Hauptfiguren, aber definierter als die Geister. Der Mann streckte die Hand nach diesen Figuren aus, und jede, die er berührte, schien ihre Hände und Arme mit hellblauen Tropfen zu entzünden. Das blasse, ringende Feuer. Die erste Frau, diejenige mit der wachsenden Armee dünner blauer Figuren, wurde unruhig. Einige der dünnen blauen Figuren umringten einen der brennenden Verbündeten des Mannes. Und löschten ihn. Dies veranlasste den Mann, seine anderen Diener auf die Armee der Frau zu hetzen. Sie prallten rund um die Scheibe aufeinander, wobei viele der dünnen blauen Figuren der Frau während des Kampfes zum Berg rasten.

Inzwischen veränderte sich die grüne Scheibe. Überall dort, wo die zweite Frau ihre Hand berührte, entstanden neue Merkmale. Das Grün wurde heller und dunkler, ballte sich zusammen und verschob sich, um einen vertrauten Umriss zu bilden. Eine Karte, die ich nur zu gut kannte.

„Das ist Rivens Geschichte", sagte ich. „Wie es entstanden ist."

„Aber wer sind sie?", sagte Selena und zeigte an mir vorbei auf die drei Figuren. „Ich verstehe, dass diejenige, die all die grünen Dinge macht, Mali sein muss."

„Die anderen beiden? Ich weiß es nicht."

„Glaubst du, die andere Frau ist Nara?"

„Die, die all die Geister bindet?", sagte ich. „Möglicherweise."

Das würde erklären, warum Nara so viel über Bindungen wusste. Wenn sie die erste gewesen wäre, die es gelernt hatte, mit Jahrhunderten Zeit, den Prozess zu perfektionieren und durchzuführen. Nur in dieser Darstellung sah es fast so aus, als wäre Nara die Böse. Ihre Armee von Geistern kämpfte ständig gegen die kleinere, blassfeuer-führende Truppe des Mannes.

Im Wasserspiel sah es so aus, als hätten der Mann und die erste Frau sich in eine Pattsituation gekämpft, eine gleichmäßige Linie von Figuren, die sich ständig ersetzten und zerstörten. Die zweite Frau, Mali, bewegte sich von ihnen weg und beobachtete. Die Ansicht änderte sich. Zoomte auf die Stadt, die Tropfen verschoben und erweiterten sich, um Gassen und Blocks zu zeigen. Dünne blaue Figuren bewegten sich und schienen miteinander zu arbeiten. Geister, die eine Stadt betrieben. Karren mit Waren bewegten, die in grünen Tropfen dargestellt waren. Geschäfte betrieben. Sich versammelten.

Dann kamen von der linken und nördlichen Seite die tiefblauen Gestalten mit ihren blassfeuerigen Armen. Sie strömten durch die Straßen und verbrannten die Geister. Manchmal schienen sie durch Gebäude zu krachen und grüne Tröpfchen zu verstreuen. Die wirbelnden Kämpfe dauerten eine Weile an, bis sich die Ansicht wieder ausweitete. Die kleineren Gestalten verschwanden völlig und formten sich zu dem Mann und der ersten Frau zurück, die auf einer grünen Ebene standen. Sie rangen miteinander, ihre Finger ineinander verschränkt. Hinter ihnen verschob und brach sich das Grün, Tröpfchen zerstreuten sich und fügten sich wieder zusammen.

Mali betrat von rechts die Szene, ihre dunkelblaue Gestalt schien das Paar anzuflehen. Sie wurde ignoriert. Und schließlich hob sie ihre Arme zum Himmel. Tiefgrüne Linien kamen den Wasservorhang herunter und trennten den Mann und die Frau. Sie trennten Mali von ihnen. Malis Gestalt ließ den Kopf hängen, und dann löste sich der Wasservorhang auf. Er zerstreute sich zurück in die Becken.

„Jetzt verstehst du", sagte Mali. „Ich kann sie nicht befreien. Ich kann Nara nicht befreien, weil sie es wieder versuchen wird."

„Was wieder versuchen?", fragte ich. „Geister zu binden? Es sah dort in der Stadt gar nicht so schlimm aus."

„Sie behielt sie", sagte Mali. „Alle Geister. Sie taten ihren Willen. Beteten sie an. Wenn du glaubst, dass Riven jetzt in Gefahr ist, dann würde ihre Befreiung nur die Horden unter ihre Kontrolle bringen. Was du dort gesehen hast, war eine Stadt, die sich den Wünschen ihrer Anführerin beugte."

„Warum hast du es dann überhaupt erschaffen?", fragte Selena.

„Weil Nara mich darum bat. Wir waren die Ersten. Die Ersten, die sich davon abhielten, den letzten Schritt in den Zyklus zu machen. Zweifellos habt ihr festgestellt, dass es leichter ist, seinem Ruf zu widerstehen, wenn ihr zusammenarbeitet? So war es auch bei uns. Als Nara eine Stadt wollte, baute ich sie. Als Nara den Zyklus loswerden wollte, versuchte ich, ihn zu zerstören."

„Du hast ihn in den Berg gebracht", sagte ich.

„Ich hätte ihn vollständig versiegelt, wäre da nicht Dolan gewesen", sagte Mali. „Wenn er mich nicht zurückgehalten hätte. Argumentiert hätte, dass er vielleicht noch einen Nutzen haben könnte."

„Also, wenn du denkst, dass Nara Riven ruinieren wird", sagte ich, „kannst du uns helfen? Kannst du die Geister in den Zyklus treiben?"

Mali schüttelte den Kopf. Ein Stirnrunzeln überkam ihr Gesicht. „Einmischung hat mir nur Schmerz gebracht, kleine Geister. Ich hätte im Zyklus verschwinden sollen, als ich zum ersten Mal hierherkam. Stattdessen bin ich hier. Gefangen in einem Gefängnis meiner eigenen Erschaffung."

„Ich verstehe nicht", sagte ich.

„Ich habe gelernt, diese Welt zu erschaffen. Ich weiß nicht, wie man sie zerstört. Es gibt keine Möglichkeit, den Zyklus zu befreien. Und ich werde Nara nicht gehen lassen. Was auch immer Riven zustößt, sie wird keinen Anteil daran haben."

Ich warf Selena einen Blick zu. Wenn Mali uns nicht helfen wollte, dann hatte es wenig Sinn, hier zu bleiben. Wir verschwendeten Zeit.

„Lass uns zurückgehen", sagte ich. „Nara hat vielleicht eine andere Idee."

„Hast du ihr nicht zugehört?", sagte Selena. „Sie sagt, Nara sei böse."

„Mali sagte auch, dass sie Riven nicht helfen will", erwiderte ich. „Das macht sie für mich gleich. Zumindest gibt uns Nara eine Chance. Vielleicht hat sie sich nach all den Jahren verändert."

Auf mein Nicken hin drehten Selena und ich uns zurück zum Durchgang. Der dunkle Pfad zur Oberfläche.

„Ihr seid nicht die Ersten", verkündete Mali unseren Rücken. „Nara hat andere geschickt. Alle flehten um ihre Freilassung. Alle wandten sich ab wie ihr. Entschlossen, Nara zu helfen, einen Weg in die Freiheit zu finden."

„Was ist mit ihnen passiert?", fragte Selena.

„Ich ließ sie nicht gehen", sagte Mali, ihre Stimme sank zu einem Flüstern. Erneut schoss Malis Hand nach vorne. Die Steine, die den Ausgang säumten, zitterten und brachen dann in sich zusammen. Sie blockierten unseren Fluchtweg.

„Wir wollen nicht kämpfen", sagte ich und drehte mich wieder um.

„Es steht euch frei zu sterben", erwiderte Mali und nickte dann dem goldenen Ghul neben ihr zu. Sein Kopf drehte sich, und obwohl seine Augen goldene Ovale waren, begegnete ich seinem Blick.

Und als der Ghul auf uns zumarschierte, stellten Selena und ich uns seinem Vorstoß entgegen.

AUTOMAT

Selena rannte auf den Ghul zu, das Hackbeil in ihrer rechten Hand erhoben, ihr langes Messer an der Hüfte, mit der Spitze nach vorne gerichtet und bereit, Malis Kreatur aufzuspießen. Der Ghul war mehr als dreimal so groß wie wir; Selena reichte ihm nicht einmal bis zur Hüfte. Als die beiden aufeinander zukamen, schlug der Ghul mit seiner rechten Hand aus und traf Selena an der Seite, wodurch sie über den Boden geschleudert wurde und in einen der Tümpel fiel. Der Ghul kümmerte sich nicht darum, was mit ihr passiert war. Er kam direkt auf mich zu.

Die meisten anderen Ghule, die ich gesehen hatte, waren grauenhafte Kreaturen gewesen. Missgestaltete Massen aus Armen und Beinen und Gliedmaßen, die sich nicht anders beschreiben ließen. Die Geister, die sie verschlungen hatten, verschoben sich unter ihrer Haut, Gesichter tauchten an der Oberfläche auf und erinnerten dich daran, wer verschlungen worden war, um diese Abscheulichkeit zu erschaffen. Malis Ghul sah anders aus. Golden, makellos, das Modell einer Person, wenn auch ohne eindeutige Geschlechtsmerkmale. Glatte Haut und eine lange goldene Tunika, die vom Kragen bis zu den Knien reichte. Ich hatte ähnliche Dinge schon einmal gesehen, in Museen mit antiken Artefakten. Ausstellungen auf Tourneen durch Chicago. Aber es war etwas ganz anderes, ein Artefakt unter einer Glasvitrine anzustarren, als ein antikes Objekt zu haben, das nach meiner Kehle griff.

Ich ließ die Peitsche knallen und wickelte sie um die ausgestreckte Hand des Ghuls. Ich wartete auf das verräterische Zeichen, dass die Metallspitze die Haut des Ghuls durchbohrt hatte. Dann würde ich das Feuer entfachen und ihn in sein nächstes Leben schicken. Doch die Spitze der Peitsche prallte von der Haut des Ghuls ab und hing schlaff herab, während der Ghul weiter vorrückte.

„Seine Haut ist keine ... Haut", rief ich Selena zu, als sie sich aus dem Tümpel zog. Die bläuliche Flüssigkeit klebte an ihr, Teile davon tropften auf den Boden. Dicker als Wasser.

„Vielleicht, wenn du tatsächlich härter zuschlagen würdest", schoss Selena zurück.

Ich hatte keine Zeit, irgendetwas zu schlagen. Der Ghul holte wieder mit seiner rechten Hand aus, genau wie er Selena angegriffen hatte. Ich ließ mich auf den Boden fallen, machte mich flach und spürte, wie die Faust des Ghuls über mich hinwegflog. Durch die Beine des Ghuls sah ich Selena von hinten herankommen, das Hackbeil bereit. Wenn ich seine Aufmerksamkeit noch einen Moment lang auf mich ziehen könnte, könnte Selena zuschlagen.

Ich blickte nach oben und sah, wie sich die linke Faust des Ghuls hob. Bereit, einen Schlag auf meinen Rücken zu versetzen, der mich zu Nichts zerschmettern würde. Dann biss Selenas Hackbeil in die Wade des Ghuls. Sie schwang ihr großes Messer mit beiden Händen und hackte auf die Haut des Monsters ein. Diesmal, anders als bei meiner Peitsche, sah ich Splitter abfliegen. Selenas Klinge durchbrach die Haut. Ich erwartete ein Brüllen, aber der Ghul blieb stumm. Ein Blick auf sein Gesicht bestätigte, dass es keinen Mund hatte, nur eine metallene Linie. Trotzdem ließ ihr Angriff den Ghul innehalten, sich umdrehen und den Floh betrachten, der an seinem Bein biss. Das gab mir die Gelegenheit, wieder auf die Füße zu kommen.

Selenas Hackbeil hatte noch einen Trick auf Lager. Sie drehte den Griff, während die Klinge im Ghul steckte, und hüllte das Hackbeil in blaues Feuer. Ich wartete darauf, dass die reinigenden Flammen über die Kreatur waschen, sie zu Asche verbrennen und nichts übrig lassen würden. Doch die Flammen versagten. Sie brannten nicht. Sie griffen nicht über und loderten nicht am Körper der Kreatur auf und ab. Sie blieben am Hackbeil, als wäre der Ghul aus Wasser gemacht. Als würde ein stetiger Wind die Flammen zurückblasen. Selena starrte auf ihre Waffe, als hätte sie sie verraten.

„Pass auf!", sagte ich.

Der Ghul, anstatt mich mit seiner Faust zu zerschmettern, holte mit seinem linken Arm aus und erwischte Selena mit seiner fassgroßen Hand. Wieder flog sie durch die Luft, diesmal landete sie am Fuße von Malis Thron. Zusammengekauert am Boden.

„Hey", sagte ich zu dem Ghul. „Ich bin dran."

Ich wollte nicht, dass die Kreatur Selena zu Geisterbrei zerquetscht. Dem Ghul schien es egal zu sein, wen von uns er zermalmte, solange er nur zermalmte. Seine rechte Faust kam in einem schwerfälligen Haken auf mich zu. Ich wich dem Angriff aus, trat aus der Reichweite des Ghuls zurück. Ich ließ meine Peitsche los und zog mein großes Schwert. Ich hob die Waffe an, als der Ghul seinen Arm für einen weiteren Schwung zurückzog, und ließ Piotrs große Klinge auf die Hand des Ghuls niedersausen. Sie schnitt hindurch und trennte drei Finger der Kreatur ab. Sie fielen zu Boden; schwere, massive Goldblöcke.

„Du musst vorsichtiger sein", sagte ich. „Du hast nur zehn davon. Na ja, jetzt noch sieben."

Der Ghul schien sich weder um meine physischen noch um meine verbalen Stiche zu kümmern. Seine linke Hand griff nach meinem Kopf. Ich drehte mich, schwang das große Schwert danach, und im letzten Moment zog der Ghul seine Hand zurück. Mein Schlag verfehlte ihn um Zentimeter. Das war in Ordnung. Es ging nur darum, Zeit zu gewinnen.

„Mali, ruf ihn zurück", rief ich. „Wir wollen nicht gegen dich kämpfen. Ich will dein Spielzeug nicht kaputt machen."

Mali ihrerseits ignorierte mich. Ignorierte den Kampf. Ihre Augen waren geschlossen, ihre Hände spielten immer noch diesen Rhythmus in der Luft. Entweder lebte sie in einer Erinnerung oder tat etwas, das ich nicht verstand.

Wenn sie den Ghul nicht stoppen würde, müsste ich ihn zerstören.

Der Ghul fegte mit seiner gebrochenen rechten Hand auf meine Beine zu und holte tief aus. Ich ging in die Hocke und sprang dann über den Schwung hinweg, wobei ich das große Schwert auf das Handgelenk des Ghuls niedersausen ließ. Meine Klinge biss sich hinein, und als ich wieder auf den Boden fiel, drehte ich den Griff, um blaues Feuer in die Kreatur zu schicken. Wieder versagte es. Ich starrte ungläubig auf den klaffenden Schnitt. Das Feuer sollte die Wut wegbrennen, die Bindung auflösen, die einen Ghul in Riven zusammenhielt. Wenn es nicht funktionierte, hatten wir keine Hoffnung.

Die linke Hand des Ghuls erwischte mich unvorbereitet und schmetterte mich gegen die Wand des Raumes. Ich prallte ab und landete auf meinen Knien. Mein Kopf dröhnte von dem Aufprall, und mir wurde klar, dass das große Schwert immer noch am rechten Handgelenk der Kreatur hing, im Ghul steckend. Das Monster drehte sich zu mir, und ich zog das lange Messer aus meinem Gürtel. Eine erbärmliche Wahl gegen diese riesige Kreatur.

Also rannte ich.

Ich lief um den Ghul herum und auf den blauen Pool an der gegenüberliegenden Seite zu. Der Ghul drehte sich, aber seine Masse machte ihn zu einem langsamen Gegner. Ein Glück, denn ich musste mir eine Strategie überlegen. Mein Messer würde nicht viel helfen. Ich hatte meine Armbrust. Die normalen Bolzen wären nutzlos. Ein blauer Bolzen würde nur dasselbe Feuer erzeugen, das bisher erfolglos versucht hatte, der Kreatur zu schaden. Der orange. Das wäre eine Option, wenn ich diesen ganzen Tempel über uns zum Einsturz bringen wollte. Der Raum war zu klein; Nicholas' Erfindung würde sich durch den Fels und uns hindurchfressen in ihrem Bestreben, alles in Reichweite zu verschlingen. Also wich ich zurück. Versuchte, Abstand zu gewinnen. Der Ghul schien es seinerseits nicht eilig zu haben. Warum sich beeilen, wenn die Ratte nirgendwo hin kann?

Mein Rückzug um den Pool brachte Mali und ihren Thron in Sicht. Ein Gedanke – wenn ich den Ghul nicht besiegen konnte, dann könnte ich vielleicht seine Erschafferin ausschalten.

Ich machte vier Schritte auf sie zu, bevor Mali erkannte, was ich vorhatte. Mit geschlossenen Augen streckte Mali ihre Hand aus. Der Boden um sie herum begann zu beben, Steinblöcke lösten sich aus ihren Rahmen und offenbarten Schmutz und Dreck darunter. Sie schossen zusammen und bildeten eine Mauer vor mir, zwischen Mali und der Spitze meines Messers.

„Bitte", sagte Mali. „Hör auf damit. Gib nach und lass das Ende kommen. Umarme dein Schicksal, so wie Cheo seines umarmt hat."

Cheo. Das war eine Idee. Wenn ich den Ghul an die richtige Stelle locken könnte ...

AB IN DIE GETRÄNKE

Aber mir war die Zeit ausgegangen. Der Ghul war herangekommen, seine Hände umschlossen sich gegenseitig für einen schweren Überkopfschlag. Ich versuchte auszuweichen, mich links an der Rückwand der Kammer vorbeizuquetschen. Der Ghul behielt seine Hände erhoben und trat stattdessen mit seinem rechten Fuß aus. Der Schlag traf nicht voll, war nicht sehr stark, sodass ich nur hochflog und von der Wand abprallte, um in der Nähe der Ecke zu landen, wobei mein Kopf und Rücken schmerzten. Das Messer war aus meinen Händen gefallen, die versuchten, mich hochzustemmen. Ich wusste, dass der Ghul nachlegen würde, und als ich mich nach vorne schob, zermalmte die linke Faust des Ghuls die Stelle, wo ich gefallen war.

Ich schaffte es nicht an der rechten Hand vorbei. Obwohl er nur einen Daumen und einen kleinen Finger hatte, umschloss der Ghul mich mit seiner Handfläche, als ich rannte. Hob mich vom Boden hoch. Nur konnte ich, da die Finger fehlten, meinen rechten Arm noch bewegen. Der Daumen des Ghuls drückte gegen meinen Kopf, als würde er eine Frucht zerquetschen. Ich überlegte fieberhaft, wonach ich greifen könnte, aber all meine Waffen waren weg. Meine Armbrust an meinen Rücken gepresst. In einer Sekunde würde ich zerbersten.

„Lass ihn los", knurrte Selena, ihre Stimme vor Schmerz zitternd, aber stark.

Der Ghul drehte sich zu ihr, sodass ich sehen konnte, wie sie mit einem Sprung auf die Tunika der Kreatur sprang. Selena kletterte hoch und benutzte ihr Messer und ihr Beil, um neue Griffe hineinzuschneiden. Mit seiner linken Hand versuchte der Ghul, Selena von sich abzuschütteln, aber seine Bewegungen waren zu langsam. Zu ungeschickt. Selena war ein drahtiger Geist, glitschig und flink, wenn sie es sein wollte. Sie wich der kratzenden Hand aus und zog sich auf die Schultern des Ghuls hoch. Sie nahm ihr Beil in beide Hände, als sie ihre Beine um seinen Hals schlang, und rammte ihre Klinge in den Kopf des Ghuls, wobei Metallflocken abplatzten.

Der Ghul sprang. Drückte seine Beine durch und hob sich, duckte den Kopf. Schmetterte Selena gegen die Decke und zerquetschte sie an den Steinblöcken.

Der Aufprall öffnete die Hand des Ghuls und befreite mich aus den Fingern. Ich platschte in den blauen Pool, dessen eisiges Wasser meine Kleidung durchnässte. Die Kälte schien den Schmerz zu vertreiben und die Realität wieder in den Fokus zu rücken.

„Selena!", rief ich und spuckte das Wasser aus. Sie antwortete nicht, ihr gebrochener Körper lag reglos auf dem Gehweg. Der Ghul, nachdem er Selenas Gestalt für einen Moment angestarrt hatte, wandte sich mir zu. Ich stand im Pool. Genau da, wo ich sein wollte.

Die Hände des Ghuls kamen wieder auf mich zu, schlugen herab. Ich wich nach hinten aus, zum anderen Ende des Pools und dem Eingang, den Mali versiegelt hatte. Die

Hände des Ghuls platschten vor mir ins Wasser und schüttelten endlich das große Schwert aus seinem Handgelenk. Das blaue, schleimige Wasser lief in die Schnitte und Löcher, die Kratzer, die wir auf seinen Händen hinterlassen hatten. Füllte sie.

Der Ghul erschauderte. Hielt inne.

Als Cheo das grüne Zeug auf der anderen Seite trank, schien es seinen Verstand zu löschen. Eine Falle oder eine Art Bindung. Vielleicht, vielleicht würde das Blaue dasselbe mit dem Ghul machen.

Das Monster schien für einen Moment einzuschlafen. Es richtete sich auf, straffte sich. Ich blieb im Pool und beobachtete. Tat nichts, um seine Träumerei zu unterbrechen. Wenn das nicht funktionierte, wenn der Ghul sich wieder entschied, uns zu Brei zu schlagen, dann gab es, glaube ich, nichts, was wir tun konnten, um ihn aufzuhalten.

Stattdessen zuckte der Ghul. Drehte sich zum Ausgang der Kammer und schlug mit einem kräftigen Schwung seiner linken Hand durch Malis zerbrochene Wand. Der goldene Ghul ging weg und verschwand in der Dunkelheit.

„Unerwartet", sagte Mali. „Ich habe das noch nie zuvor gesehen. In all meinen Jahren nicht."

„Schön, dass wir es interessant machen konnten", sagte ich und rannte zu Selenas Gestalt hinüber.

Wäre sie ein Mensch gewesen, hätte der Ghul sie zweifellos getötet. Jeder Knochen in ihrem Körper wäre zu Staub zermahlen worden. Als Geist jedoch hatte Selena keine Knochen. Hatte nichts außer ihrer Seele. Also sah ich, als ich sie hielt, wie ihre Augen flackerten. Ihr Mund sich bewegte. Selena würde zurückkommen.

„In der Tat", sagte Mali, ihre Augen wanderten zum Pool. „Naras Geschenk scheint die ganze Zeit eine Falle gewesen zu sein. Immer die schönen Dinge ruinierend, die Dolan und ich für diese Welt gebaut haben."

„Ich fange an zu glauben, dass du die Böse bist, nicht sie", sagte ich. „Du hältst Geister für Jahrhunderte fest, lässt denselben Konflikt immer und immer wieder ablaufen. Du hast gesagt, dass du jeden ermordet hast, den Nara zuvor geschickt hat."

Mali überlegte. „Lass mich dich fragen, Geist, was denkst du, hätte ich tun sollen? Hätte ich Naras Bauern mit offenen Armen empfangen sollen? Ihre Angebote akzeptieren, sie freilassen sollen?"

„So wie ich das sehe, hattet ihr alle die Macht, Riven zu beschützen. Also warum habt ihr es nicht getan?"

Mali beugte sich vor, sah mir fest in die Augen. „Ich frage mich, ob sie selbst jetzt noch ihre Klauen in dir hat. So weit entfernt solltest du frei sein, und doch ..."

„Hilf uns."

„Es gibt keine Hilfe für euch. Ich werde diese verfluchte Welt nicht in Naras Griff geben." Mali presste ihre Hände auf die Armlehnen ihres Throns und grub ihre Nägel in die Rillen. „Komm schon, Diener. Lass uns sehen, ob Nara diesmal gut gewählt hat."

Während ich Selena in meinen Armen hielt, meine Waffen im Raum verstreut, erhob sich Mali, der Geist, der das Riven erschaffen hatte, das ich kannte, der seine Gebäude, seine Wälder, seinen aschgrauen Himmel geformt hatte, von ihrem Thron mit meinem Ende in ihren Augen.

GEGEN DIE SCHÖPFUNG

Mali glitt von ihrem Thron und streckte sich, wobei sie ihre Arme über dem Kopf verschränkte. Ich setzte Selena wieder auf den Boden und nahm ihr Messer in meine rechte Hand, unsicher, was ich tun sollte. Welche Strategien funktionierten gegen einen Geist, der Tausende von Jahren alt war? Was hatten sie noch nicht gesehen? Ich beschloss, das Messer in die linke Hand zu nehmen, nach vorne zu stürzen und zuzustechen.

Mali ließ mich innehalten.

Zwei Steinblöcke vor ihren Füßen klapperten und brachen aus dem Boden. Je einer flog in ihre Hände und schmolz zu einem Ring, wobei der Stein in ihrem Griff zu verflüssigen und sich neu zu formen schien. Die Ringe waren so groß wie eine Melone, nur mit gezackten Kanten. Mali hielt sie leicht, obwohl ich nicht erkennen konnte, wie sie sich an den glänzenden Ringen nicht schnitt. Vielleicht tat sie es. Vielleicht war es ihr egal.

„Es ist so lange her", sagte Mali. „Ich bin vielleicht etwas eingerostet."

„Das wäre wirklich schade", erwiderte ich. „Ich hatte nach

dem letzten Kampf so sehr auf einen weiteren harten Kampf gehofft."

„Oh, darum würde ich mir keine Sorgen machen."

Mali hob ihren rechten Arm hinter sich, bereit, den Ring zu werfen. Das bedeutete, ich musste zuerst zuschlagen. Ich stieg über Selena hinweg und machte einen langen Ausfallschritt nach vorne. Ich stürmte mit dem Messer auf Mali zu. Ein dritter Stein flog vor ihr aus dem Boden, traf die Mitte des Messers und schleuderte es weg. Die Klinge platschte in den grünen Pool und ließ mich mit leeren Händen vor Malis teuflischem Grinsen stehen.

„Na komm schon", sagte Mali. „So ein offensichtlicher Angriff? Du musst dich schon mehr anstrengen."

„Die meisten Leute können keine Blöcke aus dem Boden ziehen", konterte ich. „Das ist nicht fair."

„Du hast fair erwartet? Wie bist du überhaupt so weit gekommen?"

Mali peitschte ihren rechten Arm nach vorne, dann den linken, die scharfen Scheiben flogen auf mich zu. Ich hatte keine Zeit auszuweichen – nur wenige Meter trennten uns. Die erste bohrte sich in meine linke Schulter und die zweite in mein rechtes Bein. Sie wirbelten wie Sägeblätter; mahlend, drehend und reißend. Mein linker Arm wurde taub, und ich fiel auf ein Knie, als mein Bein mein Gewicht nicht mehr tragen konnte. Was Kämpfe anging, hatte ich schon bessere Anfänge erlebt.

„Ist das alles, was du drauf hast?", sagte ich, um Zeit zu gewinnen. Geister heilten schnell in Riven, und wenn ich sie zum Reden bringen könnte, würde ich vielleicht etwas Bewegungsfähigkeit zurückgewinnen. „All diese Jahrhunderte und du machst ein paar Ringe? Warum nicht noch einen Ghul?"

„Dolan gab mir den Ghul", sagte Mali und warf einen schnellen, finsteren Blick den Gang hinauf. „Ich habe ihn nach einer Weile mit Gold überzogen. Man kann nur eine begrenzte Zeit wirbelnde Geister und groteskes Fleisch ertragen."

„Das beantwortet meine Frage nicht."

„Ich bin dir keine Rechenschaft schuldig", erwiderte Mali.

Sie saugte ein weiteres Paar Blöcke aus dem Boden, zog sie wieder zu kreisförmigen Ringen. Ich trug immer noch die Armbrust auf dem Rücken, aber ohne zwei Arme war es unmöglich, die Waffe zu ziehen und zu laden. Ganz zu schweigen davon, dass es offensichtlich wäre, und ich glaubte nicht, dass Mali einfach dastehen und mich einen Bolzen in Position kurbeln lassen würde.

„Wieder die gleichen Ringe. Sehr kreativ", sagte ich. „Es ist, als wärst du auf sie fixiert."

Mali schenkte mir ein Lächeln. „Wenn man schon alles erschaffen hat, kehrt man zu seinen Favoriten zurück."

Hinter mir stöhnte Selena. Sie hatte sich kaum bewegt, seit der Ghul sie gegen die Decke geschmettert hatte. Wenn sie aufwachen könnte, hätten wir eine bessere Chance. Göttin hin oder her, Selena und ich waren ein schwer zu handhabendes Team.

Mali würde das nicht zulassen. Sie ging um mich herum, und ich beobachtete sie. Ich konnte nichts tun, konnte mich kaum konzentrieren wegen des brennenden Schmerzes von den Steinscheiben, die noch immer in meiner Haut steckten von Malis Angriff. Die Göttin stand über Selena und blickte auf sie herab, schüttelte den Kopf. „Ich vergesse manchmal, wie schwer es ist, einen Geist tatsächlich zu zerstören. Ohne Dolans Waffen werdet ihr immer wieder zurückkommen."

Sie hatte nicht Unrecht. Ich nutzte Malis Moment der Ablenkung und zog mit meinem rechten Arm den Steinring aus meiner linken Schulter, riss den aus meinem rechten Bein heraus. Warf sie zu Boden. Sofort spürte ich, wie sich mein Geist wieder zusammenfügte. Wie wenn man nach langem Durst Wasser trinkt – ein kühles, nährendes Glühen. Es würde Stunden dauern, bis ich die volle Bewegungsfähigkeit zurück hätte, aber jedes bisschen half.

„Weißt du was?", sagte Mali. „Nara und Dolan nannten mich die Schöpferin. Du nennst mich eine Göttin. Es ist ein unvollständiger Name. Ich kann nicht erschaffen, was ich will. Unbelebte Dinge, ja. Nachahmungen. Diese Bäume in Rivens großem Wald. Das Getreide, das Naras Felder bedeckt. All das ist dem Leben so nah, nichts davon lebt wirklich. Die Blumen in den Schluchten, die endlosen Kopien von Farnen und Ranken. Nichts davon ist lebendig. Alles bleibt, wie ich es will, und wird es, solange ich es will. Aber wenn ich Seelen zum Spielen haben will, muss ich sie finden. Genau wie du."

„Ich spiele nicht mit Seelen. Ich schicke sie in den Zyklus."

„Ja, und wie edel von dir", sagte Mali. Selena zuckte und Mali versetzte ihr einen brutalen Tritt, der sie wieder ruhigstellte. Dann ging Mali zum grünen Pool und tauchte ihre Ringe hinein. „Du fütterst Seelen, Geschöpfe des Geistes und der Erinnerung, der Liebe und des Verlustes, in das eine, was sie vollständig zerstören kann. Hast du dich je gefragt, warum?"

„Wenn ich es nicht täte, wäre Riven überrannt", sagte ich. „Diese Welt und die Erde wären nur noch die Heimat der Toten."

„Wäre das wirklich so schlimm?"

Mali zog die Ringe heraus, von grüner Flüssigkeit triefend. Ich wusste, was sie vorhatte. Ich hatte es bei Cheo gesehen. Bei dem Ghul. Uns schneiden, diese Flüssigkeit in unsere Seelen bringen und uns an sie binden. Oder an ihre Linke Hand. Oder Rechte Hand. Ich konnte mich nicht erinnern, welche Farbe was bedeutete. Ich wollte keins von beidem.

„Sag du es mir", erwiderte ich. „Du hast die ganze Zeit mit

den Toten gelebt. Du scheinst nicht allzu glücklich darüber zu sein."

Ich drehte mich um und sah Selena an. Die Bewegung ließ die Armbrust an meinem Rücken anschlagen. Eine Idee, vielleicht, aber ich brauchte eine Ablenkung.

„Alles nur wegen mangelnder Abwechslung", sagte Mali. „Ein bisschen mehr Raum. Freiheit von diesem Ort. Dann, denke ich, wäre ich so glücklich, wie ein Geist nur sein könnte."

„Du wirst dann genauso einsam sein wie jetzt."

„Vielleicht, aber es ist einen Versuch wert, findest du nicht?" Mali kam auf mich zu und hob den Ring in ihrer linken Hand. „Jetzt gebe ich dir eine letzte Wahl. Du selbst oder sie? Wer von euch wird der Erste sein, der in meinen Dienst tritt?"

„Sie wird es sein", sagte ich.

Und Mali lachte.

ZEITLOS

„So galant", sagte Mali. „Sogar die Männer in meiner Zeit waren besser als das."

Mali drehte mir den Rücken zu und gab mir meine Chance. Mit meiner rechten Hand griff ich hinter meinen Rücken. Ich packte die blauen Bolzen, die an der Seite der Armbrust geladen waren, und zog einen heraus. Drehte ihn in meinen Fingern, als ich meinen Arm wieder nach vorne brachte. Warf ihn. Wie einen Dart, hart und schnell. Der Bolzen blieb zwischen Malis Schultern stecken und brach in blaue Flammen aus. Ich konnte sehen, wie Mali zitterte, und ich bin sicher, ihre Augen wären weit aufgerissen gewesen, hätte ich ihr Gesicht gesehen. Aber Rivens Schöpferin schrie nicht. Sie rief nicht, heulte nicht und verfluchte nicht meinen Namen. Als das Feuer sie bedeckte, ließ sie die Ringe zu Boden fallen und kniete nieder.

„Da hast du die Freiheit, nach der du gesucht hast", sagte ich und zog einen zweiten blauen Bolzen heraus. Nur für den Fall.

Einen Moment später erhob sich Malis Geist, leer und unwissend gegenüber der Welt, die sie erschaffen hatte. Der

Geist der Göttin verließ den Raum und verschwand in der dunklen Passage.

Nachdem Mali gegangen war, blieb ich in der Kammer und saß stundenlang, so schien es, auf dem Steinboden. Ich ließ meine Seele sich wieder zusammenfügen und ließ das Geschehene in meinem Kopf Revue passieren. Nara hatte uns gebeten, Mali zu finden, sie zu überzeugen zurückzukommen. Stattdessen hatten wir sie gefunden, sie wütend gemacht und zerstört. Ein Geist, von dem Nara sagte, er sei der Schlüssel zur Rettung Rivens, und wir hatten sie in den Zyklus geschickt.

Dazu kam alles, was Mali uns erzählt hatte. Ihre Show mit dem Wasser. Ihre Aussagen über Nara, dass der alte Geist uns manipulierte. Dass Nara Riven und alles, wofür es stand, untergraben wollte. Dass alles, woran Nara glaubte, darin bestand, Geister dutzendweise zu binden; eine Welt nach ihren eigenen Vorstellungen zu erschaffen.

„Carver?", Selenas Stimme klang schwach. Müde. „Sind wir immer noch hier?"

„Gegen alle Wahrscheinlichkeit, ja", sagte ich. „Wie fühlst du dich?"

„Oh, prima." Selena stöhnte. „Weißt du, überall gebrochen. Jeder mögliche Teil meiner Seele schmerzt. Der Schmerz hebt sich gegenseitig auf, glaube ich. Als ob mein Verstand das alles nicht verarbeiten könnte."

„Es wird besser werden", sagte ich. „Wir sind jetzt in Sicherheit. Mali ist weg."

Ich ließ den Kampf für sie Revue passieren. Als ich zu dem Teil kam, wo ich vorschlug, Mali solle Selena zuerst nehmen, lachte Selena. Sie lag immer noch dort auf den Steinen, ihren Kopf flach gegen den Felsen, aber ich sah das Lächeln, und es machte mich glücklich. Brauchte diese Momente. Ein bisschen Liebe und Leichtigkeit im dämmrigen Licht der Zwillingsbecken.

„Natürlich würdest du mich zuerst schicken", sagte Selena. „Immer geht's nur um dich."

„Ich musste", protestierte ich. „Wenn sie mir nicht den Rücken zugedreht hätte, dann hätte ich nicht-"

„Ja, ja", sagte Selena. „Natürlich war das der Grund. Hättest du das nicht zu jeder anderen Zeit tun können, zum Beispiel als sie ihre Ringe in das Becken tauchte? Musstest du warten, bis sie mich erledigen wollte?"

„Das Becken wäre ein zu weiter Schuss gewesen. Ich musste sicher sein."

Ich konnte erkennen, dass Selena nicht ernst war. Konnte das Spiel in ihren Augen sehen. Wir verbrachten eine Weile dort, sitzend, dann stehend und schließlich aus der Kammer humpelnd, wobei wir unsere Waffen auf dem Weg aufhoben. Mit jedem Schritt setzten sich unsere Geister wieder zusammen. Als wir aus dem Tempel herauskamen, konnten wir schon ein ziemlich gutes Tempo vorlegen, uns gegenseitig stützend.

„Ich fühle mich wie ein alter Mann", sagte ich. „Als würde mein Körper nicht mehr funktionieren."

„Du hast keinen Körper, schon vergessen?", erwiderte Selena.

„Wenn sie sich so anfühlen, bin ich vielleicht froh, dass ich meinen nie gebrochen gesehen habe."

Draußen drehten wir uns um und blickten zurück zum Tempeleingang. All diese Runen, diese Geschichten über die Göttin, die darin lebte. Nicht mehr. Der Tempel würde leer stehen, möglicherweise für immer. Riven hatte keine natürlichen Kräfte, und wenn nicht etwas vorbeikäme und diesen Ort aktiv zerstörte, würde Malis Zuhause mehr Jahrhunderte überdauern als sie selbst.

„Was werden wir Nara erzählen?", sagte Selena, als wir uns wieder dem Dschungel zuwandten.

„Dass wir es versucht haben", sagte ich. „Vielleicht hat sie andere Ideen."

„Glaubst du, wir sollten ihr vertrauen? Denn wenn wir es nicht tun und wir uns irren, wird Riven auseinanderfallen. Aber wenn wir es tun und uns irren, dann könnte Naras Version schlimmer sein."

„Wir spielen es auf beiden Seiten", sagte ich. „Wenn das, was sie sagt, richtig zu sein scheint, dann machen wir es. Wenn es falsch ist, wissen wir jetzt, dass wir sie genauso bändigen können wie jeden anderen Geist. Mali hat uns zumindest das gezeigt."

Selena nickte. Wir kamen an derselben steinharten Blume von vorher vorbei. Wieder streckte Selena die Hand aus, um sie zu berühren. Keine Veränderung. Kein Anzeichen dafür, dass die Blume wusste, dass ihre Schöpferin verschwunden war. Wie die Gebäude in Rivens Stadt würde nur unsere Waffen, unser Kampf die Pflanze zerreißen.

„Seltsam, dass diese Blume wahrscheinlich länger bestehen wird als wir alle", sinnierte Selena und betrachtete die Pflanze.

„Das werden auch die Steine, die Flüsse und die Wolken", sagte ich. „Der Unterschied ist, dass sie nichts mit ihrer Zeit anfangen. Sie riskieren sich nicht selbst, um diesen Ort zu retten."

„Klingt gar nicht so schlecht."

„Du würdest dich langweilen."

Selena lachte, dann verzog sie das Gesicht und stützte sich auf meiner Schulter ab. Wir setzten uns immer noch zusammen.

Wir gingen weiter, vorbei an Farnen und Bäumen, die jetzt eine seltsamere Gestalt annahmen, da wir wussten, dass keiner von ihnen wirklich lebte. Dass sie alle nur Hirngespinste eines gelangweilten Geistes waren, der versuchte, etwas mit seiner Fantasie anzufangen. Weiter in die Schlucht hinein, bis der flüsternde Wind härteren Geräuschen wich. Rufen und Schreien. Dem Klang von Metall auf Metall.

„Führt Cheo schon wieder einen Krieg?", fragte ich.

„Ich glaube nicht, dass wir noch einen führen können."

„Vielleicht haben wir keine Wahl."

Denn die Geräusche kamen jetzt direkt auf uns zu. Eine rollende Mischung aus brechenden Ästen, krachendem Unterholz und klirrendem Eisen. Und wir hatten nicht die Kraft zu rennen.

NEUER GHUL, NEUE ZIELE

Vor uns verschwand ein Baum einfach, löste sich auf und zersplitterte, als die goldene Gestalt von Malis Ghul hindurchkrachte. Cheo und eine Gruppe anderer Geister folgten dem Monster dicht auf den Fersen und warfen Messer und Speere oder schossen Pfeile auf den Rücken des Ghuls.

„Lasst nicht nach", rief Cheo über den Lärm hinweg. „Das Monster der Linken Hand darf nicht am Leben bleiben! Es ist eine Perversion, eine Beleidigung unserer Göttin!"

Der Ghul rannte direkt auf uns zu, verlangsamte jedoch sein Tempo, als er unsere humpelnden Gestalten bemerkte. Er starrte uns mit seinen festen, blinden Augen an. Hinter ihm prallten Pfeile und geworfene Speere vom Rücken des Ghuls ab. Cheo und die anderen, vier Geister, holten auf und starrten uns ebenfalls an, wobei sie ihren Angriff einstellten, als sie bemerkten, dass der Ghul dasselbe getan hatte.

„Wusste gar nicht, dass wir so umwerfend aussehen", sagte ich. „Sehen wir wirklich so schlimm aus?"

„Wer seid ihr?", Cheo richtete eines seiner groben Messer auf uns. „Gehört ihr zur Linken Hand?"

„Er erinnert sich nicht", sagte Selena zu mir. Cheos andere Geister verteilten sich um uns herum und stellten eine Falle. In unserem Zustand würden weder Selena noch ich sie abwehren können, selbst mit unseren Waffen wieder in der Hand. Wenn Cheo wirklich keine Ahnung hatte, wer wir waren, wenn er glaubte, wir wären der Feind, gab es keine Möglichkeit für uns zu gewinnen.

„Mich an euch erinnern?", sagte Cheo. „Ich verstehe nicht."

„Du weißt, wer Mali ist?", fragte ich.

„Natürlich", antwortete Cheo. „Sie ist meine Göttin."

„Nimm es nicht falsch auf, aber sie ist tot."

Anstatt in Rage zu geraten oder verzweifelt zusammenzubrechen, reagierte Cheo mit einem Nicken. Eine langsame, traurige Bewegung. Die anderen Geister ahmten die Geste nach. „Ihre Stimme hat sich verändert. Ein Flüstern jetzt, das uns auffordert, weit von hier wegzugehen. Ich nahm an, es sei ein Trick der Linken Hand."

„Der Zyklus", sagte ich. „Du wirst dich daran gewöhnen."

„Ich verstehe nicht?"

Cheo fragte, und Selena und ich erzählten den Geistern vom Zyklus, wie Mali fiel. Als wir fertig waren, hatten die Geister ihre Waffen gesenkt. Ich konnte nicht sagen, ob der Ghul ebenfalls zuhörte, aber er stand die ganze Zeit groß und glänzend über uns.

„Es scheint, als hätten wir keinen Ort mehr, an den wir gehen können", sagte Cheo. „Außer zu diesem Zyklus."

„Du bist schon lange ein Geist", sagte Selena. „Du musst keiner mehr sein."

„Und dieser hier?", Cheo zeigte auf den Ghul. „Gehört er auch in euren Zyklus?"

Der Ghul, der schweigend über uns stand, streckte die Hand aus und zeigte mit einem Finger auf mich. Der Hand, an der nur noch zwei Finger übrig waren.

„Glaubst du, er ist sauer, weil du ihm die Finger abgeschnitten hast?", fragte mich Selena.

„Ich hoffe nicht", antwortete ich. Der Ghul zog seine Hand zurück. Starrte mich mit seinem leeren goldenen Gesicht an. Aus einem Impuls heraus zeigte ich auf einen Baum neben mir und sprach zum Ghul. „Greif den."

Der Ghul stampfte um mich herum, griff mit seiner intakten Hand nach unten und riss den Baum aus dem Boden. Hielt ihn wie eine Keule in die Höhe.

„Er gehorcht dir?", sagte Selena.

„Sieht so aus, als hätte ich mir einen Ghul zugelegt." Ich winkte dem Monster, den Baum wegzuwerfen, und der goldene Ghul schleuderte ihn durch das Gebüsch. „Du solltest jetzt besser richtig nett zu mir sein."

„Bin ich das nicht immer?"

Der Ghul, zusammen mit den anderen Geistern, gehörte in den Zyklus. Aber als ich anfing, ihnen zu sagen, sie sollten in diese Richtung marschieren, hielt ich inne. Die Geister hatten Kampfwaffen, und der Ghul konnte sicherlich einige Risse zu Brei schlagen.

Bryce und die Führer könnten eine solche Truppe gebrauchen.

„Selena", sagte ich. „Ich glaube, wir haben einen neuen Plan."

„Ich werde nervös, wenn du das sagst."

„Dieser hier ist gut, versprochen", sagte ich. „Wie viele Geister hast du, Cheo?"

„Zwischen beiden Händen? Die Zahl wäre ungefähr einhundert. Es gab in letzter Zeit nicht viele neue Sammlungen. Geister werden selten."

„Die Risse ziehen sie nach Süden", sagte ich. „Cheo, ich brauche dich, um beide Hände zu versammeln. Sogar die Geister, die du hasst. Wir gehen in die Stadt."

„Die Linke Hand wird nicht für mich marschieren", erwiderte Cheo.

„Nein." Ich blickte zum Ghul. „Aber sie werden es für ihn tun."

BODEN VERLIEREN

heo davon zu überzeugen, die anderen Geister im Dschungel zusammenzutrommeln und mit uns zurück in die Stadt zu wandern, war nicht schwer. Ich schätze, wenn man ohne Ziel lebt, gibt es nichts, woran man festhalten kann. Sie gaben nichts auf, um mit uns zu kommen, und so stürzten sie sich ohne zu klagen in das neue Abenteuer. Der Ghul folgte uns überallhin. Trampelte hinter mir her. Ich war mir nicht sicher, was seine Handlungen antrieb, außer vielleicht einer Loyalität zu demjenigen, der seinen Meister zerstört hatte.

Mali hatte gesagt, der Ghul sei ein Geschenk von Dolan, dem dritten ihrer Dreiergruppe. Ich hatte noch nie davon gehört, dass jemand einen Ghul erschaffen hatte, vielleicht war dieser anders. Auf jeden Fall würde ich nicht Nein zu einem riesigen Monster als Leibwächter sagen.

Nach einer langen Wanderung kamen wir wieder in Sichtweite der Stadtmauern. Dann zum Nordtor. Selena und ich liefen jetzt aus eigener Kraft, fast wieder bei voller Stärke. Tatsächlich tat Totsein Wunder für die Gesundheit.

Die Nordseite von Riven bestand aus einer verstreuten

Reihe großer Häuser. Parks und ausgetrocknete Seen. Leer, zerstört durch Kämpfe. Wir trafen nicht einmal auf einen Führer, bis wir das Stadtzentrum erreichten. Dann ergoss sich ein Rudel auf die Straße vor uns. Ihre Waffen schussbereit. Mehrere Führer hingen aus den Fenstern der Gebäude, die die Straße säumten, und zielten mit selbstgebastelten Gewehren und Bögen auf uns. Unsere Gruppe, fast hundert Mann stark, die mit unserem eigenen militärischen Sammelsurium und einem riesigen goldenen Ghul prahlte, machte sie wahrscheinlich nervös.

Verständlich.

„Hätte nie erwartet, dich wiederzusehen", sagte der Führer, der das Rudel anführte. Er zog seine Maske hoch und ich erkannte ihn. Mein wahrscheinlichster Mörder. Polk war ein dünner, drahtiger Mann. Ein wieselartiges Gesicht. Ich hatte nicht gewusst, dass die Führer ihn noch als Mitglied zählten. Wusste nicht, was er hier zu suchen hatte.

Meine Hand wanderte zu meiner Peitsche. Selena packte sie. Hielt mich auf.

„Jetzt ist nicht der richtige Zeitpunkt", sagte Selena. „Es steht zu viel auf dem Spiel."

„Du weißt, warum wir es getan haben", sagte Polk zu mir. „Piotrs Befehle. Er sagte uns, er hätte eine Lösung, die alle retten würde. Wir wollten genauso wenig sterben wie er."

„Das ist keine Entschuldigung", sagte ich.

„Deshalb bin ich hier", erwiderte Polk. „Versuche es wiedergutzumachen. Schließe Risse. Kaufe dir Zeit."

„Du willst uns Zeit erkaufen?", sagte ich. „Dann lass uns durch. Diese Gruppe ist Verstärkung. Um euch zu helfen. Sie wissen, was sie tun, und sie können mit Geistern umgehen."

„Und dieses Ding?", sagte Polk und nickte zum Ghul.

„Er gehört mir. Ich werde ihn auf jeden hetzen, der mich nervt. Wie dich."

Polk lachte, aber es war ein schwaches Kichern. Durchsetzt mit Nervosität. Gut.

Die Führer kämpften nicht gegen uns. Sie ließen uns in ihr Gebiet. Von dort war es nicht weit bis zum Platz mit dem Brunnen, in der Nähe der verkohlten Ruinen des Uhrenturms, wo Bryce sein Hauptquartier aufgeschlagen hatte. Wir hatten Glück. Wir waren zu einer Zeit gekommen, als sowohl Bryce als auch Alec herübergekommen waren. Sie standen da und blickten auf eine große Tafel, auf der eine grobe Karte von Riven gezeichnet war. Markierungen wurden platziert und hin und her bewegt, um Risse anzuzeigen. Noch andere Teile, Trümmerstücke, die zu Quadraten und Kreisen geschnitten waren, zeigten Gruppen von Führern und wohin sie geschickt worden waren.

Es dauerte nicht lange, nachdem ich Bryce unsere Geschichte erzählt hatte, bis er den Ghul, Cheo und seine Armee zu einem neuen Ziel schickte. Dem Westtor der Stadt.

„Es ist der beste Engpass, den wir haben", sagte Bryce zu Cheo. „Ihr werdet ständig in Aktion sein. Es gibt zu viele Risse im Wald und wir können nicht dorthin kommen. Aber wenn ihr sie mit den Mauern aufhaltet, sie zum Tor lenkt, wird uns das Zeit geben, die Stadt zu säubern. Im Moment halten wir uns gerade so über Wasser."

Cheo nahm die neue Aufgabe mit dem gleichen ernsten Gesichtsausdruck an, den er Mali gezeigt hatte. Er schwor seine Hingabe an die neue Sache und marschierte dann mit seiner Truppe los.

Bryce kam zu Selena und mir. Winkte Alec herbei.

„Es sieht nicht gut aus", sagte ich zu meinem ehemaligen Mentor. „Wir haben die Person getötet, von der Nara sagte, sie würde uns helfen."

„Es gibt keinen Ersatzplan?", sagte Bryce.

„Wir wissen es nicht", sagte Selena. „Wir waren noch nicht wieder bei ihr."

„Dorthin gehen wir jetzt", fügte ich hinzu.

„Könnt ihr eine Stunde oder zwei erübrigen?", fragte Bryce. „Anna wird vermisst. Sie und dieser Schleicher von ihr, Laurence, haben uns geholfen. Ich habe keine Führer mehr übrig, die ich nach ihnen schicken kann. Besonders keine, die sich für einen Schleicher in Gefahr bringen wollen."

„Ich würde alleine gehen, aber die Risse machen es zu gefährlich, allein zu reisen", sagte Alec.

„Wohin ist sie gegangen?", fragte ich.

„Sie sagte, sie würde dorthin zurückkehren, wo sie herüberkommen. Sie wollten ein hohes Gebäude, um die Stadt überblicken zu können. Wenn wir einen Aussichtspunkt sichern können, werden wir in der Lage sein, Führer schnell zu den Rissen zu schicken. Uns etwas länger am Leben zu erhalten", sagte Bryce. „Weißt du, wo so ein Gebäude sein könnte?"

„Die Warrens. Wir können es überprüfen. Wie steht es sonst?"

Bryce seufzte. „Wenn es irgendeine Hoffnung gäbe, dass wir das durch Waffengewalt überleben könnten, würde ich euch hier behalten. Ich würde euch mit uns kämpfen und so viele Risse wie möglich schließen lassen. Wir haben den Wald verloren. Wir stehen jeden Tag mehr Ghulen gegenüber. Auf der anderen Seite, mit Piotr weg, wanken die Friedensgespräche. Niemand will seinen Anteil aufgeben. Während sie streiten, kämpfen ihre Armeen weiter."

Bryce warf einen Blick zum funkengefüllten Himmel.

„Carver, wenn du keinen Erfolg hast, werden wir nicht mehr lange durchhalten. Riven auch nicht."

NACH ANNA

Durch Riven zu rennen fühlte sich vertraut an, und zwar auf eine gute Art. Die gleichen Hintergassen, bröckelnden Gebäude und mit Asche bestreuten Straßen fühlten sich wie zu Hause an. Keine Schluchten mehr, keine identische Dschungelflora. Nur harter Stein und Holz. Selena, Alec und ich machten uns vom Uhrenturm aus auf den Weg nach Süden in Richtung der Warrens.

„Wie sieht's auf der anderen Seite aus?", fragte ich Alec, während wir weitergingen.

„Chaotisch wie immer", sagte Alec. „Chicago ist ein Durcheinander. Alle sind in heller Aufregung, um Dinge für diesen endlosen Krieg zu produzieren. Obendrein sind alle krank. Diese Krankheit wütet weiter. Jeder benutzt jetzt seine Maske. Sogar drinnen."

„Klingt nach 'ner Menge Spaß", sagte ich.

„So habe ich früher gelebt." Selenas Augen starrten in eine ferne Vergangenheit. „Wiley, mein Mann, arbeitete als Fleischer. Wir hatten in diesem Teil der Stadt nie saubere Luft. Jeder trug seine Maske. Manchmal gingen die Luftreiniger kaputt und man trug sie auch drinnen. Weil alles einen krank machen konnte, trugen wir die ganze Zeit Handschuhe."

„Igitt", sagte ich.

„In der Tat, von den Welten, die wir kennen, scheint eure die elendste zu sein", sagte Alec.

„Das würdest du denken", sagte Selena. „Aber wir waren so vorsichtig, dass nur wenige von uns tatsächlich krank wurden. Wir waren glücklich, auf unsere eigene Art gesund."

„Ich würde das Risiko einer Krankheit eingehen, um ab und zu aus meinem eigenen Mund atmen zu können", sagte Alec. „Wenn es draußen heiß ist? Niemand will eine Maske ums Gesicht gewickelt haben."

„Der Preis, den man zahlt, nehme ich an", sagte Selena.

„Gibt's Ezras noch?", fragte ich.

„Carver, du warst eine Woche weg. Die Welt hat sich nicht verändert", sagte Alec.

Stimmt schon. Ich war nicht so lange tot gewesen. Nur war es schwer zu sagen. Schon jetzt schien es, als würden meine Erinnerungen an die Zeit davor, an die Erde und das Gehen auf echten Straßen, verblassen. Wie Kindheit oder ein langweiliger Tag am nächsten Morgen. Stücke und Teile fielen weg und wurden durch das allgegenwärtige Grau ersetzt. Ich wusste nicht, wie ich sie festhalten sollte. Wie ich festhalten sollte, wer ich war.

Wir erreichten das Ghoul's Gateway, den Bogen, der in die Warrens führte. Geister waren hier häufiger, die hohen, dicht gedrängten Gebäude boten reichlich Platz für sie, um nach ihrem Ableben herüberzukommen. Normalerweise fand man hier ein paar wütende Geister, die bereit waren, eingefangen zu werden. Jetzt patrouillierten Führer in Gruppen, und fast jeder Geist war bereits befriedet worden. Ihre Augen leer. Nichts von der verängstigten Neugier, die man in einem Geist sah, bevor das Feuer sie ergriff. Nein, all diese waren bereits eingefangen worden. Wenn Riven eine

Politik der verbrannten Erde hatte, dann setzten die Führer sie um.

„Glaubst du, es wird je wieder so werden?", fragte ich Alec. „Wo man nicht jeden Block mit der Hand an der Waffe gehen muss?"

„Kann diese Frage nicht beantworten", sagte Alec. „Wir können wählen. Wenn wir Erfolg haben, dann mag Riven etwas Frieden kennen. Wenn wir scheitern, dann mögen wir unseren kennen."

Nach vier weiteren Blocks kamen wir an einem großen Gebäude vorbei, das fast einen ganzen Block für sich einnahm. Sieben Stockwerke hoch und als Annas Übergangspunkt dienend. Ihr Zimmer, der Ort, an dem sie und Laurence von ihrem Versteck in Chicago herüberkamen, befand sich im Keller. Wir standen davor, blickten in den Eingang und sahen nichts.

„Sollten wir reingehen?", fragte ich.

„Wo könnten sie sein?" Alec spähte die breite Fassade des Gebäudes hinauf.

„Zwei Möglichkeiten", sagte ich. „Hoch oder runter. Sie kommen im Keller rüber, also sage ich, wir schauen zuerst dort nach."

Wir drei bewegten uns in die Lobby, einen geräumigen Ort, der es verdient hätte, mit Topfpflanzen und Marmorsäulen dekoriert zu sein. Ein bronzener Empfangstresen mit einem Rezeptionisten, ein Portier, der seinen Hut lüftet und einen begrüßt. Stattdessen waren innen Flecken verteilt, verblasste Rottöne und Brauntöne, gelegentlich schwarze Brandspuren. Löcher im Boden und Risse in den Wänden zeugten von längst vergangenen Kämpfen. Große Räume zu beiden Seiten der Lobby erinnerten an das Leben, das das Apartment-Gebäude einmal haben sollte. Restaurants vielleicht. Oder Versammlungsräume. Soziale Clubs, als ob Riven je welche gehabt hätte. Am hinteren Ende der Lobby öffnete sich eine breite Treppe, die sowohl nach unten als auch nach oben führte.

Wir verfielen in die typische Stille, die Führer annahmen, wenn sie ein neues Gebiet erkundeten. Ein Raum, in dem hinter jeder Ecke Gefahr lauern konnte. Das leiseste Geräusch, das leiseste Lachen konnte einen Geist wütend machen. Ein Risiko, das wir nicht eingehen wollten. Ich ging voran, das große Schwert in meinen Händen. Das Treppenhaus gab mir genug Raum zum Schwingen, obwohl ich mir bei den Fluren darunter und darüber weniger sicher war. Andererseits würden diese Wände ein paar zusätzliche Schnitte nicht übel nehmen.

Der Keller ähnelte einer Katakombe. Ich war mit Anna mehr als ein paar Mal hier herübergekommen, aber nie allein. Immer mit ihr, die mich herausführte. Also musste ich den Grundriss aus dem Gedächtnis abrufen. Ob es daran lag, dass wir genau dort standen, oder weil der Gedanke Riven betraf, der Grundriss kam klar zurück.

Wer brauchte schon Kindheitserinnerungen, wenn man sich nach Belieben an Kelleraufteilungen erinnern konnte?

„Es ist ein Raster", flüsterte ich Selena und Alec zu. „Wir sind in der hinteren Mitte. Nach rechts gibt es drei Haupträume. Alle quadratisch, ich denke, vielleicht für Vorräte gedacht. Links ist ein großer Raum. Lüftungsschächte. Eine Menge kaputtes Zeug. Wahrscheinlich wo die Stromversorgung gewesen wäre, wenn das Chicago gewesen wäre. Ich sage, wir fangen dort an."

Ich sagte nicht, dass der große Raum es leichter machen würde, einander zu sehen. Ecken abzudecken und sicherzustellen, dass wir nicht in einen Hinterhalt gerieten. Alec, Selena und ich brauchten ein Aufwärmen. Mussten wieder in den Rhythmus kommen, Räume zu säubern, in denen sich wütende Geister hinter allem verstecken konnten. Die aus jedem Schatten heraus nach deiner Kehle greifen und sie zerreißen konnten.

Die Tür zu dem großen Raum, eine Doppeltür, war herausgerissen worden. Auf der anderen Seite war leicht zu erkennen, was das getan hatte. Ein Trio sabbernder Geister stand am anderen Ende des langen Raums und kratzte an der hinteren Tür. Sie hämmerten und rissen daran. Was sie zu erreichen versuchten, warum sie nicht einfach durch unsere Tür zurückkamen, wusste ich nicht. Kein Grund, außer dass Geister dazu neigten, in geraden Linien zu denken.

Wir schlichen in den Raum, stiegen über Rohre, Schutt und zerbrochene Holzstücke. Die Geister bemerkten uns nicht. So fixiert waren sie auf das andere Ende. Auf was auch immer sich auf der anderen Seite dieser Tür befand. Wir kamen bis auf anderthalb Meter an sie heran, bevor sich einer umdrehte, ein Mann mittleren Alters, dessen Augen hell mit diesem blauen, zornigen Feuer brannten. Er öffnete den Mund, um zu schreien, und seine Gefährten drehten sich um, und dann erledigte ich sie alle mit einem einzigen Schwung. Ein weiter Schnitt mit dem großen Schwert, dessen Klinge in blaues Feuer gehüllt war.

Jeder der drei Schnitte meines Hiebes entzündete sich, verbrannte die Geister und ließ sie zu Boden sinken. In einer Minute würden sie wieder aufstehen, nicht länger gefährlich.

„Ganz schön beeindruckende Waffe", sagte Alec. „Für einen Moment dachte ich, du würdest daneben hauen. Dem einen eine Chance geben."

„Schön, dass du so viel Vertrauen in mich hast", sagte ich.

„Du bist erst kürzlich gestorben", erwiderte Alec. „Dachte, du brauchst vielleicht etwas Zeit, dich anzupassen. Könntest ein bisschen langsam sein."

„Ich hab nichts von meinem Können verloren, glaub mir."

Selena ging an uns vorbei und hob den Türgriff, eine Aktion, auf die die Geister nicht gekommen waren. Auf der anderen Seite lag der hintere Teil des Kellers, ein dunkler, leerer Flur. Wir gingen hinaus und wandten uns nach rechts. In Richtung der Räume auf der anderen Seite des Kellers. Ich erkannte diesen Ort wieder; Anna und ich waren in den letzten Raum auf dieser Seite übergetreten. Die Tür dorthin war geschlossen, und als ich den Griff versuchte, bewegte er sich nicht. Verschlossen. Also tat ich etwas, was kein Geist je in Betracht ziehen würde.

Ich klopfte.

GETEILTES TREPPENHAUS

Wer ist da draußen?"

Ich hörte die Stimme auf der anderen Seite. Erkannte sie.

„Laurence, ich bin's, Carver. Und ein paar Freunde. Wir versuchen, dich und Anna zu finden", antwortete ich.

Einen Moment später klickte die Tür und schwang auf. Dahinter stand Laurence, Annas Schleichkollege und Chicagoer Mitbewohner. Er sah, um es freundlich auszudrücken, nicht gut aus. Seine Augen waren weit aufgerissen, und ich bemerkte, dass sein Mund ein beunruhigendes Zucken angenommen hatte, als könnte er sich nicht entscheiden, ob er die Stirn runzeln oder zu einem erschaudernden Schrei ansetzen sollte. Laurence, der aus seiner Abneigung gegenüber den Führern keinen Hehl gemacht hatte, umarmte mich fest. So fest, dass ich meine Arme nach oben verschieben musste, um das große Schwert aus dem Weg zu halten, während der Mann seinen Kopf in meine Schulter grub.

„Ich hätte nie gedacht, dass wir je wieder eine Menschenseele sehen würden", murmelte Laurence, als er von mir zurücktrat. „Ich hätte nie gedacht, dass ich jemals aus diesem

Keller rauskommen würde. Dass Riven für mich für immer verschlossen sein würde."

„Klingt irgendwie düster, oder?", sagte ich. „Es ist ja nicht so, als gäbe es nicht einen Haufen Führer, die hier rumlaufen."

„Wie viele würden hier reinkommen?", fragte Laurence. „Man kann den Riss nicht sehen, nicht von der Straße aus. Das haben wir nach dem ersten Tag gemerkt. Er ist mitten im Gebäude, zusammen mit all den Geistern. Sie haben kaum Lärm gemacht, als wir hierher zurückkamen. Wir sind aufs Dach gegangen, und da haben sie unsere Witterung aufgenommen."

„Anna ist auf dem Dach?", fragte Selena. „Warum?"

„Wir dachten, wir könnten einen Aussichtspunkt finden", sagte Laurence. „Dieses Gebäude ist eines der höchsten in der ganzen Stadt. Vom Dach aus kann man über alle Viertel hinweg sehen. Man kann Risse kilometerweit entdecken. Wenn wir es halten und eine Kommunikationslinie zu Bryce und den restlichen Führern aufbauen könnten, könnten wir sie schnell zu allen Rissen dirigieren."

„Warum bist du dann hier unten, wenn sie da oben ist?", fragte ich.

„Wir sind das Risiko eingegangen", sagte Laurence. „Anna hat ihre Aufmerksamkeit abgelenkt, und ich bin losgerannt. Wir haben uns darauf geeinigt, dass Anna, weil sie eine Waffe hat, weil sie weiß, wie man kämpft, oben bleiben sollte, während ich nach unten gehe. Ich habe es gerade so geschafft, die drei Geister im nächsten Raum auszutricksen."

„Wir haben sie gefunden", sagte ich. „Sie sind erledigt."

„Entschuldigung, ich glaube, wir sollten uns zum Dach aufmachen", sagte Alec. „Jede Verzögerung scheint unangebracht."

„Ja, ja", sagte Laurence. „Ich hatte geplant, zu Ezra zu

gehen. Um euch zu erzählen, was passiert ist. Aber jetzt seid ihr hier."

„Immer pünktlich zur Stelle, das sind wir", sagte ich.

Wir drehten uns um und rannten aus dem Keller. Unsere Füße dröhnten auf den Stufen, Laurence bildete das Schlusslicht. Hoch zur Lobby und dann in den zweiten Stock. Hoch in den dritten.

Man konnte es hören, das Knurren und Klopfen von wahnsinnigen Händen, die gegen die Wände schlugen. Das Zischen und halb geflüsterte Wüten. Der Riss war hier.

„Gibt es noch ein anderes Treppenhaus?", fragte ich Laurence.

Ich war schon einmal in diesem Apartmentgebäude gewesen, als Anna und ich versuchten, mit den Geistern zu sprechen, die wir am Berg gebunden hatten. Wir hatten das zentrale Treppenhaus ganz nach oben genommen. Sie hatte nie erwähnt, ob es einen Hinterausgang gab, aber es schien seltsam, dass diese Stufen so leer waren.

„Schmal und gefährlich", sagte Laurence. „Eine Feuerleiter. Ich habe nie verstanden, wozu man so etwas in Riven brauchen würde?"

„Es gibt eine lange Geschichte darüber, woher das alles kommt", sagte ich. „Ich erzähle sie dir später. Wenn die Geister nicht dieses Treppenhaus hochrennen, dann müssen sie den anderen Weg nehmen."

„Das ist doch gut, oder?", schlug Selena vor. „Weniger Hindernisse, bevor wir zu Anna kommen?"

„Theoretisch."

„Moment mal", sagte Alec. „Ich habe ein Tablet. Wir können den Riss schließen."

„Alec und Selena." Ich zog mein langes Messer heraus und reichte es Laurence. „Du auch. Findet den Riss, schließt ihn. Ich gehe Anna hinterher."

„Bist du sicher?", fragte Alec. „Wir könnten uns gleichmäßig aufteilen?"

„Der Riss ist wichtiger." Ich hob das Schwert. „Und hast du dieses Ding gesehen? Ich komme schon klar."

Selena verdrehte die Augen. Ich grinste sie breit an. Geister spielten auch gerne den Helden.

Das Trio brach auf und ging Schritt für Schritt den Flur entlang. Ich hob das große Schwert vor mich, beide Hände um den Griff geschlossen, und stürmte die Treppe hinauf. Wieder einmal wurde mir bewusst, wie die endlose Ausdauer eines Geistes das Hinaufrennen von Stockwerken mit einer schweren Waffe so einfach machte wie einen leichten Jogginglauf in Chicago. Ich hoffte nur, dass Anna noch da sein würde, damit ich sie retten konnte.

REITE DEN SCHLEICHER

Ich erreichte den vierten Stock und die Dinge wurden chaotisch. Zwei Geister standen auf dem Treppenabsatz und fauchten sich gegenseitig an. Sie stritten darum, wer zuerst gehen durfte. Zwei Soldaten. Noch immer in ihren zerlumpten Uniformen. Mir war aufgefallen, dass je länger der Krieg andauerte, desto dünner und schäbiger wurde die Ausrüstung, die die Geister trugen. Früher kamen sie in sauberen Farben rüber, mit Medaillen und Dienstgraden an den Seiten. Jetzt trugen sie kaum mehr als Lumpen. Was auch immer die Länder schnell genug produzieren konnten, um ihre Truppen zu kleiden.

Und doch hafteten diese einfachen Uniformen so fest an der Identität der Soldaten, dass sie, wenn sie starben, diese Lumpen mit sich brachten.

„Ich wünschte, mehr Leute würden so um mich kämpfen, wie ihr um diese Treppe kämpft", sagte ich, als ich den Treppenabsatz erreichte.

Der näher stehende Soldat starrte in meine Richtung, seine Augen brannten mit blauem Feuer. Er drehte sich um und sprang auf mich zu, die Hände ausgestreckt. Die Höhe der Treppe gab ihm genug Reichweite, bot aber wenig Schutz gegen mein großes Schwert. Ich schwang es von rechts nach links und erwischte den Geist mitten im Sprung, wobei ich ihn die Treppe hinunterschleuderte, während blaues Feuer über ihn hinwegrollte. Wo auch immer der Soldat landen würde, er würde nur noch an einen Ort gehen. Den Zyklus.

Der zweite Geist tackelte mich die Treppe hinunter und erwischte mich, bevor ich das Schwert in Position bringen konnte. Wir prallten gegen die Wand, rollten übereinander die Stufen hinunter. Halb zurück zum dritten Stock. Ich rollte weiter, bis ich oben saß, auf einer Stufe. Der Geist biss nach mir und ich rammte ihm den Griff des großen Schwertes ins Gesicht. Warf ihn zurück.

Ich hätte gerne mein langes Messer gehabt. Um es mit der linken Hand zu greifen und einen schnellen Stich zu machen, um den Kampf zu beenden. Das große Schwert war im Nahkampf nicht sehr nützlich. Also tat ich, was ich konnte. Hob den Griff erneut und stieß dem Ding ein zweites Mal ins Gesicht. Verschaffte mir einen Moment verwirrter Benommenheit. Nutzte ihn, um mein Knie anzuheben und meinen Fuß auf den Bauch des Geistes zu setzen. Stand auf und kletterte ein paar Stufen zurück. Der Geist rollte hinter mir her und griff nach meinen Knöcheln. Gut. Ich drehte das Schwert in meinen Händen und stieß es gerade nach unten. Direkt in die Mitte des Geistes. Schickte ihn mit einem Ausbruch von Blau weg.

Ich ging die Treppe hoch, vorbei am vierten Stock zum fünften. Ich konnte die Geräusche am anderen Ende des Stockwerks hören. In Richtung der Stelle, wo Laurence sagte, es könnte eine Hintertreppe geben. Ich hatte die Wahl. Ich konnte dorthin gehen, mich hier mit Geistern auseinandersetzen und mich nach oben kämpfen. Oder diese Treppe nehmen, den einfachsten Weg, um aufs Dach zu gelangen.

Ich bevorzugte den Weg des geringsten Widerstands.

Hoch in den sechsten Stock und dann in den siebten. Oder besser gesagt, zur Tür, die auf das Dach führte. Ich horchte, bevor ich den Griff drehte, hörte aber nichts auf der anderen Seite. Kein Metallklirren, kein Knurren, keine Kämpfe. Wenn Anna noch lebte, hatte sie sich reichlich Platz verschafft.

Ich benutzte meine Schulter, stieß die Tür auf und hielt das Schwert bereit, um in alles zu stechen, was sich auf der anderen Seite befand. Nur sah ich niemanden. Keine Menschenseele auf dem ganzen Dach. Leere Steine und die weite Ausdehnung der Stadt jenseits des Randes.

„Anna?", rief ich. „Wo bist du?"

„Carver!", hörte ich Annas Stimme, von der Seite des Gebäudes. Unterhalb des Daches.

Ich rannte hinüber, stampfte über die flachen Steine. Starrte über den Rand und sah, dass Laurence Recht gehabt hatte. Eine zweite Treppe klammerte sich an das Gebäude, schwarzes Eisen, das in einem Zickzackmuster nach oben kletterte. Oben auf dieser Fluchttreppe stand Anna und hielt eine lange Reihe knirschender und zappelnder Geister in Schach. Sie schwang den Morgenstern, den Nicholas für sie gemacht hatte, mit beiden Händen und zerquetschte damit einen Geist, der versuchte, zu ihr hochzuklettern. Anna schwang langsam, und ich bemerkte, dass sie aus vielen Schnitten blutete. Besonders ein langer Schnitt über ihrem linken Auge fiel auf.

„Hast du Lust zu tauschen?", sagte Anna, ohne zu mir aufzublicken. Ihre Stimme war von Erschöpfung gezeichnet. „Ich bin schon eine ganze Weile hier."

„Gib mir etwas Platz", sagte ich. Anna wich zurück und erlaubte einem Paar Geister, ein paar Stufen weiter zu kommen, ohne dass ihr Morgenstern vor ihnen ausholte. Das war ein Fehler. Ich sprang vom Dach, rammte das große Schwert vor mir, als ich fiel. Ich landete auf der Plattform am oberen Ende der Treppe und brachte das Schwert auf beide Geister nieder. Als ich in das Paar hineinfuhr, wurde mir klar, warum Anna sich entschieden hatte, hier zu kämpfen, anstatt auf der breiteren Fläche des Daches.

Die Geister, die ich erwischt hatte, standen für einen Moment auf den Stufen und blockierten den Weg für die wütenden hinter ihnen. Verwirrt und verloren. Kauften uns Zeit.

„Kein schlechter Plan", sagte ich. „Aber warum hast du nicht deinen Funkenwerfer benutzt? Dafür sind sie doch da."

„Haben wir", Anna lehnte sich erschöpft gegen das Geländer. „Ich habe jeden Funken verbraucht, den ich hatte. Nur ist der Himmel zu überfüllt. So viele Lichter jetzt, dass es unmöglich ist zu wissen, welche wirklich Hilfe brauchen. Oder vielleicht hat es auch niemand bemerkt."

Als ich aus Malis Schluchten nach Riven zurückkam, war mir dasselbe aufgefallen. Der Himmel ein wechselnder Regenbogen von Farben, als endlose Funken gegen den Nebel spritzten. Unsere Hauptkommunikationsmethode wurde umso weniger effektiv, je mehr wir sie benutzten. Wenn überall Funken waren, konnten wir nicht sagen, welche die erste oder überhaupt eine Reaktion erforderten.

„Also warst du hier oben gefangen?", fragte ich.

„Nein, ich bin hier geblieben, weil es mir Spaß macht", erwiderte Anna sarkastisch. „Sieht das nicht nach Spaß aus?"

„Tut mir leid, dumme Frage."

Die beiden Geister schoben sich durch die Reihe der wütenden zurück, und ich nahm Annas Platz ein. Wedelte mit meiner Klinge gegen die greifenden Hände der nächsten Welle, hielt sie in Schach. Und wenn sie zu nahe kamen, zerteilte ich sie.

„Hast du Laurence gefunden?", fragte Anna.

„Er genoss den Keller", sagte ich. Ich stach nach einem Geist und schickte ihn taumelnd die Treppe hinunter, wo er verbrannte. „Du musst diesem Kerl beibringen, wie man kämpft."

„Werde ich, mit all der zusätzlichen Zeit, die wir haben", sagte Anna, dann hellte sich ihre Miene auf. „Aber wenn wir dieses Gebäude einnehmen können, dann wird das, denke ich, helfen. Bryce weiß nicht, wohin er seine Kräfte schicken soll. Wir reagieren, sind nicht proaktiv. Je mehr Durchbrüche wir früh erwischen, desto weniger Ghule müssen wir bewältigen."

„Wir übernehmen das", sagte ich. „Selena und Alec kümmern sich um den Riss. Sobald er beseitigt ist, sollten wir den Rest dieser Typen problemlos erledigen können."

„Danke, Carver."

„Es ist meine Schuld, dass du in diesem Schlamassel steckst. Ich schulde dir mindestens eine Flucht."

Wir standen noch eine Weile dort oben auf dem Dach und hielten die Stellung. Bis von unten Schreie zu hören waren. Alec und Selena hatten den Riss geschlossen und arbeiteten sich zu uns hoch. Als die Geister mir den Rücken zuwandten, machte ich kurzen Prozess mit ihnen. Wir trafen uns in der Mitte, im fünften Stock. Alec und Selena hatten grimmige Mienen.

„Wo ist Laurence?", fragte ich.

„Er ist rübergegangen, nachdem wir euch beide oben gesehen haben. Anscheinend habt ihr zwei eine Weile auf dieser Seite verbracht?", sagte Alec.

„Mein Körper ist wahrscheinlich tot", sagte Anna. „Das ist nur halb im Scherz gemeint."

„Dann geh. Ich werde Bryce von dem Gebäude erzählen. Mach dir keine Sorgen."

„Wir müssen uns auch auf den Weg machen", sagte ich. „Nara wartet."

„Sie ist nicht die Einzige. Alle warten, Carver, geh. Finde

einen Weg, uns zu retten. Selena, lass nicht zu, dass er es vermasselt."

„Du verlangst das Unmögliche", sagte Selena, während wir uns durch die verblüfften Geister drängten.

„Carver", sagte Alec, und ich sah, wie er mein langes Messer an der Klinge hielt. „Vergisst du etwas?"

Er warf mir die Waffe zu und ich fing sie auf, spürte, wie die Schneide in meine Handfläche schnitt. Ich fühlte, wie der Schnitt sofort begann, sich wieder zusammenzufügen, als ich das Messer in sein Holster steckte. Mein Geist glich meine Fehler aus.

Wir verließen die Warrens und gingen nach Osten. Als wir die Stadt zum ersten Mal verließen, hatten Alec und Anna uns persönlich begleitet. Jetzt hatten wir niemanden. Die Führer, die herumliefen, bemerkten uns kaum. Wir hatten kein blaues Feuer in unseren Augen, wir hatten keinen Riss in unserem Rücken, es gab keine Zeit, ein Paar Geister zu untersuchen. Kein Grund, wenn wir nicht versuchten, sie zu töten.

Riven starb an tausend Wunden. Die Führer mussten sich auf die größten konzentrieren.

FRAGEN UND AUSFLÜCHTE

Die Getreidefelder waren nicht so einladend wie Rivens dunkle Straßen. Etwas an diesen endlosen Halmen, das Wissen, dass sie von einer kranken Göttin erschaffen wurden, die keine Liebe mehr für die Person übrig hatte, die Mali gefangen hatte, machte die wogenden Pflanzen noch schlimmer als zuvor. Ich sah, wie Selena erschauderte, und fühlte mich, als würde ich dasselbe tun, während wir uns unseren Weg bahnten. Jeder einzelne dieser spiegelartigen Halme war das Produkt der Wahnvorstellung einer Person.

Wir erreichten Naras Lichtung schnell. Keiner von uns wollte eine Minute länger als nötig in diesen Feldern verbringen. Ihr Feuer brannte noch immer, der Getreidehaufen war genauso hoch wie bei unserem Weggang. Die verkohlten Überreste sandten dünnen Rauch zum Himmel und hinterließen in der Luft den Geruch von trockenem Brennholz. Nara selbst war nicht draußen, als wir ankamen. Sie erschien erst, nachdem wir eine gute Minute oder länger dort gestanden hatten. Als ob sie auf den richtigen Moment für ihren großen Auftritt gewartet hätte.

Nicht dass ihre gebrechliche Gestalt, in Roben gehüllt und müde, das hätte durchziehen können.

„Ich zähle nur zwei von euch", sagte Nara.

„Mali mochte dein Angebot nicht", seufzte ich. „Uns mochte sie auch nicht besonders."

Ich begann, die Geschichte zu erzählen. Der Kampf mit dem Ghul, Malis Wasserschau, und behielt dabei Naras Gesicht im Auge. Ihr Ausdruck veränderte sich nie. Nicht einmal, als ich Malis Kommentare weitergab, diese harschen Aussagen darüber, ob man Nara vertrauen könne. Ob ihre Motive echt seien. Dass Nara Riven nur in weiteres Chaos stürzen würde. Tatsächlich sah ich die einzige Reaktion, als ich ihr erzählte, wie ich Mali mit dem Armbrustbolzen gestochen hatte. Das blaue Feuer, das Malis Kraft und ihr Bewusstsein verzehrte. Bei diesen Worten schloss Nara für einen Moment die Augen, und ich schwöre, ich schwöre, ich sah eine Träne die Falten ihrer Wangen hinunterlaufen.

Als Nara ihre Augen wieder öffnete, waren sie so wild wie zuvor.

„Ich hätte erwarten sollen, dass Mali ihre Sicht verloren hat", sagte Nara. „Mali war schon immer am meisten auf die Gegenwart eingestimmt. Auf das, was sie im Moment fühlte. Das machte sie zu einer so großartigen und schrecklichen Schöpferin. Ihre Launen bauten die Stadt, bauten den Wald, bauten dieses riesige Feld. Sie verschwendete keinen Gedanken daran, wohin es führte, verschwendete keinen Gedanken daran, was sie tat."

„Ich wollte dich fragen", sagte Selena, „ob du weißt, warum Rivens Stadt so modern ist? Wenn Mali schon seit Jahrhunderten hier ist, warum sollte sie dann einen Ort bauen, der völlig anders sein muss als zu ihrer Zeit?"

Nara lächelte und blickte zum Feuer hinüber. „Es war nicht immer so. Die Stadt hat tausendmal gelebt und ist tausendmal gestorben. Ich habe sie so lange nicht gesehen, dass ich mich kaum noch erinnere, wie sie aussieht. Wenn neue Geister zu uns kamen, ließ Mali sie von der Welt erzählen, und sie gestaltete Riven nach ihren Geschichten um. Du sagst, sie habe eigene neue Geister behalten. Ich nehme an, wann immer sie Lust dazu hatte, baute Mali die Stadt neu."

„Würden wir das nicht bemerken?", sagte ich. „Wenn sich, sagen wir, vor hundert Jahren die Stadt selbst verändert hätte?"

„Vielleicht habt ihr es bemerkt. Gibt es Aufzeichnungen? Geschriebene Tagebücher?"

„Einige", sagte ich. „Aber die meisten befassen sich mit Anleitungen. Namen und Titel. Positionen und Gesetze. Riven selbst schien immer gleich zu sein. Eine endlose Aufgabe."

„Dann ist das vielleicht deine Antwort", erwiderte Nara. „Wenn der Fokus immer auf den Geistern liegt, dann mag eine Welt, die sich einmal pro Leben leicht verändert, nicht so bemerkenswert sein."

Nara hatte einen Punkt. Wenn ich morgen in die Warrens gewandert wäre und sie mit neueren Gebäuden vorgefunden hätte, wäre ich vielleicht einen Moment lang verwirrt gewesen, aber beim ersten Anblick eines gequälten Geistes wäre ich wieder beim Üblichen. Riven neigte dazu, die Neugierigen zu töten.

„Mali erwähnte Gefängnisse", sagte ich und wechselte das Thema. „Mit dem Wasser schien sie zu zeigen, wie ihr drei getrennt wurdet. Ist das der Grund, warum du nicht mit uns gekommen bist?"

„Als wir uns trennten", sagte Nara, „hatten wir unsere Differenzen. Wir erkannten, dass wir mit unseren Kämpfen eine große Gefahr für Riven darstellten. Also verschlossen wir einander. Ich hatte gehofft, Mali könnte die Barrieren durchbrechen."

„Ich sehe keine Barrieren."

„Das Feld", sagte Nara. „Das ist mein Gefängnis. Dolan hat seine Wüste und Mali ihre Schluchten."

„Ich verstehe nicht", sagte Selena. „Wie? Wie kann man jemanden an einen einzigen Ort fesseln?"

„Sicherlich akzeptierst du inzwischen, dass Riven Geheimnisse hat, zu denen du keinen Zugang hast? Vielleicht wirst du es mit der Zeit verstehen."

Ich hatte mein ganzes Leben lang Führer vage Aussagen machen hören. Aufgewachsen mit einem Satz nach dem anderen, der mir sagte, ich solle akzeptieren, was man mir erzählt hatte, und keine Fragen stellen. Mich damit abfinden, dass einige Dinge nicht für mich bestimmt waren, bis zu einem unbestimmten ‚Zeitpunkt'. Ich hatte den Anführer der Führer im Kampf besiegt, meine eigenen Eltern gerettet und verdammt, und war ermordet worden. Was könnte ich sonst noch tun, um bereit zu sein, etwas zu verstehen?

„Nara." Ich zog das große Schwert. Richtete es auf die Frau. Ich spürte Selenas Blicke, die sich in mich bohrten, ignorierte sie aber. „Erkläre es. Oder ich nehme an, dass das, was Mali sagte, wahr ist. Ich werde dich hier beenden und mein Glück mit den Geistern versuchen."

„Eine kühne Aussage", erwiderte Nara gleichmütig. „Und zweifellos, Carver Reed, bist du bereit, dein Glück zu versuchen. Aber was ist mit ihr? Was ist mit deinen Freunden zurück in der Stadt? Bist du bereit, sie alle aufgrund deines voreiligen Urteils zu riskieren?"

Ich verengte meine Augen und sie hob eine knorrige Hand. „Trotzdem, vielleicht hast du Recht. Du willst wissen, warum wir versiegelt sind? Geh, finde Dolan. Er wird es dir sagen. Wenn Mali nicht helfen kann, dann ist er unsere letzte Option. Während wir zu dritt besser gewesen wären, können Dolan und ich immer noch tun, was getan werden muss."

„Und warum kannst du es uns nicht sagen? Warum kannst du uns nicht die Antworten geben?"

„Würdest du mir glauben, wenn ich es täte?", erwiderte Nara, und ich musste zugeben, dass sie damit einen Punkt hatte. Ich hatte bereits begonnen, jeden ihrer Sätze mit einer gehörigen Portion Zweifel zu betrachten.

„Du sagtest, er lebte in einer Wüste?", lenkte Selena uns von der Spannung ab. Ich senkte das Schwert und steckte es zurück in die Scheide.

„Südlich der Stadt", sagte Nara. „In einem Sandmeer, das diesem Feld ähnelt. Wenn ihr weitergeht, werdet ihr ihn finden. Bringt ihn her, und gemeinsam können wir euch helfen."

Nara wandte sich um, um in ihre Hütte zu gehen, und Selena blickte den Weg zurück, den wir gekommen waren.

„Warte", sagte ich zu dem Rücken des Geistes. „Ich habe noch eine Frage."

Nara drehte sich zu mir um, ihr Gesicht eine starre Linie. Keine Überraschung, keine Verärgerung, nichts. „Frag."

„Mali. Das, was sie uns gezeigt hat, sah aus, als hättest du Geister gebunden. Viele, viele von ihnen. Wie hast du das gemacht, wenn du nicht am Leben warst?"

Nara lächelte, aber mir gefiel der Hunger nicht, der sich in ihren faltigen Augen zeigte. Eine Person, die an ihre Brillanz erinnert wurde und begierig darauf war, sie zu zeigen. „Eine lebende Seele bindet eine andere, indem sie einen Teil ihres Lebens gibt. Wie wenn man Zunder entzündet. Ein toter Geist bindet auf die andere Art. Indem er stiehlt, was von dem übrig ist, den er zu kontrollieren sucht."

Ihre Worte ergaben Sinn. Barths Turm, am äußersten Rand der Stadt. Der verrückte ehemalige Führer hatte mehr als ein Dutzend Geister, die ihm gehorchten, aber die meisten hatten ihre Persönlichkeit verloren. Sie waren regungslos und stumm gewesen, bis auf den einen, den Barth angewiesen hatte, uns zu begrüßen.

„Wie viele?", fragte ich. „Wie viele Geister könntest du auf diese Weise binden?"

„Warum musst du das wissen? Kommst du auf Ideen?"

„Ich versuche, deine zu finden."

„Ich habe dir immer wieder gesagt, dass mein wahrer Wunsch darin besteht, meine Heimat zu retten", sprach Nara, wobei Verärgerung am Rande ihrer Stimme mitschwang.

„Du hast nicht gesagt, wie."

„Du bist nicht in der Position, Fragen zu stellen. Jetzt geh. Deine Freunde sterben, während du trödelst."

Dagegen hatte ich kein Argument. Als Nara in ihre Hütte zurückging, machten Selena und ich uns erneut auf den Weg durch das Getreidefeld. Wir marschierten zurück zur Stadt und dann südlich, zu einem anderen Teil von Riven, den ich noch nie gesehen hatte.

Hoffentlich würden sich die Wüste und Dolan als weniger feindselig erweisen als der Dschungel und seine Königin.

LIEBE IM JENSEITS

Um in die Wüste zu gelangen, mussten wir uns wieder entscheiden: zurück durch die Stadt oder um sie herum. Wir erreichten das Osttor, ohne diese Entscheidung treffen zu müssen, und als ich auf den zerstörten Palast und die Funkenparade dahinter blickte, sah ich Selena an und zuckte mit den Schultern.

„Wenn wir da reingehen, bleiben wir wahrscheinlich stecken", sagte ich. „Du hast Alec gehört, wir haben keine Zeit zu verlieren."

„Hörst du mich etwa widersprechen?"

„Ich, äh, nein, tue ich nicht. Ich wollte wohl nur meine Meinung kundtun."

Selena nickte und suchte meinen Blick durch den Torbogen. „Komm schon, Carver. Lass uns außen herum gehen. Bryce und die anderen werden schon lange genug durchhalten."

Also folgten wir der Mauer nach Süden. Den Großteil der Reise verbrachten wir damit, hin und her zu diskutieren, ob Nara sich als die schlechteste Entscheidung herausstellen würde, die wir je getroffen hatten. Nachdem ich Malis

Vorstellung gesehen hatte, glaubte ich immer weniger daran, dass der alte Geist in der Hütte sich als gute Wahl erweisen würde. Dass wir in dem Versuch, uns selbst zu retten, Riven in ein noch dunkleres Verderben stürzen würden.

„Schlimmer als weltuntergangsartig kann es kaum werden", erwiderte Selena, als ich den Gedanken ausgesprochen hatte.

„Vertraust du ihr?"

Zu unserer Rechten setzte sich die Stadtmauer fort. Wir gingen auf hartem Erdboden und hielten uns vom Getreide zu unserer Linken fern. Über uns hing derselbe graue Himmel, während ein Windhauch aschene Flocken durch die Luft wirbelte. Ich habe nie wirklich verstanden, woher diese Flocken kamen, aber sie ließen Riven aussehen, als würde es ständig schneien. Leichtes Schneetreiben. Ohne jeglichen jahreszeitlichen Charme der natürlichen, kühlen Art.

„Ich sehe jemanden, der etwas will und denkt, wir seien der beste Weg, es zu bekommen", sagte Selena. „Mein erster Ehemann, der Alkoholiker?"

„Der, der aus dem Apartment-Fenster gefallen ist?"

„Matthias, ja. Wir hatten eine ähnliche Übereinkunft", sagte Selena. „Ich wollte nicht auf dem Land bleiben. Er wollte eine Frau und lebte in der Stadt, wo meiner Meinung nach alles wirklich Wichtige passierte."

„Das ist naiv", sagte ich.

„Was erwartest du von einem fünfzehnjährigen Mädchen?", erwiderte Selena. „Für kurze Zeit war es auch alles, was ich mir vorgestellt hatte. Matthias benutzte mich, seine neue, hübsche Frau, um in die Art von Clubs und Partys zu kommen, zu denen er vorher nicht eingeladen worden war. Es war ein Geschäft, und wir beide profitierten davon."

„Du bist so eine Romantikerin."

„Bitte", sagte Selena. „Du bist auch nicht besser. Deshalb

sind wir perfekt füreinander. Wir sind so schlecht darin, Gefühle zu zeigen, dass wir erst sterben mussten, um uns wirklich zu verlieben."

Ich lachte. Dagegen konnte ich nichts sagen. Früher, als ich Selena gebunden hatte, hing immer unser ungleicher Status über uns. Ich konnte zur anderen Seite zurückkehren, während Selena in Riven bleiben musste. Wäre ich gestorben, wäre die Bindung gebrochen worden und hätte sie möglicherweise in den Zyklus geschickt. Jetzt brauchten wir einander. Brauchten die Geschichten des anderen, ihre Hand, um die Flüstern des Zyklus fernzuhalten.

Riven hatte keine Dinner-Dates. Keine Theater oder einen Zirkus. Aber es hatte Zeit. Wir schliefen nicht mehr, wurden nicht müde. Unsere Momente kamen, wenn wir daran arbeiteten, einen Geist einzufangen, wenn wir durch den überfüllten Dschungel in Malis Schluchten navigierten, wenn wir das endlose Grau mit Geschichten füllten, die wir einander erzählten. Was wir hatten, war kein Märchen, aber ich liebte es trotzdem.

„Wie bringt dich Matthias also dazu, Nara zu vertrauen?", fragte ich.

„Weil sie sich nicht ändern wird, bis sie hat, was sie will", sagte Selena. „Und wenn Menschen bekommen, was sie wollen, lassen sie ihre Deckung fallen. Wenn Nara anfängt, etwas zu tun, das uns nicht gefällt, kümmern wir uns um sie."

„Weiß nicht, ob es in diesem Feld viele Apartment-Fenster gibt, aus denen man sie stoßen könnte."

„Wir brauchen keins. Nicht hier", sagte Selena. Ich konnte, ohne hinzusehen, erkennen, dass ihre Hand auf dem Griff des Hackmessers ruhte. Darin hatte Selena recht. Wenn Nara beschließen würde, ein anderes Spiel zu spielen, versuchte, die Regeln zu ändern, könnten wir sie genauso beenden wie Mali.

DURCH DIE WÜSTE

Als wir das Südtor erreichten, auf der anderen Seite des Elendsviertels und am belebtesten Ort in Riven, blieb ich stehen und starrte auf den Zug der Geister. Tausende von ihnen drängten sich durch das Tor, verließen die Stadt und bewegten sich auf den Zyklus zu. Auf einem absteigenden Pfad, der in den dunklen Wald und weiter zum Berg dahinter führte. Technisch gesehen wäre das Westtor näher gewesen, aber der Pfad führte in diese Richtung und die Geister folgten ihm.

Vielleicht hatte Mali es so entworfen.

Im Süden setzte sich Rivens spärliches, totes Gras bis zum Horizont fort. Ich fragte mich, ob es wie in den Schluchten sein würde, wo wir in einem Moment auf das Nichts zuliefen und im nächsten eine neue Welt vor uns auftauchte.

„Warum ist es so überfüllt?", fragte Selena und staunte über das Tor. „Es war nicht so schlimm, als wir Bryce gerettet haben."

„Die Risse", antwortete ich. „Normalerweise sind die Geister überall in Riven verteilt, aber jetzt konzentrieren sie sich. Wenn eine Schlacht auf der Erde einen Riss bildet, zieht sie andere Geister an, die gerade übergehen. Dann hast du eine große Gruppe. Die Führer löschen sie aus, und sie gehen gemeinsam hierher. Schließen sich den anderen an."

„Es ist unheimlich."

All diese Gesichter; Männer, Frauen, Kinder aus der ganzen Welt, die einer nach dem anderen ihre Füße schleppten. Geradeaus blickend. Ruhig und betäubt.

„Es ist friedlich", sagte ich, und Selena legte den Kopf schief.

„Kann man so sehen", erwiderte sie.

„Ich entscheide mich dafür. Es ist einfacher damit umzugehen, wenn man es so betrachtet. Ein friedlicher Marsch in einen endlosen Schlaf."

Wir wagten uns nach Süden vor, stapften über den Boden, bis ich bemerkte, dass er nachgab. Meine Schritte landeten auf weniger festem Untergrund. Die Erde verschob sich, und meine Fußabdrücke hinterließen tiefere Eindrücke. Das wenige Gras, das es gab, starb ab.

„Es ist weiß", sagte Selena und blickte nach vorne. Vor uns ging Rivens Erde in einen seidigen Sand über, der sich in kleinen Verwehungen ausbreitete, als hätte jemand eine feine Schneedecke ausgebreitet. Ascheflocken fielen und verschwanden in der Landschaft, begraben von Rivens leichter Brise.

„Zumindest ist es nicht grau", erwiderte ich.

Durch den Sand zu stapfen wäre eine Plackerei gewesen, wenn wir am Leben gewesen wären. In der Lage, erschöpft zu werden. Ich vermutete, dass deshalb niemand diese Regionen zuvor erkundet hatte. Die Schluchten und die Wüste lagen so weit jenseits der Mauern von Rivens Stadt, dass jeder lebende Führer hätte umkehren müssen. Vielleicht könnte man mit einer Abfolge verschiedener Übergangspunkte nach und nach weiter vordringen, aber das warf eine andere Frage auf.

Warum?

Fast zweitausend Jahre lang hatten Führer in Riven gewirkt, ohne den Ursprüngen seiner Strukturen nachzugehen. Sie hatten sich an ihr Hauptziel gehalten: die Geister einfangen, die Toten zum Zyklus bewegen. Unsere Zahl erlaubte uns nie den Luxus, Führer auf Expeditionen zu schicken.

Unsere. Ich sprach immer noch, als wäre ich einer von ihnen. Nicht nur war ich ein Geist, nicht mehr lebendig, sondern ich hatte auch Piotr getötet, den letzten Anführer der Führer. Er mochte zwar auf eine Katastrophe zugesteuert sein, aber ich glaube nicht, dass ich mich noch für die Mitgliedschaft in dieser geschätzten Gruppe qualifizierte. Ich blickte zu Selena, die neben mir ging, ihre Augen leuchteten im Licht, das vom Sand reflektiert wurde.

Ich hatte, was ich brauchte.

Die Säule erschien in einer langsamen Enthüllung. Ein schattiger Obelisk am Rande unseres Blickfeldes, der sich und seine Gefährten dahinter offenbarte, als wir näher kamen. So hoch wie die, die Malis Tempel umgaben, und ähnlich mit Runen verziert. Hinter der Säule, sie zu beiden Seiten teilend, waren weitere. Eine lange Reihe, die zu einem breiten Cluster von Gebäuden zurückführte.

Laurence hatte eine Karte, zurück in Chicago, die auf eine Stadt wie diese hindeutete. Ein Ruinenort. Wenn es jemanden gab, der die Sprünge machen würde, um so weit ins Feld zu kommen, dann wäre er es. Jetzt wünschte ich, ich hätte diese Karte genauer studiert. So sehr ich es auch genoss, in die Falle in Malis Tempel zu tappen, würde ich es vorziehen, die gleiche Situation hier zu vermeiden.

„Siehst du es?", sagte Selena zu mir. „Auf der Statue?"

Ich sah genauer hin, als wir näher kamen. Und erkannte

es. Die Scheibe, die drei Figuren, die auf den harten Stein geklebt waren. Das gleiche Bild wie bei Malis Vorführung mit dem Wasser. Nichts anderes schmückte die Statue, nur ein Haufen sandiger Ziegel, die aufeinandergestapelt waren.

Die nächste Säule setzte die Geschichte fort. Die Figuren bewegten sich jetzt, einige der dünnen blauen Umrisse, die ich für Geister gehalten hatte, erschienen auf der Scheibe. Die gleichen Illustrationen, die gleiche Geschichte. Sie spielte sich über die Statuen hinweg ab, jede zeigte die nächste Szene, als wir tiefer und weiter die Reihe hinuntergingen.

„Ich schätze, das bedeutet, dass Mali die Wahrheit gesagt hat", meinte Selena. „Es sei denn, sie hat auch diese gemacht, und alles ist eine Lüge."

„Scheint viel Aufwand zu sein, aber ich traue es ihr zu." Ich fuhr mit einem Finger über eines der Gemälde. Um zu sehen, ob es abblättern würde, aber die Säulen waren stabil. „Nach dem, was Mali sagte, klang es, als hätte sie all diese Orte erschaffen."

Wir kamen zu den Kriegsszenen. Wo die dunklen Gestalten mit dem blauen Feuer die Geister angriffen. Sie in den Zyklus trieben. Ohne dass Mali die Geschichte vorantrieb, nahmen wir uns etwas Zeit, um die Figuren zu untersuchen. Die Gemälde, die sie zum Leben erweckten.

„Glaubst du, dass das die Führer sind?", fragte ich Selena. „Die, die die Geister einfangen und zurück in den Zyklus schicken?"

„Kann mir nichts anderes vorstellen, was sie sein könnten", sagte Selena. „Was bedeuten würde, dass diese dritte Figur der Grund für unsere Existenz ist."

„Unsere?"

„Ich denke, ich hab's mir verdient, Carver." Selena verschränkte die Arme. „Dich am Leben zu halten, muss doch was wert sein."

„Ist das Vergnügen meiner Gesellschaft nicht Bezahlung genug?"

„Wenn's nur so wäre." Selena schenkte mir ein leichtes Grinsen. „Ich weiß, dass es mir egal sein sollte. Dass es sinnlos ist, da wir Geister sind, aber ich habe nie irgendwo *dazugehört*. Nicht ein einziges Mal."

„Bis jetzt", sagte ich und wurde diesmal mit einem breiten Lächeln belohnt. „Natürlich bedeutet das, dass du nicht weglaufen kannst. Dich nicht in die hinterste Ecke von Riven zurückziehen kannst, wenn es gefährlich wird."

„Weil das so typisch für mich ist."

„Ich sag ja nur, dass die Führer keine Schmarotzer dulden."

„Sie haben dich aufgenommen, also denke ich, bin ich auf der sicheren Seite", erwiderte Selena.

„Guter Punkt."

Die nächste Säule zeigte ein Bild der drei Figuren, die voneinander getrennt standen und durch dicke grüne Balken geteilt waren. Mali hatte angedeutet, dass dies der Zeitpunkt gewesen war, als die drei sich gegenseitig weggesperrt hatten. Aber sie hatte nie die Gefängnisse erklärt. Nara sagte, sie könne das Feld nicht verlassen, aber warum? Wie?

„Glaubst du, sie konnte die Schluchten nicht verlassen?", sinnierte ich.

„Ich denke, Mali war genauso gefangen wie Nara", sagte Selena. „Und Dolan, er ist hier gefangen."

„Ich hoffe, er weiß, wie er sich befreien kann. Wenn wir den ganzen Weg umsonst gehen ..."

Ich ging zur nächsten Säule, der letzten. Wie die erste stand sie in der Mitte des Weges. Die anderen Säulen fächerten sich zu beiden Seiten auf und erzählten uns durch gemalte Bilder die Geschichte der drei Geister und wie sie Riven zu dem gemacht hatten, was es heute war. Diese hier zeigte auf drei ihrer vier Seiten jeweils einen Geist. Mali,

Dolan und Nara. Jede Figur war mit einem grünen Kreis umgeben. Der Kreis schien die Linie von einem zum nächsten zu verlängern. Mali, mit ausgestreckter Hand, schien den Kreis um Dolan zu schieben. Der tat dasselbe bei Nara, die den Bogen um Mali vollendete.

Naras Reichweite schnitt über die leere Seite der Säule, die gesamte Seite war eine einzige grüne Linie, die durch die Steine stach. Als ob dort etwas hätte sein können, das im letzten Moment weggelassen wurde. Ich spürte, wie sich eine Hand schwer auf meine Schulter legte. Zuerst dachte ich, es wäre Selena, und dann sah ich hin.

Die großen, verlorenen Augen eines Geistes, der neu in Riven war, starrten mich an.

EINEM GEIST HELFEN

Jung, ein Junge nicht viel älter als zwölf oder dreizehn. Keine Anzeichen von Krankheit, keine tödlichen Wunden. Der Junge hatte den Verstand, seinen Geist in das zu verwandeln, was er sein wollte, anstatt in das, was er war.

„Carver, ich hab ihn", sagte Selena hinter dem Kind, ihre Stimme angespannt. Ihr Hackbeil zweifellos zum Schlag bereit.

„Warte", sagte ich. „Geister sollten hier nicht auftauchen. Er sollte zu einer Bresche gezogen werden oder zu einem der anderen Orte in der Stadt."

„Die Stadt?", fragte der Junge. „Wisst ihr, wo ich bin?"

Ich fing an zu antworten, aber die Augen des Jungen schweiften ab und mitten in meinem Satz begann er, hinter die Säule zurückzugehen. Weiter in die Wüste hinein. Nichts Ungewöhnliches. Geister hatten viel im Kopf, und ihre Köpfe waren von vornherein nicht gerade vollständig.

„Sollen wir ihn einfangen?", fragte Selena und kam neben mich.

„Nein", sagte ich. „Ich hab kein Feuer gesehen. Lass uns ihm folgen."

Wir folgten dem Geist tiefer in die Wüste. Vorbei an den Säulen und in das, was wie ein kleines Dorf aussah. Einstöckige Häuser, deren blasse, adobeähnliche Ziegel sich in quadratischen Formen aus dem weißen Sand erhoben. Sie wirkten alt, aber auch makellos. Ein Set, errichtet von einem Historiker oder jemandem, der ein Modell in einem Museum baut. Der Geist bewegte sich an den Häusern vorbei, kümmerte sich nicht darum, sie zu überprüfen oder hineinzuschauen.

„Wer bist du?", fragte ich den Geist, rief ihm hinterher. Manchmal konnte das Drängen eines Geistes, sich zu erinnern, wer er war, ihm ein gewisses Maß an Vernunft geben. Ihn vom Abgrund zurückholen. Der Junge blickte zu mir zurück.

„Meine Eltern nannten mich Turner", sagte der Junge. „Ihr glaubt nicht zufällig, dass sie hier sind, oder?"

Wieder, als ich zu antworten begann, drehte sich der Junge weg und ging weiter. Tiefer in die Stadt hinein.

„Er geht nicht in Richtung des Zyklus", sagte Selena.

„Was bedeutet, dass er uns dorthin führt, woher er gekommen ist", antwortete ich. „Wir werden ihn dort einfangen."

Nach ein paar weiteren Windungen und Biegungen durch die Wüstenstraßen kamen wir zu einem großen Innenhof. Steine pflasterten die Mitte, und der weite Platz war auf allen Seiten von weiteren Ziegelgebäuden umgeben. Mehrere davon ragten zwei Stockwerke hoch und eines, uns gegenüber, stand volle vier Stockwerke hoch. Das große Gebäude wirkte, als wäre es von einer feinen Hand entworfen worden, sein Eingang gesäumt von Zwillingssäulen, die in einem Bogen gipfelten. Malis Tempel in Wüstenform.

„Da ist eine Bresche", sagte Selena und zeigte darauf. In der Mitte des Innenhofs starrte uns der weite, schimmernde Pool einer Bresche an. Mehr Geister schwebten um die Ränder. Schauten sich um, neugierig. Sie muss sich erst vor wenigen Augenblicken gebildet haben. Die Geister waren noch nicht wütend, noch nicht bösartig und darauf aus, uns in Stücke zu reißen.

„Turner", sagte ich. „Ist das der Ort, an den du uns bringen wolltest?"

„Ich dachte, ihr könntet meinen Freunden helfen", sagte Turner. „Wir sind alle verloren, verstehst du."

Meine Hand wanderte zu meinem Großschwert. Es gab nur eine Richtung für diese Geister.

KRIEGSOPFER

Ich zog das große Schwert von meinem Rücken und richtete es auf den Jungen. Selena zog neben mir ihr Hackebeil und ihr langes Messer. Wir beide hatten noch nie allein einen Riss bekämpft, aber dieser brannte nicht. Jedenfalls noch nicht.

„Carver", sagte Selena. „Wir haben keine Tafel."

„Dann räumen wir so gut auf, wie wir können."

Ohne eine Saphirtafel war ich mir nicht sicher, wie wir den Riss schließen würden, aber wenn wir die Geister hier ließen, würde sich daraus irgendwann ein wütender Schwarm bilden. Der Riss würde wachsen. Die Wüstenstadt verschlingen und anfangen, Geister nach Norden zu schicken. Es war immer noch wichtig, das so lange wie möglich hinauszuzögern.

Turner bewegte sich nicht, als ich auf ihn zuging, als ich den Griff drehte, als das blaue Feuer über ihn hinwegbrannte. Die anderen Geister drehten sich um und starrten, während ich herumging und mit Selena Hiebe austeilte. Wir löschten aus, was von den Geistern in Riven übrig war, damit ihre geistlosen Seelen ihren letzten Gang zum Zyklus antreten konnten. Innerhalb einer Minute hatten wir den größten Teil des Hofes gesäubert. Oder zumindest dachte ich das.

Ich erschrak fast beim ersten Heulen, das so im Widerspruch zur Stille des Ortes stand. Das Rascheln des Windes im Sand, das gelegentliche Flüstern der Brise, die durch ein nahegelegenes Haus wehte. Ansonsten kamen die einzigen Geräusche vom Schwingen unserer Klingen. Bis die Neuankömmlinge ihre Anwesenheit bemerkbar machten.

Sie krochen aus dem Riss, ohne dass wir es bemerkten, eine Hand nach der anderen. Sie zogen sich heraus und sahen aus wie Soldaten. Oder Einheimische aus einem Land, das ich nicht kannte. Risse diskriminierten nicht.

Ein Paar Geister stand vom Boden auf und sah sich um. Ihre Augen flackerten mit dem blassen blauen Feuer, das bedeutete, dass jeder Funke Verstand ihre Seelen verlassen hatte.

„Und gerade als es langweilig wurde", sagte ich zu ihnen und winkte mit dem Schwert in ihre Richtung. Die Geister zischten und stürmten auf mich zu, ihre Arme ausgestreckt und nach meinem Gesicht krallend.

Ich trat mit meinem linken Bein vor und führte einen weiten Schwung aus, der beide Geister in zwei Hälften teilte und sie brennend zu Boden schickte. Hinter ihnen erschienen jedoch vier weitere Armpaare durch den Riss und zogen die Geister hindurch.

„Mach mit dem Rest Schluss", sagte ich zu Selena. „Ich kümmere mich um die Neuankömmlinge."

Ich rannte zu den Geisterarmen, als sie auftauchten, und schlug zu. Erst einen, dann einen anderen und noch einen mit aufeinanderfolgenden Hieben. Ich verbrannte sie, als sie nach Riven kamen.

Etwas packte meinen Knöchel, und ich fiel flach auf den Rücken. Der Riss breitete sich unter mir aus, ein Fenster in eine zerstörte Bergstadt. Das erklärte die Unterschiede. Ein vom Krieg zerrissenes Dorf in einem Land, das ich nicht kannte, Soldaten und Dorfbewohner, die hindurchkamen, während der Beschuss weiterging.

Nicht dass ich Zeit gehabt hätte, das zu würdigen. Derselbe Geist, der meinen Knöchel zur Seite geschlagen hatte, kletterte aus dem Riss auf mich. Er kratzte an meinem Mantel, als er zu meinem Gesicht hochkletterte. Mit meiner linken Hand griff ich nach meinem langen Messer an meinem Gürtel und stieß es in die Brust des Geistes, drehte den Griff und verbrannte ihn. Nur diese Sekunden hatten mich schon zu viel Zeit gekostet.

Ich rappelte mich auf, und zwei weitere Geister trafen mich von hinten. Es gelang mir, mit dem Stoß mitzugehen und mich mit der losen Haut meiner Jacke von ihnen loszureißen. Sie hielten nur Lederfetzen in den Händen. Die beiden Geister kamen weiter auf mich zu, gefolgt von drei weiteren zu meiner Rechten. Hinter mir konnte ich Selena hören, wie sie auf die anderen außerhalb des Hofes einhackte.

„Ich schätze, das habe ich verdient, weil ich überheblich war", sagte ich. Nicht dass die Geister zuhörten oder es sie interessierte. Ihre brennenden blauen Augen waren nur an einer Sache interessiert: mir.

Ich wich nach links aus, und die beiden Geistergruppen liefen ineinander, als sie sich umdrehten, um mir zu folgen. Ich steckte das lange Messer zurück in meinen Gürtel und packte das große Schwert, holte zu einem weiten Schlag aus. Einer, der sauber durch alle Geister hätte gehen sollen. Der es auch getan hätte, wenn sich nicht der erste Geist in einem verzweifelten Tackle auf mich gestürzt hätte. Er erwischte meinen Arm, bevor mein Schwung an Kraft gewinnen konnte. Seine kratzenden Hände schlugen das große Schwert weg. Die anderen folgten.

Ich hob meine Arme, versuchte die Fäuste und Klauen, die Zähne abzuwehren. „Selena!", rief ich. Wenn niemand in einer Sekunde kam, würde ich in Stücke gerissen werden. Ich hatte keine Ahnung, ob mein Geist sich von so etwas erholen könnte, und ich wollte es nicht herausfinden.

Selena antwortete nicht, aber ich hörte jede Menge wütendes Knurren von ihrer Seite des Hofes. Wir waren in der Unterzahl, und wir verloren. Als ein Geist nach meinem Gesicht schnappte, stieß ich meinen Kopf nach vorne, rammte ihn und stieß den Geist zurück, auch wenn es die Welt verschwimmen ließ. Ich griff nach dem langen Messer, und als ich es nach vorne stieß, spürte ich, wie es traf, sah die Flammen greifen. Dann schlug der nächste Geist das Messer weg. Die Peitsche war hier nutzlos, zu nah.

Ein Paar Hände packte mich von hinten an den Schultern und warf mich zu Boden. Ein weiterer Geist, der mit einem Lächeln voller verfaulter Zähne auf mich herabgrinste. Wilde Augen und zerfranste Augenbrauen. Eine faltige, fleckige Haut, die auf mehr als eine Begegnung mit der Krankheit hindeutete. Der Geist beugte sich zu mir herunter, sein Mund öffnete sich und enthüllte zackige Zähne, die sich meinem Gesicht näherten.

DER GRÜNDER

Blasses Feuer brach aus seiner Brust hervor, als ob der Geist durchbohrt worden wäre. Dann hob etwas den Geist in die Luft und schleuderte ihn weg. Warf ihn auf die andere Seite des Risses. Die anderen Geister, die nach mir griffen, zögerten. Ein fataler Fehler. Ein Mann in einem hellbraunen Hemd und einer Hose trat über mich hinweg und schwang seine Arme, stach durch die Luft. Statt Waffen schoss jedes Mal, wenn seine in Leder gehüllten Hände sich einem Geist näherten, ein loderndes Feuer aus seinen Knöcheln hervor, breitete sich nach vorne aus und erfasste die Seelen in seiner reinigenden Glut.

Während der Mann die Geister von mir wegfegte, hörte ich sein Lachen; helle, frei fließende Freude.

Der Mann, denn ich wusste nicht, wie ich ihn sonst nennen sollte, räumte den Riss mit geschmeidigen Bewegungen. Hauptsächlich Schläge und Tritte, aber in der Art von jemandem, der trainiert. Der seine Muskeln testet, seine Reichweite. Mehrmals blickte der Mann zu mir zurück, offenbar um sicherzugehen, dass mich kein anderer Geist unbemerkt erwischt hatte. Er trug keinen Helm, und sein dunkler Kopf war haarlos, seine Augen hell und an den Rändern mit demselben Feuer brennend wie die zornigen Geister. Seine Zähne waren so weiß wie der Wüstensand, in einem wilden Lächeln entblößt. Bevor ich etwas sagen konnte, bückte er sich und hob mein großes Schwert vom Boden auf. Er schritt zur Mitte des Risses, rammte die Klinge hinein, die Spitze schnitt in den Stein. Er drehte den Griff.

Blaue Flammen strömten aus dem Schwert, breiteten sich aus und bedeckten den Riss wie ein in Flammen stehendes Ölmeer. Überall, wo das Feuer berührte, verschwand das Bild der Erde, der zerstörten Stadt. Es kräuselte sich weg und enthüllte die weißen Steine darunter. Ich suchte nach Selena und sah sie am Rand, wie sie ein letztes Paar Geister mit synchronisierten Hieben und Schlägen ihres Hackmessers und Messers verbannte. In einer Minute war es vorbei.

„Ist lange her, dass ich dieses Schwert gesehen habe", sagte der Mann, als ich aufstand, seine Stimme mit Asche und Feuer getönt. „Wie ein Wiedersehen mit einem alten Freund. Einem, von dem man dachte, man würde ihn nie wiedersehen."

„Dolan?", sagte ich, denn wer sonst könnte es sein?

„Scheint, als wüsstest du, wer ich bin", antwortete der Mann. „Nun würde ich dich dasselbe fragen? Wer kommt hierher, um in diesen verlassenen Ruinen zu spielen?"

„Leute, die gekommen sind, um dich zu finden", sagte ich.

Jetzt schwand Dolans Grinsen. Sank zu einer Linie. Er blickte auf das Schwert, das er noch immer in den Händen hielt. „Es bringt nicht viel, mich zu suchen", sagte Dolan. „Ich hatte meine Zeit, und das hier ist sie nicht."

„Bin mir nicht sicher, ob das deine Entscheidung ist", sagte Selena. „Riven braucht dich, Dolan. Ob es dir gefällt oder nicht."

Der Geist lachte, ein lautes, grummelndes Geräusch, das von den Wänden der Häuser um uns herum widerhallte.

„Eine kühne Ankündigung. Und du liegst vielleicht nicht falsch, da ich seit tausend Jahren oder mehr keinen Riss in dieser Ruine gesehen habe. Unglücklicherweise kann ich sie nicht verlassen."

„Bist du sicher? Nara hat uns geschickt", sagte ich. „Das hätte sie nicht getan, wenn du nicht mitkommen könntest."

Als ich den Namen sagte, flackerten Dolans Augen auf, und seine Zähne entblößten sich zu einem Knurren. Bevor ich mich bewegen konnte, bevor ich überhaupt wusste, was geschah, stürmte Dolan mit meinem Schwert nach vorne und durchbohrte mich damit. Blaues Feuer lief an mir hoch und herum und verbrannte meine Welt.

Als ich starb, als Piotr mich damals auf der Erde töten ließ, fühlte es sich an, als würde ich in einen unendlichen Brunnen fallen. Teile von mir verschwanden, während meine Seele sich von meinem Körper löste. Dies hier war brutaler. Während zuvor mein physischer Körper verschwand, löste sich jetzt mein Verstand auf. Meine Erinnerungen, mein Gefühl dafür, wer ich war, wo ich war, was ich war, verschwanden. Ich würde sagen, dass alles schwarz wurde, aber das stimmt nicht. Es ging nirgendwo hin, wurde zu nichts.

Es endete einfach.

Ich kam am Rand des Innenhofs wieder zu mir. Dolan stand vor mir, seine Hand auf meiner Stirn. Seine Augen brannten immer noch, nicht im Zentrum der Pupillen wie bei den zornigen Geistern, sondern eher so, als ob die Ränder mit dieser blassen, flackernden Flamme schimmerten.

„Es tut mir leid", sagte Dolan. Er starrte in meine Augen, offenbar auf der Suche danach, ob ich wirklich da war.

„Ja, du kannst jetzt zurückgehen", sagte ich und schob ihn weg. „Was hast du mit mir gemacht?"

„Ich habe dich zurückgeholt", sagte Dolan. „Etwas, das ich seit Jahrhunderten nicht mehr getan habe."

Ich hatte es schon einmal getan. Mit einer Bindung konnte man einen Geist in eine Art Abbild seines früheren Selbst zurückversetzen. Seinen Verstand retten. Ich hatte Selena zurückgeholt, nachdem der Ghul auf dem Weg zum Berg sie zerstört hatte. Ich hatte nicht gewusst, wie es sich anfühlte, weggerissen und wieder zusammengesetzt zu werden. Ich wollte nicht, dass es noch einmal passierte.

„Na, das ist ja wunderbar", sagte ich. „Kannst du mir erklären, warum du dich überhaupt dazu entschieden hast, mich abzufackeln?"

„Du sagtest, Nara hätte euch geschickt", sagte Dolan. „Das allein ist Grund genug."

„Sie mögen sich nicht", fügte Selena hinzu.

„Hab ich gemerkt, danke", erwiderte ich. „Mali hat uns erzählt, dass Nara nicht gerade deine beste Freundin ist. Du musst darüber hinwegsehen. Wenn du das nicht tust, dann fällt alles auseinander."

Dolan blickte zum Innenhof, wo der Riss gewesen war. „Ich glaube dir. Aber es gibt einen Unterschied. Man entfesselt keinen Fluss, um eine Kerze zu löschen."

„Entschuldigung?", sagte ich.

„Was auch immer sie zu euch gesagt hat, Nara wird Riven sicherer dem Untergang weihen als alles, was ihr euch je vorstellen könntet. Du bist ein Geist, und du wärst in ihren Ketten. Sie würde über euch alle herrschen, ohne einen zweiten Gedanken daran zu verschwenden, und ihr hättet nichts dazu zu sagen."

„Hast du eine bessere Idee?", sagte ich. „Denn wenn unsere Optionen sind, schrecklich zu sterben, während Riven auseinanderbricht, oder von einem machthungrigen Geist regiert zu werden, dann können wir uns genauso gut hier und jetzt selbst abfackeln."

Dolan starrte mich an, dann ließ er seinen Blick über die Ruinen schweifen. „Du hast Mali erwähnt. Ich nehme an, Nara hat euch zuerst zu ihr geschickt?"

„Sie ist weg", sagte Selena. Bevor ich etwas sagen konnte, begann Selena mit der Geschichte.

Dolan nahm die Rede gelassen hin und nickte am Ende, als Selena mit unserer Rückkehr zu Nara abschloss. „Dann habt ihr einen Glücksfall erlebt", sagte Dolan. „Ihr werdet Nara nicht mehr brauchen, weil ich es besser machen kann."

„Was besser machen?", sagte ich.

„Du blickst gerade auf den Gründer der Führer", sagte Dolan. „Wenn jemand dich zum Sieg gegen eine Horde wütender Geister führen kann, wenn jemand Riven vom üblen Gestank der Toten reinigen kann, dann bin ich es. Und da Mali nun weg ist, bin ich endlich frei."

Oh, gut.

EINE LEGENDE

Dolan fand, dass unser Unterricht in Rivens Geschichte durch Mali nicht gut genug gewesen war. Als wir den langen Rückweg aus den Wüstenruinen zur Stadt Rivens antraten, erzählte uns der uralte Geist seine Version der Geschichte.

„Wenn ihr wissen wollt, wie Riven entstanden ist, beginnt es mit uns dreien", sagte Dolan, während wir durch den Sand gingen. Seine Augen schweiften in die Ferne, tauchten in Erinnerungen ein. „Wir kamen fast gleichzeitig nach Riven. Jeder von uns, wir alle, waren Opfer eines Angriffs auf unser Dorf durch ein benachbartes. Wir waren alle jung, gerade mal fünfzehn Jahre alt. Das spielte keine Rolle. Die Angreifer kamen schnell, schlachteten jeden ab und nahmen vermutlich alles mit, was uns gehörte. Das Nächste, woran ich mich erinnere, ist, dass wir hier standen, auf einem flachen Stück Fels, etwa fünfzig oder sechzig Meter breit."

„Woher weißt du, was ein Meter ist?", fragte ich ihn, und Dolan blinzelte mich verärgert an, dass ich seinen Vortrag unterbrochen hatte.

„Wenn du vorgreifen willst", sagte Dolan, „bin ich gerne bereit, das zu tun."

Ich schüttelte den Kopf, da es offensichtlich war, dass Dolan nicht, in der Tat überhaupt nicht froh darüber wäre, dies zu tun. Nach einem Moment wandte sich der Geist wieder seiner Geschichte zu.

„Wenn du gesehen hast, wie Riven jetzt aussieht, hat es nichts mit dem Riven gemeinsam, das ich kannte, als ich hierher kam. Es gab keine Bäume. Keine Berge. Keine Mauern. Keine Stadt. Die Toten waren unsere einzigen Begleiter. Sie kamen an den einzigen Ort, den sie erreichen konnten. Ein endloser Strom von Geistern und Seelen, die auf unseren kleinen Flecken fielen und in den großen blauen Ozean des Zyklus traten. Ich beobachtete sie. Ich weiß nicht, wie lange.

„Wenn du denkst, dass Zeit heute in Riven wenig Bedeutung hat, hatte sie damals noch weniger. Nichts maß, wie lange wir dort standen. Keine Gebäude, die eine Geschichte von Kriegen erzählten, keine Papierfetzen, um das Vergehen der Tage aufzuschreiben. Irgendwann bemerkten wir drei einander. Fanden in unserer Untätigkeit, in unserem Zögern, vom Rand zu treten, eine gemeinsame Verbindung. Naras und Malis Augen, wie meine, verfolgten den endlosen Gang unserer Landsleute, ohne sich ihrer Reise anzuschließen. Mali sprach zuerst.

‚Seid ihr am Leben?', fragte Mali uns.

„Wir wussten damals nicht, was passiert war. Ob wir gestorben waren oder ob ein mystisches Ereignis uns in diesen seltsamen neuen Ort gezwungen hatte. Unsere Götter hatten keine Geschichten von einer Welt wie dieser. Unsere Ältesten hatten keine Erzählungen, um uns auf eine solche Leere wie Riven vorzubereiten. Also verbanden wir uns in unserer Verwirrung und Einsamkeit über die endlosen Jahre.

„Unsere Freundschaft hielt den Zyklus in Schach. Seine

Flüstereien leise, am Rande unseres Bewusstseins schwebend. Wie Kinder es tun, begannen wir zu spielen. Die Grenzen der Welt, in der wir uns befanden, zu testen. Die toten Geister störten sich nicht daran, als wir sie herumschubsten."

„Ihr drei wart die Einzigen, die blieben?", sagte Selena. „Keine anderen Geister kamen herüber und fragten sich, wo sie waren?"

Dolan zögerte, sein Fuß sank in den Sand am Gipfel einer rollenden Düne. Der Blick, den er Selena zuwarf, enthielt dieselbe Traurigkeit, die ich auf tausend Geistergesichtern gesehen hatte. Bedauern, das nicht wiedergutgemacht werden konnte.

„Dieser Fleck wurde unsere Burg. Unser Heiligtum. Jeder, der nicht den Weg zum Zyklus antrat, wurde zu einem Problem. Jemand, der uns angreifen könnte. Versuchen könnte, uns zu beherrschen." Dolans Gesicht verzerrte sich zu einer trotzigen Maske. „Wir sind keine Heiligen. Wir waren ein Trio, das sich an einem fremden und unbekannten Ort wiederfand. Ohne Führung, ohne Wissen. Aber Riven gehörte uns, und wir behielten es."

„Das ist böse", sagte Selena.

„Selena", mahnte ich.

„Sie hat Recht", sagte Dolan. „Meine, unsere einzige Verteidigung ist, dass wir nichts Besseres wussten. Nur dass Geister, die in das unendliche Blau fielen, nie zurückkehrten. Dass unser Fleck klein war. Und dass, nach unserer Erfahrung, Neuankömmlinge nur Verlust bedeuteten."

Ich konnte sehen, wie weitere Fragen um Selenas Lippen tanzten, aber sie hielt sie geschlossen. Dolan wartete einen Moment, dann begann er seinen Marsch. Setzte seine Geschichte fort.

„Mit der Zeit begannen wir, die Risse in Rivens Fassade zu sehen. Die Teile dieser Welt, die nicht ganz zusammenpassten. Es begann, als ein Geist sich wehrte. Als ich es schaffte, ihn zu überwältigen und ihm das Genick zu brechen. Nur um zu sehen, wie derselbe Geist sich eine Stunde später heilte und wieder aufstand. Das war unser Hinweis darauf, dass die normalen Regeln hier nicht galten.

„Nara war die Erste. Sie erkannte, dass sie einen Weg finden konnte, sich an die Geister zu binden. Ihre Hand zu halten und ihr Vertrauen zu gewinnen und schließlich Kontrolle über sie zu erlangen. Das waren bedeutsame Stunden. Mali und ich beobachteten, wie Nara zu jedem Geist der Reihe nach ging, seine Hand nahm und leise zu ihm sprach. Ihr müsst verstehen, eine solche Handlung wie das Binden erschien uns wie aus einer unserer Legenden. Magie hättet ihr es vielleicht genannt, obwohl wir mit der Zeit verstanden, dass Binden mehr mit Liebe als mit Zauberei zu tun hatte.

„Als Nara uns bewies, dass unsere Vorstellung von Realität in Riven keine Gültigkeit hatte, experimentierte Mali mit einem anderen Sinn. Sie projizierte ihre Träume und Wünsche in das Grau hinaus. Ich habe nie ganz verstanden wie, und Mali hat es uns nie erklärt. Eine eifersüchtige Hüterin von Geheimnissen, diese."

„Scheint zu ihrem Charakter zu passen", sagte ich. „Sie wollte nicht viel mit uns reden."

„Immer mehr an ihrem eigenen Geist interessiert", sagte Dolan. „Deshalb vertraute ich ihr am Ende mehr als Nara. Mali wollte ihre eigene Welt, aber sie fühlte nicht die Notwendigkeit, diese hier zu zerstören, um sie zu bekommen."

DREIFACH GEBUNDEN

Also hat sie euch nicht beigebracht, wie ihr selbst Dinge erschaffen könnt?", sagte ich. „Und ihr habt nicht gefragt?"

„Wir haben gefragt", erwiderte Dolan. „Sowohl Nara als auch ich. Aber wie du gesehen hast, wählt das Talent in Riven immer noch seine Ziele aus. Mali behielt ihres für sich, und weder Nara noch ich konnten je mehr als die einfachsten Schöpfungen meistern. Für mich bedeutete das diese hier."

Dolan nickte zu den Säulen, an denen wir vorbeigingen, die mit Gemälden überzogen waren.

„Farbkleckse", seufzte Dolan. „Das war alles, was ich je erschaffen konnte. Nara noch weniger. Ihre Aufmerksamkeit richtete sich nach innen, auf die Vorgänge der Seele. Mit Malis wachsenden Fähigkeiten wurden wir zu Königen und Königinnen, die in prächtigen Schlössern mitten in der Stadt lebten. Nara band Geister und befragte sie, brachte uns Informationen aus der Außenwelt. Ich fungierte als Vollstrecker und arbeitete mit Naras Geistern zusammen, um widerwillige Seelen in den Zyklus zu drängen.

„Schon bald begann ich, Mali dazu zu bringen, Waffen

herzustellen, um Naras Seelen zu bewaffnen. Um mich selbst zu bewaffnen. Einige der Geister waren aggressiv geworden und widersetzten sich bis zuletzt unserer Begleitung. Mit dem langen Schaft eines Speers entdeckte ich mein eigenes Talent. Ein seltsames Eintauchen in den Zyklus, bei dem die Speerspitze unter der Oberfläche verschwand, ließ das blasse Feuer an seiner Länge hinauf und in meinen Körper strömen.

„Ich hätte damals zerstört werden sollen", Dolan strich über die Ränder seiner Augen, wo immer noch ein schwacher blauer Schimmer zu sehen war. „Aber Naras Geister, meine gebundenen Verbündeten, zogen mich vom Abgrund zurück. Sie brachten meinen leblosen Körper zu Nara, wo sie mich entfachte. Brachte mich zurück."

„Dann schuldest du ihr dein Leben", sagte ich.

„Bis zu einem gewissen Grad", gab Dolan zu. „Eine Schuld, die ich längst beglichen habe, das versichere ich dir. Nachdem Nara mich zu mir selbst zurückgebracht hatte, konnte ich das Feuer in meiner Seele toben spüren. Wenn der Zyklus dir zuflüstert, schreit er mich an. Und wie ein Schrei fand ich heraus, dass ich es herauslassen konnte. Seine Energie in Dinge gießen, wie diesen Speer. Wie dein Schwert.

„Es dauerte nicht lange, bis die Stadt von verlorenen Geistern überfüllt war. Nara wurde immer besessener davon, sie zu binden, und verlangte von mir, dass ich mich nur um diejenigen kümmerte, die bewusst erschienen, um zu wissen, wo sie waren. Nara wandte sich an Mali, um Straßen und Geschäfte zu erschaffen, große und kleine Gebäude. Nachbildungen von Orten, von denen uns die Geister erzählten. Rivens Stadt wurde größer, und ich fand mehr Geister, die durch ihre Gassen wanderten. Verloren und zunehmend wütend."

„Also hast du gehandelt", sagte ich.

„Nein", antwortete Dolan. „Obwohl ich mich frage, was passiert wäre, wenn ich früher angefangen hätte. Bevor Nara von den Leben verzaubert wurde, die sie in unserer toten Stadt spann. Als eure Welt wuchs, überquerten mehr Seelen nach Riven. Nara konnte sie nicht schnell genug binden. Die Geister wandten sich gegen sie, gegen diejenigen, die sie bereits bezaubert hatte. Die hellen Straßen wurden gefährlich, und Nara wandte sich an mich.

„Mali und ich erschufen die Waffen gemeinsam. Sie formte die Klingen, ich erfüllte sie mit Feuer. Zuerst gaben wir sie Naras Geistern, und sie patrouillierten mit tödlicher Effizienz durch die Straßen. Unermüdliche Krieger. Mit nur einem Meister."

„Das hat dir nicht gefallen", sagte Selena.

„Wir waren ein Trio", nickte Dolan. „Jetzt waren wir Naras Gefangene. Mali erkannte es zuerst. Als Nara eine Änderung an einem Teil der Stadt verlangte und Mali es ablehnte. Sagte, sie bevorzuge dieses Viertel so, wie es war. Erst als Mali sich weigerte, erschienen zwei von Naras Geistern mit meinen Waffen an ihrer Tür. Diesmal war es keine Frage.

„Von da an begannen Mali und ich, die vernünftigen Geister, die wir fanden, zu rekrutieren und zu beherbergen. Wir bauten sie im Geheimen auf und trainierten sie in einem Berg am Rande des Waldes. Weit weg von Naras Phantasiewelt."

„Wir waren dort", sagte ich. „Am Berg."

Dolan blickte nach Norden und Westen, in Richtung des Berges. „Mali erschuf ihn, um den Zyklus zu verdecken, um zu verbergen, was wir taten. Sie behauptete Nara gegenüber, dass es uns erlauben würde, die eintreffenden Geister zu kontrollieren, und das tat es auch. Wir nahmen diejenigen, die wir konnten, und trainierten sie. Mit der Zeit hatten wir unsere eigene Armee.

„Ich weiß nicht, wie lange der Krieg dauerte. Nur dass Nara die Waffen ausgingen, bevor uns die Seelen ausgingen. Am Ende, als wir in Naras großem Raum standen, begingen wir unseren schlimmsten Fehler."

„Ihr habt euch selbst gefangen", sagte Selena. „Deshalb habt ihr euch getrennt."

„Wir versuchten, sie zu binden", sagte Dolan. „Anstatt sie einfach in den Zyklus zu schicken, was wir hätten tun sollen."

„Es hat nicht funktioniert?", fragte ich.

„Nara versuchte, dasselbe zu tun. Uns zu binden, während wir sie banden. Die Konflikte zerstörten unsere Gedanken. Trieben uns alle fast in den Wahnsinn. Mali selbst ebnete die halbe Stadt ein, baute sie auf und riss sie wieder nieder. Als ob tausend Stimmen gleichzeitig in unseren Köpfen schrien. Nara, du verstehst das nicht, sie kann jeden deiner Gedanken befehligen. Jedes deiner Gefühle, wenn sie es will. Also klammerten Mali und ich uns an das Einzige, was wir kontrollieren konnten, nämlich unsere Verbindung zu ihr.

„Wir schickten Nara nach Osten, in die Felder. Ließen sie jeden Schritt gehen und zwangen sie dann, in dieser Lichtung zu bleiben. Gleichzeitig konnten wir hören, wie sie uns zuflüsterte. Mali und mir. Kurz darauf fand ich Mali an meiner Kehle, sie kam auf mich zu, während Naras Flüche von ihren Lippen strömten. Danach verließen wir die Stadt. Ich kam hierher, wo der Wüstensand und die Entfernung Naras Stimme leise hielten. Mali und ich hätten uns schon vor Jahren in den Zyklus gestürzt, außer dass dies unseren Feind befreit hätte."

„Wenn das, was du sagst, wahr ist, dann ist es ein Risiko, dich zurückzubringen", sagte ich. „Kann Nara dich nicht überwältigen?"

„Vielleicht", sagte Dolan. „Obwohl sich alle Dinge mit der

Zeit ändern. Vielleicht kann ich ihrem Drängen jetzt widerstehen oder sie mit meiner eigenen Bindung kontrollieren. Noch besser wäre es, wenn wir die Theorie nicht testen müssten. Wenn wir Riven beruhigen könnten, ohne Nara einzubeziehen."

Nach dem, was Dolan gesagt hatte, war ich ganz dafür.

STRATEGIESITZUNG

olan, einen uralten Geist, mitten ins Hauptquartier der Führer zu bringen, kam etwa so gut an, wie ich es erwartet hatte. Führern wird beigebracht, allem Neuen mit mehr als nur ein bisschen Misstrauen zu begegnen. Geister, die wie Dolan aussahen und Kleidung trugen, die kein Führer tragen würde, gaben einen Vorwand für zusätzliche Vorsichtsmaßnahmen. Führer beobachteten uns aus Gebäuden, als wir vorbeigingen, Schleicher folgten uns vom Moment an, als wir die Stadt betraten.

Bryce hatte eine Operation am Laufen, und sie lief gut.

Trotzdem sah ich die Risse. Andere Führer kreuzten unseren Weg, rannten vor uns her und tauchten in Gassen ab. Sie riefen um Hilfe, um einen Riss zu schließen oder eine Gruppe von Geistern zu bändigen. Dennoch schien das Chaos besser unter Kontrolle zu sein als damals, als Selena und ich die Stadt vor Tagen und Tagen in Richtung Nara verlassen hatten. Ich erlaubte mir sogar einen Anflug von Hoffnung. Dass wir es vielleicht, irgendwie, schaffen würden, die Stadt zu kontrollieren. Auszubrechen und die Flut wütender Geister einzudämmen.

Schlechte Idee.

Als wir den Uhrenturm-Innenhof und Bryces behelfsmäßiges Kommandozentrum erreichten, erwartete uns der Anführer der Führer bereits. Alec führte uns drei zu einer Gruppe von erfahrenen Führern, die um einen großen Tisch standen, der aus ihren Angeln gerissenen Türen zusammengebastelt worden war. Darauf lagen, markiert durch Brocken zerbrochenen Steins, Wahrzeichen, die ich kannte.

Der Berg. Die Stadtmauern. Die Tore im Süden und Westen.

„Für einen provisorischen Krieg bin ich nicht beeindruckt", verkündete Dolan, nachdem die Vorstellungen gemacht worden waren. „Ihr lasst die Geister direkt vor eure Haustür kommen. Ihr solltet sie zurückdrängen. Nehmt die Risse einen nach dem anderen, bis keiner mehr übrig ist."

„Ich weiß nicht, wie die Zahlen zu Ihrer Zeit waren, Sir", sagte Bryce. „Wir haben weder die Mannstärke noch die Waffen, um so einen Zug zu machen."

„Mit mir habt ihr das", sagte Dolan. „Ich werde eure Besten zum Westtor führen, in den Wald, und ihn säubern. Von dort aus werden wir einen geraden Weg zum Zyklus schmieden und ihn patrouillieren. Es den Geistern leicht machen, ihren Weg zu ihrer ewigen Heimat zu finden."

„Du redest, als würden sich die Risse nicht ständig bewegen", sagte Bryce. „Sie tauchen auf und verschwinden wieder. Wir schließen einen und ein anderer erscheint in einem völlig anderen Teil der Stadt. Es gibt keine Wege zu patrouillieren, es gibt keine einzelnen Regionen zu halten. Sie sind überall, und wir sind es nicht."

Dolan starrte Bryce an und dachte angestrengt nach. Oder zumindest dachte ich, dass er das tat. Vielleicht war nach so vielen Jahrhunderten die Vorstellung, ein strategisches Gespräch zu führen, neu für ihn. Also dachte ich, ich sollte besser eingreifen.

„Bryce, ich denke, Dolan hat einen Punkt. Wenn sonst nichts, kann uns das Säubern der älteren Risse in den Wäldern Zeit verschaffen, um einige der Ghule loszuwerden und uns vielleicht zu einer anderen Lösung zu bringen."

„Den Schutz der Mauern zu verlassen, wird es einer solchen Streitmacht ermöglichen, umzingelt zu werden", sagte Bryce. „Hier, wenn ein Riss erscheint, haben wir Verstärkung. Hilfe ist überall um dich herum. Dort draußen, in diesen Bäumen, wirst du von Geistern umzingelt werden, die nach Seelen suchen, die sie verschlingen können. Ghule zu Dutzenden. Das Westtor steht ohnehin schon ständig unter Druck."

Bryce gönnte mir ein Nicken. „Dieser Geist, Cheo, und seine unermüdliche Truppe sind der einzige Grund, warum wir jetzt nicht dort um das Leben der Stadt kämpfen."

„Eure Führer haben zu viel Angst, ihr Leben für Riven zu riskieren?", sagte Dolan. „Zu verängstigt, um sich in Gefahr zu begeben?"

„Sie haben keine Angst vor Gefahr. Auch keine Liebe zum Selbstmord. Wir haben Familien, Dolan. Menschen auf der anderen Seite, die von unserer Rückkehr abhängen. Das in einem unsicheren Versuch wegzuwerfen, ist kein Befehl, den ich geben kann."

„Dann bist du ein Feigling", erwiderte Dolan. Der Rest des Raumes blickte den Geist an, und die Blicke waren nicht freundlich. Auch mein eigener nicht. „Ich habe die Führer als eine Kraft für Riven erschaffen. Um seinen Gefahren furchtlos entgegenzutreten. Ein Schwert gegen die Plage der Toten. Jetzt sagst du, dass ihr nervös seid wegen des Preises, den ihr vielleicht zahlen müsst? Ihr solltet geehrt sein, ihn zu zahlen!"

Wir alle schwiegen für eine Minute. Ich war mir nicht

sicher, was ich sagen sollte. Wie ich die Spannung abbauen konnte. Dann tat Bryce das, was er unzählige Male für mich getan hatte: Er fand einen Weg.

„Ich kann nicht verstehen, woher du kommst", sagte Bryce zu Dolan. „Ich kenne dein Leben nicht. Welche Umstände dich zu uns gebracht haben. Carver sagt, du seist eine Kraft auf unserer Seite, und ich entscheide mich dafür, seinem Urteil zu vertrauen. Aber hier, an diesem Ort, bist du nicht der Anführer. Was auch immer du sein magst, du bist kein Führer, und hier treffen Führer die Entscheidungen, und wir tun dies ohne Drohungen." Bryce wandte sich mir zu. „Carver, du bist losgezogen, um eine Frau zu finden. Wo ist sie?"

Selena und ich erklärten, was passiert war. Wie wir Dolan gefunden hatten und wie Nara immer noch in ihrer Hütte auf dem Feld lebte. Dolan sagte nichts. Kein Wutausbruch, keine harschen Bemerkungen, die Naras Beweggründe und ihren Charakter in Frage stellten. Nein, er stand da und starrte Bryce an. Seine Augen ruhig.

Wenn ich etwas wüsste, würde ich vermuten, dass Dolan endlich Bryce einschätzte. Meinen Mentor an Dolans jahrhundertealter Erfahrung maß und herausfand, wo Bryce unter all den Geistern, die Dolan je gekannt hatte, einzuordnen war.

„Du schlägst also vor, dass Dolan genauso gut oder besser ist als deine ursprüngliche Option?", fragte mich Bryce, als wir fertig waren, und ich nickte. „Dass wir auf ihn hören sollten?"

„Ich weiß nicht, ob sein Plan funktionieren wird", sagte ich. „Aber ich weiß, dass nichts zu tun uns umbringen wird. Zu Nara zurückzugehen, könnte noch schlimmer sein, wenn das, was Dolan sagt, stimmt. Mit diesen Fakten in der Hand sollten wir es meiner Meinung nach zumindest versuchen."

Bryce wandte sich wieder Dolan zu. Gab dem Geist ein

Nicken. „Wir werden dir erlauben, eine Truppe von Geistern zu führen. Meine Führer dürfen folgen. Aus der Ferne Unterstützung leisten. Wenn es gut läuft, und ich hoffe, das tut es, dann werden wir mehr von uns für den Versuch einsetzen."

„Wenn das ist, was du geben kannst, dann ist das, worum ich bitten würde", antwortete Dolan und nickte mit dem Kopf. „Nun, wenn wir anfangen können. Es ist viele, viele Jahre her, seit ich das Vergnügen eines guten Kampfes hatte."

„Also, wer geht?", fragte ich die Gruppe am Tisch. „Wer will sich den Geistern der Wälder, den Ghulen und den Rissen stellen? Denn Dolan und ich können das nicht alleine schaffen."

Dolan bemerkte den Einschluss. Dass ich mich seiner Sache anschloss. Der alte Geist gab mir ein anerkennendes Nicken. Selena, hinter mir, meldete sich zu Wort.

„Ich gehe mit", kam Annas Stimme vom hinteren Teil des Raumes. Ich hatte sie dort gar nicht gesehen. „Laurence kann meine Schichten bei der Beobachtung der Warrens übernehmen."

„Ich kann nicht zulassen, dass Carver sich umbringt, also werde ich mitgehen", sagte Alec. Eine Reihe anderer Führer schloss sich seiner fröhlichen Bemerkung an, und bevor wir uns versahen, hatten wir eine Gruppe von dreißig, die bereit und willens waren, ihr Leben bei unserer unmöglichen Mission zu riskieren.

DER RESET

Der ResetWir starteten vom Uhrenturmhof aus nach Westen. Wir gingen durch belebte Alleen und an der Wohnung vorbei, die ich schon lange Nicholas überlassen hatte. Das erinnerte mich daran, dass ich den Wissenschaftler schon eine Weile nicht mehr gesehen hatte.

Selena und ich trennten uns von der Gruppe und schauten vorbei. Kurz fragte ich mich, ob Nicholas sich in die Luft gesprengt hatte, da sein Labor von außen ruhig wirkte.

Was wir drinnen fanden, was wir sahen, war nicht das, was ich erwartet hatte. Die Maschinen, die einst sein Labor füllten; primitive Öfen und Schmieden, Geräte, die aus allem Schrott zusammengebastelt waren, den Nicholas in die Finger bekommen konnte, waren verschwunden. Das Einzige, was noch im Raum stand, befand sich in der Mitte. Ein kugelförmiges Gerät, über das Nicholas gebeugt war, den Rücken zu uns, wie ein Mann, der wie verrückt eine Mahlzeit verschlingt.

„Du hast hier einiges verändert?", sagte ich zu Nicholas, und er zuckte bei meiner Stimme zusammen.

„Carver", sagte Nicholas und drehte seine bebrillten Augen zu mir. Ich bemerkte mehr als nur ein paar Verbrennungen in seinem Gesicht, und sein ohnehin schmutziger Mantel hatte einen Grad an Dreckigkeit erreicht, der seine Definition als Kleidungsstück fragwürdig machte. „Ich habe dich nicht erwartet. Mit mehr Vorankündigung hätte ich eine bessere Präsentation vorbereiten können."

„Präsentation wovon?"

„Ah, davon." Nicholas trat beiseite und deutete auf das Objekt. Ohne den Wissenschaftler im Weg hatte ich einen besseren Blick. Die aschenmetallene Kugel ähnelte den Artilleriegranaten, die ich aus dem Krieg kannte. Nicholas hatte durch eine aufgeklappte Zugangsklappe gegriffen. Ich versuchte hineinzuspähen, konnte aber ohne meinen Kopf hineinzustecken nichts erkennen. „Erinnerst du dich an meine orangen Strahlen? Von der Armbrust?"

Ich nickte. Die Strahlen sprangen von einem Objekt zum nächsten und verschlangen und zerstörten alles in der Nähe. Und mit zerstören meine ich völlig vernichten. In Nichts auflösen. Seelen zu vernichten schien gefährlich, also versuchte ich, die Waffe nicht allzu oft einzusetzen.

„Dieses Gerät wird noch viel mehr davon aussenden", sagte Nicholas. „Mit der doppelten Reichweite. Es wird weiterbrennen, bis es nichts mehr zum Erfassen gibt."

„Wo denkst du, würden wir es einsetzen?", fragte Selena. „Geister sitzen nicht still und warten darauf, dass du eine Bombe zündest."

Nicholas blickte an uns vorbei, aus dem Fenster im ersten Stock und auf die Straße. „Die Stadt ist dicht genug bevölkert. Die Strahlen sollten in der Lage sein, über die Straßen zu springen. Wenn wir das Gerät auf eurem Uhrenturmplatz einsetzen, sollte die ganze Stadt in Flammen aufgehen."

„Das klingt nicht nach einem Sieg", sagte ich.

„Ich ziele nicht auf einen Sieg ab. Ich ziele auf Überleben

ab. Das Gerät wird die meisten Geister vernichten. Wenn die Führer vor der Explosion hinübertreten, werden sie bleiben. Riven wird zurückgesetzt, und wir bekommen eine weitere Chance."

Ich ließ die Worte sacken. Ein Reset-Knopf. Wenn wir das Gerät auslösen würden, während der Krieg zu Ende ging, wenn Krankheiten den wahnsinnigen Zustrom von Geistern stoppten, dann könnte ein Reset alles sein, was Riven brauchte. Eine Chance zu entkommen. Wir mussten Riven nur lange genug am Laufen halten, um es einzurichten.

„Das gefällt mir", sagte ich.

„Es gefällt dir?", fragte Selena. „Dir gefällt, dass er etwas geschaffen hat, das alles zerstören kann, was wir haben?"

„Bitte, Selena. Wir haben nicht wirklich etwas. Mali hat sich das alles vor Ewigkeiten ausgedacht. Es gehört uns nicht. Es ist nicht echt. Das Einzige, was echt ist, sind du und ich. Was wir haben. Das braucht die Stadt nicht."

„Nicholas", sagte Selena. „Wer wird die Bombe zünden?"

„Ich werde es tun", sagte Nicholas. „Ich bin der Einzige, der es kann. Der weiß, wie. Und ich werde es euch nicht beibringen."

„Was? Warum?", fragte ich.

„Weil, Carver", sagte Nicholas, „du Selena hast. Graham und Katherine sind nicht mehr hier. Das lässt mich allein. Nach all der Zeit, die ich mit diesen kalten Maschinen verbracht habe, werde ich müde. Einsam. Dieses Gerät ist mein Ausweg. Ein Schwanengesang, glaube ich, nennt man das."

„Wir werden dir genug Zeit verschaffen, um es zu benutzen."

Nicholas nickte. Es fühlte sich seltsam an; über das Ende von jemandem zu sprechen. Normalerweise kam das Ende eines Geistes durch den Zyklus. Ein langsamer Gang ins friedliche Nichts. Eine Reise, vielleicht ausgelöst durch meine Einfangpeitsche. Doch hier war eine Seele, die Selbstopferung plante. Um sich selbst zu entfernen und unsere Probleme mitzunehmen.

„Du bist ein guter Mann", sagte ich zu Nicholas. „Ein großartiger Wissenschaftler."

„Sag mir nicht, was ich bereits weiß", sagte Nicholas, sein Lächeln würzte seine Worte. „Jetzt geh und verschaff mir etwas Zeit. Das Gerät ist noch nicht fertig."

AM TOR

Das Westtor, das aus der Stadt führte, stand hoch und prächtig da, das genaue Gegenteil der Fabrik- überreste der Teergrube, die wir zuvor gesehen hatten. Schon von weitem konnte ich Cheos goldenen Ghul erken- nen, der mitten im Tor stand, als würde er den Eingang zur Stadt im Alleingang versperren. Erst als wir näher kamen, wurde mir klar, dass der Ghul genau das tat. Er stemmte seine Beine gegen den Boden und zog zwei große Steine von einer der Fabriken hinter sich her, um sein Gleichgewicht zu halten. Seine Hände waren ausgestreckt, die Handflächen gegen das Tor gedrückt. Ein Tor, das zum ersten Mal in meiner Erinnerung geschlossen war.

Auf der anderen Seite konnten wir das Geschrei wütender Geister hören. Das Hämmern ihrer Fäuste gegen die massive Holzbarriere. Vom Boden aus konnte ich nicht erkennen, wie viele Geister dort draußen waren. Also machten sich Dolan, Selena und ich auf den Weg zur Spitze des linken Turms.

Cheo stand dort oben und starrte auf die Horde hinab, die versuchte, Einlass zu bekommen. Eine wahre Masse.

Mehr Geister, als ich je an einem Ort gesehen hatte. Sie erstreckten sich in einem weiten Halbkreis von der Lichtung am Tor bis zum Rand des Waldes. Hundert Meter oder mehr. Sie alle kreischten, jammerten und wedelten wütend mit den Händen aufgrund irgendeines Leids, das ich nie verstehen würde. Die Geister waren von allen Arten: Männer, Frauen, Kinder, Großmütter und Großväter. Rassen aus der ganzen Welt. Kulturen ebenso vielfältig. Ein Mann in Soldatenuniform stand neben einer Frau mit Stammeshaube, beide mit vor blassem, zornigem Feuer brennenden Augen.

„Das ist keine Schlacht, die wir gewinnen können", sagte Cheo. „Die Rechte Hand hat nicht die Kräfte dafür. Der Ghul wird nicht ewig standhalten."

„Scheint bisher einen guten Job zu machen", sagte ich.

Cheo schüttelte den Kopf. „Sie fangen an, aufeinander zu klettern. Irgendwann werden sie diese Mauern erklimmen. Wenn das passiert, beginnt die eigentliche Schlacht. Sie wird kurz darauf enden."

„Heute sind alle so schwarzseherisch", sagte ich. „Erst Nicholas, jetzt du. Dolan, muntere mich auf?"

Der alte Geist blickte über den Mob. Die Welle brennender blauer Augen. „Ich habe schon einmal eine solche Streitmacht gesehen", sagte Dolan. „Nara hat Ähnliches getan. Brachte einen endlosen Strom von Feinden vor unsere Tür. Warf sie wie einen Rammbock gegen uns. Wisst ihr, wie wir sie besiegt haben?"

„Sehen wir so alt aus?", sagte Selena.

„Wir nutzten, was sie nicht hatten", Dolan tippte sich an den Kopf. „Die Geister denken nicht. Sie sind nicht gebunden, sie können ihre Taktik nicht anpassen. Wir legen eine Falle, wir öffnen die Tür, und wir beenden diesen Kampf. Also denkt nach, meine Freunde. Welche Falle können wir stellen?"

„Ich habe eine Idee", sagte ich und dankte Nicholas im

Stillen dafür, dass er mich an die Waffen erinnert hatte, die ich bereits besaß.

Zuerst nahmen wir meine Armbrust und luden die orangefarbenen Bolzen aus. Alle drei. Dann legten wir sie auf dem Boden aus, einen vom anderen getrennt, über das Tor verteilt. Sicher hinter der Tür, während der Ghul sie hielt. Nachdem die Bolzen ausgelegt waren, zogen wir uns zurück und versammelten unsere Führer und die Geister der Rechten Hand um den Eingang. Weit genug zurück, um außerhalb der Reichweite dieser sengenden orangefarbenen Strahlen zu sein.

„Nur zur Warnung: Die Strahlen könnten das Tor zerstören", sagte ich.

„Wir werden es nicht mehr brauchen", sagte Dolan. „Danach greifen wir an. Tragen den Kampf zu den Brüchen im Wald. Verlangsamen sie und beenden es. Wenn dein Mann auf der anderen Seite seinen Teil unserer Abmachung erfüllen kann, sollte das reichen, um das Blatt zu wenden."

Bryce war zurückgekehrt, als wir aufbrachen. Zurückgekehrt in einem weiteren Versuch, die Welt vor ihrem katastrophalen Kurs zu warnen. Bryce sagte, dass der Krieg ohnehin am Abflauen sei. Ein Mangel an Soldaten. Ein Mangel an nationalem Willen. Aber je schneller die Konflikte gelöst werden könnten, desto eher könnten wir die Kontrolle auf unserer Seite erlangen. Desto eher würde Nicholas in der Lage sein, einen Schalter umzulegen.

„Los geht's", befahl Dolan, und der Ghul gehorchte. Das Biest wiegte sich auf seinen Fersen, seine Hände verließen die Tür. Sofort wurde das Hämmern stärker, und ohne die stützenden Hände des Ghuls begann die schiere Schlagkraft von Dutzenden unermüdlicher Geister, das Tor auseinanderzubrechen.

Eine Falte erschien in der Mitte des Tores, dann ein Riss. Die Scharniere ächzten zusammen mit dem Torbogen. Man hätte gedacht, dass so etwas Massives langsam nachgeben würde, aber nein. Als das Tor seinen Halt verlor, war es in einem Augenblick offen. Die großen Türen verdrehten und zerbrachen an ihren Seiten. Eine endlose Flut von Schrecken ergoss sich auf uns zu.

„Waffen bereit", sagte Dolan. Er brachte das große Schwert, mein großes Schwert, in eine Vorwärtsstellung mit seinen Händen. Die Spitze auf die Geister gerichtet. Ich zog meine Peitsche und das lange Messer. Selena hielt ihr Hackbeil bereit. Dann trat ein Geist auf den ersten Bolzen.

Der orangefarbene Strahl explodierte, erblühte und tanzte und schnitt und brannte sich in die anstürmenden Reihen. Nicholas' Waffe wirkte am besten, wenn die Ziele nah waren, und diese Geister waren so nah, wie man nur sein konnte. In der vorwärtsdrängenden Stampede ineinander gedrängt. Die brennenden orangefarbenen Strahlen schossen durch sie alle hindurch. Sprangen und spalteten sich von Soldat zu Seemann. Vom Barkeeper zum Baron. Die Geister verschwanden, als das aufblühende Glühen sie verzehrte.

Als alle drei Bolzen ausgelöst waren, als die knurrenden Brülllaute verstummt waren, war das Einzige vor uns eine verkohlte Ruine, die einmal ein Tor gewesen war. Die Steinmauern waren weggebrannt, der Torbogen eingestürzt, aber es gab keine Geister mehr.

Ich wusste nicht, wie viele Tausende und Abertausende von diesen Bolzen ausgelöscht worden waren, aber ich wusste, dass die Idee von Dolan gekommen war. Der uralte Geist hatte bewiesen, warum er es verdiente zu führen. Warum ich glücklich war, ihm zu folgen.

„Ruht euch nicht aus", verkündete Dolan. „Denn dies ist erst der Anfang. Macht euch bereit, denn jetzt greifen wir an."

VORMARSCH

olan konnte rennen. Der uralte Geist war nicht gewillt, einen Moment länger zu warten, und nachdem wir gesehen hatten, wie er fünf lange Schritte vorausprintete, um die Trümmer und die verkohlten Überreste, die Nicholas' brennende Strahlen hinterlassen hatten, herumtanzte, schlossen wir uns ihm in der Eile an.

Die Führer fächerten sich hinter Selena und mir auf, zusammen mit Cheos Trupp von Geistern. Eine bunt zusammengewürfelte Truppe. Unsere Anzahl war im Vergleich zu den wütenden Seelen, die wir gerade dezimiert hatten, nicht mehr als ein Almosen.

Dolan wollte die Risse erreichen, bevor mehr Geister hindurchkamen. Ich wusste, wir würden es nicht schaffen. So viel Glück hatten wir nicht.

Wir waren auf halbem Weg über die Lichtung, als die nächste Welle begann, aus dem Wald hervorzukommen. Die grauen Bäume des Waldes und ihre dunklen Blätter verbargen die Geister, bis sie hervorbrachen. Sie erschienen wie aus dem Nichts und rannten kopfüber über die offene Ebene auf uns zu. Ihre blauen Augen brannten vor Hass. Ein

Hass, den sie weder kannten noch verstanden, aber dennoch danach handelten.

Dolan hob das große Schwert hoch. „Hört niemals auf zu rennen!", rief Dolan uns zu, während er uns anführte. „Erledigt sie, wie sie kommen, und bewegt euch zum nächsten. Findet die Risse, versiegelt die Tore und erobert eure Welt zurück."

Und dann waren die Geister über uns.

Ich versuchte, mich dicht bei Dolan und Selena zu halten. Aber im Getümmel war das eine Unmöglichkeit.

Der erste Geist, der auf mich zukam, sah aus wie ein Soldat, der das falsche Ende einer Mörsergranate abbekommen hatte. Seine zerrissenen Arme waren ausgestreckt und griffen im Laufen nach meiner Kehle, und ohne anzuhalten ließ ich die Peitsche vor mir knallen. Die Spitze bohrte sich in die Brust des Soldaten und ich ließ ihn in Blau aufleuchten. Riss die Peitsche weg, als er zusammenbrach.

Ich peitschte einen weiteren Geist zu meiner Rechten, der geradewegs auf einen Führer zusteuerte. Erwischte ihn an der Schulter und verdrehte ihn brennend zu Boden.

Als ich mich wieder zum Wald umdrehte, sah ich eine weitere auf mich zustürmen. Diese war eine Frau in einem Krankenhauskittel. Ein weiteres Krankheitsopfer. Sie starb einen zweiten Tod an der feurigen Klinge meines Messers. Ich stieß sie weg und kämpfte mich weiter voran. Wir waren fast an der Baumgrenze.

Dolan hatte sich bereits seinen Weg in den Wald gehackt, aber seine Rufe, laute Jauchzer aufregender Begeisterung und Ermutigung, gaben genügend Hinweise darauf, in welche Richtung er sich schlug. Neben mir beendete Selena eine gründliche Zerstückelung eines Anzugträgers und nahm sich einen Moment Zeit, um unsere Linie zu überblicken.

„Wir werden uns nicht schnell bewegen", sagte Selena.

Ich stimmte zu. Zu viele Geister strömten aus dem Wald.

Unsere Gruppe wurde umzingelt, trotz der Tatsache, dass wir uns mit brutaler Effizienz unseren Weg bahnten. Ständig loderten blaue Feuersäulen um uns herum auf, als Geister eingefangen und in den Zyklus geschickt wurden. Doch zwischen dem wütenden Knurren und zornigen Heulen vernahm ich Schmerzensschreie. Schläge, die auf der falschen Seite eintrafen.

„Wir können hier nicht aufhören", sagte ich. „Dolan hat recht, unsere einzige Chance, die Geister zu verlangsamen, ist jetzt."

Ich wartete nicht auf Selenas Nicken, sondern stürzte in die dunklen Bäume.

WUT

Der erste Riss befand sich ein paar Meter hinter dem Waldrand. Ein limonengrüner Pool, der sich unter dem dunklen Blätterdach in einer Lichtung ausbreitete. Als ich mich näherte, duckte sich Dolan unter zwei kratzenden Armen hindurch und teilte einen tödlichen Hieb aus. Dann, ohne in seiner Bewegung innezuhalten, drehte er den Griff in seiner Hand und stieß das Schwert direkt in den Boden. Genau wie ich es in der Wüste gesehen hatte; helle Flammen ergossen sich in die Erde und brannten den Riss weg. Anders als die saphirblauen Tafeln, die wir benutzten. Nicht unbedingt besser.

Geister am Rand des Risses krochen davon und entkamen den Flammen. Unsere Tafeln hätten alles in dem Bereich erfasst. Jeder Geist wäre zurückgezogen und von seiner Wut gereinigt worden. Aber dann hätte eine Tafel auch mich erfasst.

„Weiter zum nächsten", sagte Dolan zu mir und Selena, als wir aufholten.

„Wir sind zu weit voraus", sagte ich. „Wenn wir sie zurücklassen, könnten sie in der Falle sitzen."

„Wenn wir uns nicht bewegen", sagte Dolan, „werden wir es sein."

Der uralte Geist drehte sich um und rückte vor, schnitt durch ein weiteres Paar brennender blauer Seelen.

„Er verliert die Kontrolle", sagte Selena. „Dolan wird uns umbringen, wenn er so weitermacht."

„Wir sind bereits tot", sagte ich.

Aber sie hatte recht. Die Führer, die hinter uns zurückblieben, waren zerkratzt, verwundet oder kämpften sich durch ihre Erschöpfung. Geister strömten weiterhin zwischen den Bäumen hervor, und meine Peitsche knallte wieder und wieder und wieder. Mein Messer stach öfter zu, als ich zählen konnte. Ich hatte keine Muskeln, die ermüdeten, aber meine Freunde schon.

Ich musste sie hier rausholen.

„Anna!", rief ich. Und ich hörte die Antwort, irgendwo im Wald. „Gib das Signal zum Rückzug. Bring die Führer zurück zum Tor. Haltet diese Linie. Wir übernehmen von hier."

Die Führer um uns herum hörten meine Worte und zogen sich zurück, bildeten einen engen Haufen und bewegten sich dann in Richtung Westtor. Ich ging in die andere Richtung. Cheo und seine Rechte Hand schlossen sich uns an, und ich bemerkte, dass einige auf die Bäume kletterten, wie sie es in Malis Dschungel getan hatten. Ihre einfangenden Pfeile durchschnitten die Luft, durchbohrten und reinigten Geister, die wir nicht sahen.

Angeschlagen stießen wir auf den zweiten Riss. Folgten Dolans Spur von eingefangenen Geistern und tiefen Schnitten in den Baumstämmen. Nur dass es diesmal für Dolan nicht so einfach war.

Vor ihm ragte ein Ghul auf, ein zweibeiniges Ding ohne Arme, wie ein lebender Torbogen. Es stürzte vorwärts und konnte seine Beine in jeden beliebigen Winkel versetzen. Als wäre es aus Gummi oder Sand gemacht. Als wir die Lichtung betraten, rollte Dolan sich nach vorn und duckte sich unter einem weiten Schwung des vorderen Beins der Kreatur. Anstatt jedoch seine Bewegung fortzusetzen, sank der Ghul zurück auf den Boden und schaufelte seine Beine in die andere Richtung, wickelte sich zu einem Kreis und klemmte Dolan in der Mitte ein.

Der uralte Geist versuchte, das große Schwert zu bewegen, aber der Ghul quetschte ihn zu fest zusammen. Kein Platz, kein Bewegungsspielraum.

Ich wollte gerade einen Zug machen, als Selena schrie und ich mich umdrehte. Zu langsam. Ein Geist, eine Art zerlumpter Bote, tackelte mich und warf mich zu Boden. Seine Klauen, scharfe Fingernägel, kratzten über meine Wange. Ich spürte die Hitze, und wenn ich Blut gehabt hätte, wäre es sicher geflossen. Ich rollte mich nach links und benutzte meine Schulter, um den Geist von mir wegzustoßen. Stach mit dem Messer in meiner linken Hand zu. Schickte den Geist fort. Und dann ersetzten ihn zwei weitere.

„Hilf Dolan!", rief ich, nicht sicher, ob Selena mich hören konnte. Die Geister bissen und zerrten an meinem Umhang, an meinen Armen und Beinen. Aber sie konnten mich nicht töten. Zumindest nicht für eine Weile. Wenn dieser Ghul Dolan erwischte, wäre die ganze Sache verloren.

Einer der Geister schlang seine Arme um meinen Hals und versuchte, meine Kehle zu zerquetschen. Ich rammte meinen Kopf in sein Gesicht, das ich nicht näher betrachtete. Es waren einfach zu viele, zu viele Seelen, um Einzelheiten wahrzunehmen. Sie alle brannten gleich, all ihre Zähne klickten und knirschten in meine Richtung. Ihre Hände waren alle kalt und hart. Sie waren nicht mehr die Menschen, die sie einmal gewesen waren.

Mein Kopf stieß den Kopf des Geistes zurück, was mir genug Raum gab, um meine linke Hand zu bewegen und nach oben in Richtung der Hüfte des Geistes zu stoßen. Oder zumindest versuchte ich es. Ein dritter Geist gesellte sich zu dem Haufen und pinnte meinen Arm und mein Messer an meine linke Seite. Ich spürte, wie meine Beine taub wurden. Der zweite Geist riss meine Knie auseinander.

Ich war mir nicht sicher, wie viel Schaden ich einstecken konnte, bis ich aufhören würde zu existieren. Ich wusste nicht, an welchem Punkt ich überwältigt werden konnte. Ob ich so weit zerrissen werden konnte, dass meine Seele sich nicht wieder zusammensetzen könnte.

Ich wollte es nicht herausfinden.

Mit meiner rechten Hand ließ ich die Peitsche fallen und packte den Geist, der auf mir saß. Riss meinen Arm nach rechts und warf den Geist ab. Griff das Messer aus meiner linken Hand an der Klinge und zog es aus meinem eigenen Griff. Der Geist, den ich abgeworfen hatte, versuchte, sich wieder auf mich zu stürzen, aber er war nicht schnell genug. Immer noch die Basis der Klinge haltend, rammte ich sie in den Geist, als er versuchte, seine Position wiederzuerlangen. Ließ meine Hand zum Griff gleiten und drehte. Ignorierte meinen eigenen brennenden Schmerz, um zu retten, was von meinem Leben übrig war.

Ich zog das Messer heraus und stürzte mich auf den Geist, der an meinem linken Arm zerrte. Erledigte ihn. Obwohl ich meine linke Seite nicht mehr spüren konnte, außer dem Schmerz. All der Schmerz. Ich war verbrannt worden, ich war geschlagen worden, ich war zerschnitten und zerschmettert worden in dieser Welt. Aber dies riss eine neue Schicht der Qual durch meinen Verstand. Ich glaube, der einzige Grund, warum ich überhaupt noch irgendeine Konzentration aufrechterhalten konnte, war, dass ich mich auf die Schreie von Selena und Dolan konzentrierte, während sie mit dem Ghul rangen.

Sie waren meine Freunde, und sie brauchten mich.

Ich lehnte mich vor, setzte mich auf und stach zu. Ich machte dem Geist, der sich an meinen Beinen gütlich getan hatte, ein Ende.

Ich versuchte aufzustehen, nur konnte ich meine Füße nicht spüren. Ich konnte tatsächlich nichts außerhalb meines rechten Arms und meines Halses fühlen. Der Boden rumpelte unter mir. Über mir schwang in einem trägen Bogen der große linke Fuß des Ghuls. Eher wie ein Elefant oder eine große griechische Säule als irgendein menschliches Körperteil. Das Bein des Ghuls schwebte über meinem Kopf, und ich konnte die tropfenden Narben sehen, die Schnitte, die von Selenas Hackbeil und Dolans Schwert stammten. Ich konnte sehen, wie dieses Bein auf mich zukam. Und ich konnte nichts tun, um es aufzuhalten.

Ein goldener Blitz, und dann flog das Bein davon. Der Ghul brüllte aus einem Mund, den ich nicht kannte, seine Empörung heraus, als Malis Kreation ihn wegschlug. Mit großen goldenen Fäusten prügelte es auf den Ghul ein. Ich schaute hinüber und sah, wie das zweibeinige Monster unter dem Hagel zusammenbrach. Sah Selena und Dolan, humpelnd, wie sie es mit ihren Klingen durchbohrten und ihr blaues Feuer über den Körper des Ghuls rasen ließen. Einen Moment später tat Dolan dasselbe mit der Bresche.

Für den Moment hatten wir freie Bahn. Für einen Moment waren wir am Leben.

RÜCKZUG

Du bist verletzt." Selena kam auf mich zu, als ich am Boden saß und mich jämmerlich fühlte und auch so aussah.

„Du hast das Offensichtliche erkannt", erwiderte ich.

„Wir müssen weiter", verkündete Dolan von dort, wo der Durchbruch gewesen war. „Wenn wir hier bleiben, erwischen sie uns. Auf zum nächsten."

„Carver ist verwundet", sagte Selena. „Du kannst nicht laufen, oder?"

„Ich werde diesen Einsatz wohl aussetzen müssen. Glaubst du, Goldie hier kann mich zurück zum Tor tragen?"

Selena warf einen Blick auf Malis Ghul, dessen formloses Gesicht zu uns zurückblickte. „Ich glaube nicht, dass du so schwer bist, Carver."

„Dann geh mit Dolan", sagte ich. „Schließt die Durchbrüche. Und kommt zurück."

Selena beugte sich herunter, gab mir einen schnellen Kuss auf die Stirn, und dann waren sie und Dolan weg. Sie sprinteten weiter in den dunklen Wald hinein. Cheo und die anderen folgten, während der Ghul zurückblieb und mich hochhob.

Ich war noch nie so getragen worden, in den Armen einer riesigen Kreatur wie dieser. Über dem Boden schwebend. Der Frieden hielt nicht lange an. Keine dreißig Sekunden nach Beginn unseres Weges trafen die ersten Geister ein. Angelockt vom Geräusch unseres Knirschens und Mahlens durch das Unterholz. Der Ghul brach Äste, als wir uns hindurchkämpften.

Die Geister stürzten sich auf die Beine des Ghuls, bissen und kratzten an seiner metallenen Haut. Soweit ich es beurteilen konnte, richteten sie keinen Schaden an. Zumindest nicht physisch. Aber sie zermürbten ihn. Der Ghul wurde langsamer, jeder Schritt wurde von den greifenden Armen zurückgehalten. Geister klammerten sich an die Beine; zogen und zerrten. Versuchten, den Ghul zu Boden zu zwingen. Da beide Arme mich hielten, hatte der Ghul nicht viele Verteidigungsmöglichkeiten.

Aber ich schon.

Ich griff in meinen Mantel, zum Holster, das Nicholas für mich gemacht hatte, nachdem ich Inmans Pistole gefunden hatte. Ich hielt die Waffe geladen, hatte mehr Kugeln in den Taschen meines Mantels. Die Führer hatten jede Menge Munition, auch wenn die Kugeln aus Riven-Schrott gemacht waren. Nichts im Vergleich zu der Qualität, die man auf der Erde finden würde.

Ich zog die Waffe, ihr goldener Lauf wirkte sehr fehl am Platz in dem grauen, dunklen Wald. Ich zielte und feuerte, als der Ghul einen Schritt nach vorne machte.

Die Kugel erwischte einen Geist am linken Knöchel des Ghuls. Ich spannte den Hahn, zielte und feuerte erneut. Noch ein Geist wurde zu Boden geschleudert. Die Schüsse brannten nicht mit blauem Feuer, nur hartes Metall. Aber jeder Geist, den ich wegschlug, erlaubte dem Ghul, schneller zu werden. Brachte uns dem Tor näher.

Ich feuerte noch vier Mal, bis mir die Pistole mit einem Klicken mitteilte, dass sie leer war. Ich würde mit einer funktionierenden Hand nachladen müssen. Nicht gerade etwas, das ich konnte.

Vielleicht würde ich es gar nicht müssen.

Der Ghul krachte in die große Lichtung vor der Mauer. Rufe und Kampfschreie von Führern drangen an meine Ohren. Ich konnte es sehen; das Chaos rund um die Ruine, wo einst das Westtor stand. Die Führer, die mit uns gekommen waren, zusammen mit Verstärkungen, besetzten die Trümmerlinie. Hielten eine Welle von Geistern zurück, die versuchten, sich durchzukämpfen. Dolans Idee; diese brennenden orangefarbenen Strahlen hatten uns eine Öffnung verschafft, hatten unsere Verteidigung verdammt.

„Anna", rief ich, als wir näher kamen. Ich konnte sie sehen, wie sie ihren stachelbewehrten Morgenstern schwang und ihn hin und her wirbelte, Geister zerschmetterte und verbrannte, als sie auf die Führer zustürmten. „Lass den Ghul durch. Er kann die Linie für uns halten!"

Die Führer, ob sie mich nun gehört oder das goldene Biest gesehen hatten, machten einen Weg frei, damit wir durchkommen konnten. Ich ließ den Ghul mich auf einigen zerbrochenen Scherben des Tores absetzen. Nicht gerade bequem, aber je eher ich aus seinen Händen war, desto eher konnte der Ghul zu dem zurückkehren, was er am besten konnte: Geister zu Brei zu schlagen.

Wie Inmans Pistole konnte der Ghul die Geister nicht bändigen. Konnte sie nicht mit blauem Feuer verbrennen und in die Flucht schlagen. Aber er konnte sie niedertrampeln. Sie zu Boden schlagen und handlungsunfähig machen, sodass ein nachfolgender Führer den Geist erledigen konnte.

Und der Ghul war unermüdlich.

Ich beobachtete, verkrüppelt und nutzlos, von meinem Aussichtspunkt aus, wie Malis Monster die Geister zerfetzte. Wären es die Tausenden von vorher gewesen, hätte der Ghul zweifellos überwältigt worden. Von dem Gewicht der Geister bedeckt und einfach in den Schmutz gedrückt. Jetzt, mit nur Dutzenden, konnte der Ghul frei seine Zerstörung anrichten.

„Was ist mit dir passiert?", fragte Anna, als sie herüberkam. Ich konnte den Schweiß auf ihrem Gesicht glänzen sehen, die Erschöpfung war offensichtlich in der Art, wie sie ihre Waffe tief hielt. Sie atmete schwer, obwohl es in Riven keine Luft gab.

„In der Unterzahl", sagte ich. „Stellt sich raus, sich von Geistern tackeln zu lassen, ist keine gute Idee."

„Dachte, das hättest du inzwischen gelernt", sagte Anna. „Selena? Dolan?"

Ich erzählte ihr, wo sie waren. Sagte ihr, dass der Erfolg dieser ganzen Mission allein bei ihnen lag.

„Wenn sie nicht mehr Durchbrüche schließen können, dann haben wir das Tor für nichts geopfert", schloss ich.

„Nicht für nichts", sagte Anna. „Wir haben einige geschlossen, und wir haben uns Hoffnung gegeben. Eine Chance, dass die Führer etwas tun könnten, anstatt in Gassen und dunklen Räumen zu sterben."

„Diese Hoffnung wird nicht lange anhalten."

„Das liegt an dir. Wie lange, bis du dich wieder bewegen kannst?"

Ich konnte es spüren; meine Knochen, so wie sie waren, fügten sich zusammen. Das Gefühl kehrte in meine Arme und Beine zurück. Langsam, aber es würde kommen. Bald würde ich wieder da sein, so gefährlich wie eh und je. So war die Magie, ein Geist zu sein. So war der Vorteil, tot zu sein.

„Wenn Selena zurück ist", sagte ich. „Werde ich bereit sein."

Was ich nicht wusste, war, wofür ich bereit sein würde. Entweder für einen weiteren Überfall tief in den Wald hinein oder für einen Rückzug zu Nicholas und seiner verzweifelten Bombe.

ABRECHNUNG

Auf den ersten Blick sahen sie nicht gut aus. Die beiden, Dolan auf Selena gestützt, als sie aus dem Wald auftauchten. Das große Schwert baumelte in seiner Scheide auf Dolans Rücken. Sie stolperten über die Lichtung, Geister brachen hinter ihnen hervor. Ich hörte Anna nach den Führern rufen, damit sie helfen. Sah, wie meine Freunde und Kameraden aus der Reihe ausscherten und Dolan und Selena nach Hause geleiteten. Und ich sah in den Augen meiner Liebsten, dass wir verloren hatten.

„Du bist immer noch hier?", sagte ich zu Selena, als sie zu mir kam. Als sie Dolan neben meinen zerfetzten Körper setzte. Als sie auf den Boden sank.

„Ich sollte es nicht sein", sagte Selena. „Sie hätten uns tausendmal in Stücke reißen sollen. Ich hätte tausend Tode sterben sollen, Carver."

„Aber das hast du nicht", erwiderte ich. Ich warf einen Blick auf Dolan. Die Augen des Geistes waren geschlossen. Er trug eine Reihe hässlicher Schnitte und Wunden. Vielleicht wartete er wie ich darauf, dass sie heilten. „Lebt Dolan?"

„Er wird's überstehen", sagte Selena. „Nicht schlimmer als du, denke ich."

„Cheo? Seine Geister?"

Selena holte Luft. Wie komisch, dass der Instinkt über unser Leben hinaus fortbesteht. Über den Punkt hinaus, an dem unser Gehirn aufhört zu existieren. Und doch waren wir hier und nahmen uns einen Moment Zeit, um nicht vorhandene Luft einzuatmen, bevor wir schlechte Nachrichten überbrachten.

„Fünf", sagte Selena. „Wir waren schnell unterwegs. Einbrechen, Dolan versiegelte jeden Riss mit dem Schwert, und dann weiter rennen. Beim fünften hatten wir allerdings einige verloren. Zu viele."

„Verloren?"

„Die Ghule", sagte Selena. „Sie können einen Geist nicht töten, ihn nicht in den Zyklus schicken, aber sie können ihn verschlingen."

Ich sah die Angst in ihren Augen. Dann erinnerte ich mich, dass es ihr passiert war. Von einem alten Ghul im Wald verschlungen, hatte Selena aufgehört zu existieren. Zumindest bis Anna und ich sie gerettet hatten. Ghule waren einfach Produkte von Geistern, eine Masse aus kalter Wut und Hass. Verwirrung und Verlust. Zusammengebracht, um Verderben zu verbreiten.

„Sie haben euch eingeholt", sagte ich. Es war keine Frage. Ich wusste an ihrem Blick, dass Cheo und seine Geister noch da draußen waren. Jetzt Teil irgendeiner Kreatur, die sich wahrscheinlich bald manifestieren würde.

„Zwei weitere warteten", sagte Selena. „Zwei weitere Ghule um den Riss herum, die sich gegenseitig angriffen. Sie absorbierten einen Geist nach dem anderen, als sie durch den Riss krochen. Sie fraßen, Carver."

„Ich nehme an, es gibt genug für sie zu fressen", sagte ich.

„Sie hörten auf, als wir kamen. Ich weiß nicht, wie ich sie

dir beschreiben soll, aber es waren formlose Dinge. Fresssäcke, die alle Gliedmaßen verloren hatten, die sie vielleicht einmal besaßen. Sie kamen auf uns zu", Selenas Stimme zitterte hier. Schwankte in der Tonhöhe auf und ab. Traumatisiert.

Manchmal vergaß ich bei all dem, was wir gesehen hatten, dass es immer möglich war, dass die Dinge noch schlimmer werden konnten. Man konnte auf einen neuen Schrecken stoßen, der einen sprachlos machte.

„Es gab nichts, was ich tun konnte", sagte Selena. „Dolan versuchte es. Er stürmte in die Mitte des Risses und stieß das Schwert hinein. Da traf ihn der erste Ghul und schleuderte ihn an den Rand der Lichtung. Beide Ghule gingen auf ihn los. Also schloss ich den Riss. Ging zur Klinge und drehte den Griff und schickte das Feuer hinunter."

„Immerhin hast du ihn geschlossen", sagte ich, die Worte klangen lahm aus meinem Mund. Bei weitem nicht genug, um die Leere an Emotionen zu füllen.

„Ich habe es nicht realisiert", fuhr Selena fort. „Hinter mir griffen Cheo und die anderen die Ghule an. Sie versuchten, Dolan zu retten. In gewisser Weise taten sie es auch. Sie lenkten die Ghule lange genug ab, damit ich das Schwert herausziehen, Dolan schnappen und wegrennen konnte. Ich habe sie dort zurückgelassen, Carver."

„Du hast getan, was du tun musstest", sagte ich. „Cheo wollte Frieden. Jetzt hat er ihn."

Selena lachte, ein hoffnungsloses Kichern. „Frieden? In einem Ghul? Ich weiß nicht, Carver. Das ist kein Frieden, den ich mir wünschen würde."

„Da kann ich dir nicht widersprechen. Außer zu sagen, dass es vielleicht die Sache wert sein wird."

Selena blickte zurück über die Geister. Die Führer. Die sich in einem endlosen Tanz bekämpften. Mehr Führer kamen vom Uhrturm, aus der Stadt, während andere sich von der Front zurückzogen. Verwundet oder erschöpft. Eine Rotation, die auf unbestimmte Zeit fortgeführt werden würde.

„Wir sollten es benutzen", sagte Selena. „Nicholas. Sein Gerät. Lass es uns benutzen und diesen Wahnsinn beenden."

„Du weißt genauso gut wie ich, dass das keine dauerhafte Lösung ist", sagte ich. „Wenn wir die Stadt dem Erdboden gleichmachen würden, kämen die Risse genauso wieder wie vorher. Wir brauchen etwas Besseres. Wir brauchen Bryce, damit er auf der anderen Seite Erfolg hat."

„Selbst wenn er es schafft", sagte Dolan, seine Stimme krächzte neben mir herauf. „Selbst wenn dein Mann diesen Krieg beendet. Selbst wenn diese Krankheit endet. Es wird mehr geben. Es wird immer mehr Menschen geben, mehr Seelen, die Riven überfluten. Es wird unmöglich sein, es zu halten."

„Das, von dem optimistischsten Geist, den ich seit langem gesehen habe?", erwiderte ich.

„Das, von einem Geist, der das Ende gesehen hat. Wir haben keine andere Wahl, Carver", sagte Dolan. „Wir müssen zu Nara gehen."

„Hast du nicht vor gar nicht langer Zeit gesagt, dass Nara die schlechteste Wahl wäre, die wir treffen könnten?"

„Sie ist die Einzige, die eine Armee erschaffen kann, die groß genug ist, um Riven zu schützen", sagte Dolan. „Die Einzige, die uns vor der totalen Vernichtung retten kann."

„Dann haben wir versagt?"

„Ja, das haben wir", antwortete Dolan. „Es gibt keinen anderen Weg. Wir können nicht alle Risse schließen, und wenn wir die Geister nicht abschneiden können, dann können wir nicht überleben."

RETTER

Mit der Zeit, während wir in den Trümmern lagen und unsere Seelen wieder zusammenflickten, bildeten die Führer einen besser organisierten Perimeter. Läufer etablierten Routen, transportierten Munition und Waffen zu denen, deren Ausrüstung kaputtgegangen war, und riefen nach Verstärkung, wenn nötig. Verletzte wurden auf behelfsmäßigen Tragen weggebracht. Übergangspunkte nahe dem Westtor wurden identifiziert und kommuniziert, damit die Führer auf der anderen Seite leichter zur Mauer kommen konnten. Zu den Ruinen.

Aber der Schwarm hörte nie auf. Die Geister kamen immer weiter. Ja, sie waren geistlos. Ja, sie standen sich gegenseitig im Weg. Diejenigen, die eingefangen worden waren, warteten oft eine Weile, was den Führern einen Moment der Erleichterung verschaffte, bevor sie von der nächsten Angriffswelle beiseite geschoben wurden. Es war nicht einfach. Die sich wiederholende Monotonie des Angriffs spielte mit unseren menschlichen Instinkten. Sodass ein Führer vielleicht einen Moment nach dem Einfangen eines Geistes erwartete, nur um festzustellen, dass der nächste direkt dahinter stand und nach seiner Kehle griff.

Schließlich konnte ich aufstehen. Ich stützte mich auf Selena. Dolan, weniger verletzt als ich, ging vor uns her. Wir machten uns auf den Weg und ließen Alec und Anna in der Verantwortung, die Mauer zu halten. Ich hatte noch nie zuvor einen Kampf so verlassen. War noch nie von den Führern weggegangen, die mich brauchten.

Ich erinnerte mich an meine Eltern, in den Eingeweiden des Berges, wie sie gegen Piotr kämpften und mir zuriefen, ich solle sie verlassen. Das waren unmögliche Chancen gewesen, genau wie hier, also waren die Kämpfe vielleicht doch nicht so unterschiedlich. Oder vielleicht war ich ein Feigling.

„Du tust ihnen keinen Gefallen, wenn du bleibst", sagte Dolan, nachdem ich einmal zu oft zurückgeblickt hatte. „Egal wie viele Geister du zerstörst, es werden doppelt so viele nachkommen. Der beste Weg, wie du deinen Kameraden jetzt helfen kannst, ist das hier."

„Und was ist das hier?", legte ich meine Frustration in meine Stimme. „Was erwartest du, dass Nara tun kann? Was du nicht konntest?"

„Ich habe es dir gesagt", erwiderte Dolan. „Sie wird die Geister nehmen, sie zusammenbinden und eine Armee erschaffen, die Riven bedecken kann. Es wieder zu Frieden bringen."

„Warum sind wir dann nicht von Anfang an zu ihr gegangen?", fragte Selena.

„Weil es sowohl Mali als auch mich brauchte, um ihren Ehrgeiz vorher einzudämmen", sagte Dolan. „Ich bin nicht so zuversichtlich, was mich allein angeht."

„Wir werden da sein", sagte ich. „Und außerdem, wenn Riven fällt, fällt auch Nara."

Dolan nickte nur und verfiel dann in Schweigen. Ich

erinnerte mich an die Gemälde, Malis Show. Wenn Nara wirklich einen größeren Schrecken darstellte als das, was bereits geschah, nun, dann müssten wir das Risiko eingehen. Sicheres Scheitern auf dem Weg, den wir versucht hatten. Mit Nara hatten wir eine geringe Chance auf Erfolg.

Als wir den Uhrenturm-Innenhof erreichten, konnten Dolan und ich wieder normal gehen. Unsere Seelen waren repariert. Bryce war noch nicht von der anderen Seite zurückgekehrt, was ich als positives Zeichen wertete. Wenn er dort Fortschritte machte, könnte das den Mangel an Fortschritt hier ausgleichen. Wir blieben nicht lange. Ich gab den Führern, die das Kommandozentrum hielten, eine kurze Aktualisierung, und dann waren wir weg. Marschierten erneut ostwärts in Richtung Getreidefeld.

Der Weg zu Nara fühlte sich diesmal kürzer an. Vielleicht weil Dolan, sobald er konnte, uns zum Laufen drängte. Er behauptete, dass wir, da wir nicht müde werden konnten, so schnell wie möglich reisen sollten. Leben standen auf dem Spiel. Ich widersprach nicht.

Endlos zu laufen fühlte sich seltsam an. Als ob meine Muskeln jeden Moment aufwachen und erkennen würden, dass sie das nicht tun sollten. Dass es irgendwie falsch war, einen Block nach dem anderen zu sprinten, durch Wohnviertel und zur Ostmauer hin, am Palast vorbei und hinaus ins Grüne, ohne eine einzige Pause zum Luftholen. Aber ich tat es nicht. Meine Beine protestierten nie. Ich ertrank nicht in Schweiß oder brach zusammen, als mein Körper versagte. Schließlich verblasste die Seltsamkeit von allem. Ich lebte in einer neuen Normalität. Ich hatte keinen Körper, zumindest keinen echten physischen, und es war an der Zeit, dass ich lernte, ihn zu benutzen.

Nara stand diesmal vor ihrer Hütte, als wir uns näherten. Starrte an uns vorbei direkt auf Dolan. Fixierte den Geist mit ihren Augen, ließ aber ansonsten keinen Ausdruck über ihr Gesicht huschen.

„Es ist lange her", sagte Dolan zuerst.

„Ich hatte vergessen, wie es sich anfühlt", sagte Nara. „Dich nah genug zu haben, um die Bindung zu spüren. Ich mag es nicht."

„Wenn ich wegbleiben könnte, würde ich es tun", erwiderte Dolan.

Der Geist erzählte Nara dann, was passiert war. Unsere gescheiterte Verteidigung. Die überwältigende Anzahl von Geistern, die aus den Brüchen strömten. Nicht ein einziges Mal zeigte sich Überraschung auf Naras Gesicht. Nicht ein einziges Mal zeigte sie Angst. Stattdessen starrte dieser gleiche gerade Blick während Dolans gesamter Erzählung auf ihn.

„Also kannst du uns helfen?", fragte ich, als Dolan fertig war.

„Euch helfen?", sagte Nara. „Es klingt, als bräuchtet ihr ein bisschen mehr als Hilfe. Ihr braucht einen Retter."

„Lass es dir nicht zu Kopf steigen", sagte Selena.

„Warum sollte ich nicht?", erwiderte Nara. Sie bewegte sich zu dem ewig brennenden Getreidehaufen und stocherte mit einem losen Halm darin. „Hier bin ich, hüte dieses Feuer für alle Ewigkeit, bis ihr drei beschließt, mir einen Besuch abzustatten, nachdem ihr jeden möglichen Weg versucht habt, es zu vermeiden. Ihr erzählt mir, dass alles verloren ist. Dass eure Freunde und Familien leiden. Dass ich eure einzige Rettung bin. Wenn ich nicht euer Retter bin, wer könnte es dann je sein?"

„Als ich das erste Mal hierherkam", sagte ich und überging den Streit, „hast du mir gesagt, dass ich dir helfen könnte. Das habe ich getan. Ich habe dir den gebracht, nach dem du gefragt hast. Wir brauchen deinen Teil der Abmachung."

„Dem kann ich nicht widersprechen", sagte Nara. „Ich glaube, ich weiß, wie ich euch zurückzahlen kann. Ich kann tun, worum ihr gebeten habt. Ich kann, wenn ich nah genug bin, die Geister erreichen, sie in mein Netz ziehen und hineinzerren. Eure Freunde retten. Eure Welt."

Zögern hing in der Luft, als ihre Stimme verklang.

„Aber?", fragte ich.

Nara wandte sich von ihrem brennenden Getreidehaufen ab und kam auf mich zu. Kam so nah, dass sie kaum einen Fuß entfernt war. Ich blieb standhaft.

„Das Problem damit, ein Retter zu sein", sagte Nara, „ist, dass jeder erwartet, dass du sie rettest. Sogar vor sich selbst."

„Erkläre das."

„Carver, geh von ihr weg", sagte Dolan mit einer anderen Schärfe in seiner Stimme. Ich hörte, wie das große Schwert aus der Scheide gehoben wurde.

Und dann spürte ich etwas Fremdes. Nara streckte die Hand aus und berührte meine Brust. Ihre Hand drückte sich auf mich und dann *in* mich hinein. Ich hatte schon früher Geister gebunden, aber das hier war anders. Anstatt einer Vereinigung fühlte sich Naras Technik eher wie ein Diebstahl an. Nara nahm mir meinen Willen, meine Stimme und meine Entscheidungsfreiheit. Meine Sinne wurden durch Schatten ihrer selbst ersetzt, gehalten von Fäden, die zu ihr zurückführten.

In einem Moment ging ich von dem Wissen, wer und was und wo ich war, dazu über, darauf zu warten, dass Nara es mir sagte, dass ihr Geist mich informierte. Ich stand still, starr. Starrte in Naras Augen und wusste, was geschehen war, wusste, dass ich nichts dagegen tun konnte.

HAUSTIERE

„Carver, was ist los?", fragte Selena.

Ich wollte meinen Kopf zu ihr drehen. Sie warnen. Aber ich war ein Gefangener in meinem eigenen Körper. Ich konnte mich nicht bewegen. Bis Nara mir einen Befehl gab. Der Zwang, Naras Bindung, die meinen Verstand drängte, Selena zu packen und zu Boden zu werfen. Weniger ein äußerer Befehl als vielmehr ein unwiderstehlicher Drang.

Selena zu Boden zu werfen war das *Richtige*.

Ich drehte mich um, schaute Selena an und lächelte sie an. „Es ist alles in Ordnung", sagte ich. „Nara wird uns helfen."

„Was?"

Als sie die Augen zusammenkniff, trat ich vor, legte meine Arme um ihre Schultern und zog sie über mein Bein auf den Boden. Nara beugte sich über Selena, während ich zusah, aber bevor Naras Hand sie berühren konnte, schob Dolan sein großes Schwert dazwischen. Er drängte Nara zurück.

„Dolan", sagte ich und zog die Peitsche in meiner rechten und das lange Messer in meiner linken Hand. „Nara versucht zu helfen. So macht sie das. Geh zur Seite."

Dolan warf mir einen Blick zu und wandte sich dann Nara zu. „Ich hatte gehofft, die Jahre hätten dich besänftigt. Anscheinend habe ich mich geirrt."

Nara neigte ihren Kopf zu ihm. „Besänftigt? Ich habe jahrhundertelang gewartet, hier in diesem Feld gefangen. Das Einzige, was ich nähren konnte, war meine Rache. Jetzt werde ich sie bekommen."

„Auch wenn es dich alles kostet?"

Nara lachte. „Das wird es nicht. Nach dir werde ich Riven zurückerobern und es in das Paradies verwandeln, das es immer sein sollte."

„Du verdienst es nicht, eine Göttin zu sein", erwiderte Dolan und stürzte sich dann mit dem Schwert nach vorne. Direkt auf Nara zu. Selena wich zurück, während ich zwischen Nara und Dolans Schlag trat. Ich lenkte das Schwert des Geistes mit meinem Messer gerade genug ab, damit Nara ausweichen konnte.

Dolan richtete seinen Blick auf mich. Ich nickte ihm zu. Ich respektierte seine Fähigkeiten. Ich respektierte seine Haltung nicht.

„Bitte", sagte ich. „Du weißt, dass dies unsere einzige Wahl ist. Opfere dich nicht für nichts."

„Sie spricht jetzt durch deinen Mund", sagte Dolan. „Es tut mir leid, Carver. Du hättest ein besseres Ende verdient."

Dolan hob das große Schwert, zog es nach oben und links, trat dann vor und führte einen harten Schwung gegen meinen Kopf aus. Nichts, was ich kontern konnte. Also rollte ich mich ab, fiel nach rechts und ließ die Klinge über mich hinwegzischen. Ich kam in die Hocke und schnalzte mit der Peitsche nach Dolans Knöchel. Ich erwischte ihn, als der Geist seinen Schwung verlangsamte, und ich zog. Hätte Dolan von den Füßen fegen sollen.

Stattdessen grub der Geist seine Ferse in den Dreck, stoppte meinen Ruck, und schlug dann mit dem großen

Schwert nach unten. Ich ließ die Peitsche los, sodass sie locker fiel und Dolans Schwung die Schnur verfehlte. Ich wollte meine Waffe nicht so weit weg von Nicholas durchtrennt haben, dem Einzigen, von dem ich wusste, dass er das Ding reparieren konnte.

Ich stand auf, wich zurück, als Dolan auf mich zukam, die Peitsche hinter ihm herschleifend. Meine leere rechte Hand griff in meinen Mantel, zog Inmans Pistole heraus. Ordnungsgemäß geladen und bereit. Ich zielte auf Dolans Gesicht, und er hielt inne.

„Du bist nicht schnell genug, um das abzufangen", sagte ich.

„Widerstehe, Carver", erwiderte Dolan. „Das bist nicht du."

Das Problem mit Dolans Worten war, dass sie nicht in meine Ohren drangen. Oder vielmehr, der Verstand, der diese Worte hörte, war nicht mein eigener. Also drückte ich ab.

Dolan taumelte, die Kugel schlug ein Loch in seine Brust. Natürlich kein Blut, aber jeder Schlag tat immer noch weh. Wichtiger war, dass es Dolans Aufmerksamkeit auf mich gerichtet hielt. Zumindest bis er das kratzende Geräusch von Selenas Hackbeil hörte, das aus der Scheide gezogen wurde.

Dolan blickte hinter sich und sah Selena, die sich in Position brachte. Ich sah in den Augen meiner Geliebten denselben Geist, der den meinen eingenommen hatte. Nara, die vom Rand der Lichtung aus zusah, hatte ein kleines Lächeln auf den Lippen. Zwei neue Preise, um ihre Sammlung zu beginnen.

„Gib auf", sagte ich zu Dolan. „Das ist ein Kampf, den du nicht gewinnen kannst."

„Verstehst du denn nicht?", sagte Dolan und hielt das große Schwert in einer Hand, die andere über der Wunde der Kugel. „Sie kann nicht gehen, wenn ich sie nicht lasse. Oder wenn ich nicht tot bin. Was, glaubst du, hat sie gewählt?"

In diesem Moment kämpfte ich. Ich stemmte mich gegen Naras Stimme, die in meinem Kopf flüsterte. Die mir sagte, ich solle wieder feuern. Dolan niederschlagen und Selena erlauben, sein Elend zu beenden.

Tu es. Nara sprach in meinem Kopf. *Befreie ihn.*

Mein Finger spannte sich am Abzug. Dolans traurige Augen beobachteten, umrandet von dem blassen Feuer, das ihn seit tausend Jahren oder mehr verbrannte. Und ich hielt inne.

Nein.

Naras Wut floss durch die Verbindung, und ich spürte, wie ich die Kontrolle verlor. Wenn Nara mich selbst bewegen wollte, konnte ich sie nicht aufhalten.

Dolan muss den flackernden Kampf in meinen Augen gesehen haben, denn er verlagerte seine Füße. Er stürmte zum Angriff. Aber nicht auf mich. Nicht auf Selena. Auf Nara. Das große Schwert fegte über den Boden, brannte mit blauem Feuer, um unsere Hoffnung und unsere Verdammnis zu zerstören.

Meine nächste Kugel traf Dolan in seine rechte Schulter, aber der Geist zuckte kaum zusammen und raste über die Lichtung. Kurz huschte Panik über Naras Gesicht, und dann erschien ein langes Messer, das aus Dolans Rücken ragte und mit blauer Flamme brannte. Als Dolan die letzten paar Meter auf Nara zustürmte, stolperte er, das Schwert fiel aus seinem Griff, und als das Feuer begann, über ihn zu kriechen, brach der alte Geist im Dreck zu Naras Füßen zusammen.

Selena zog ihren Arm zurück, leer ohne ihr Messer, und sah zu. Genau wie ich.

Nara beugte sich hinunter, hob Dolans Kopf mit ihrer

Hand und richtete sein Gesicht zu ihr. Ich konnte seine Augen nicht sehen, konnte den Schmerz in seinem Gesicht nicht lesen, konnte nur die immense Befriedigung spüren, die durch meine Verbindung mit Nara floss. Konnte nur ihre Worte hören, als sie aus ihrem blutroten Lächeln schlüpften.

„Leb wohl, alter Freund."

Ich schob das große Schwert in die Scheide, die über meinen Rücken hing. Dann blickte ich zu der Lücke im Getreide, wo Dolan gerade auf seiner leeren Reise zum Zyklus verschwunden war. Eine Hand landete auf meiner Schulter, leicht und fest.

„Es fühlt sich gut an, nicht wahr?", sagte Nara. „Deine Waffe wieder zu haben?"

Ich nickte. Mein Verstand war ansonsten wie leergefegt.

„Es ist ein angemessenes Schwert für einen Champion", fuhr Nara fort. „Hat Dolan dir diesen Teil erzählt, als er dich anlog?"

„Das hat er nicht", antwortete ich.

Naras Worte lösten eine Frage aus, einen Gedanken: *uns angelogen?* Aber die Idee, danach zu fragen, verschwand, löste sich ohne Überlegung aus meinem Bewusstsein.

„Riven war einst eine pulsierende Welt", sagte Nara. „Wo jeder Geist ein Zuhause hatte. Einen Neuanfang. Eine Chance, Leidenschaften nachzugehen, ohne das Gewicht der Realität auf den Schultern zu spüren. Ohne die Notwendigkeit für Nahrung, für Unterkunft, keine Angst vor dem Tod oder der Zeit, war alles möglich. Bis Dolan und Mali es für angebracht hielten, es zu zerstören. Sie hatten wohl Angst. Dachten, meine Methoden seien grausam. Gefährlich. Wie alle, die Dinge sehen, die sie nicht verstehen."

Nara drehte mich um, sodass ich Selena ansah, die ihre Waffen weggesteckt hatte und uns mit ernstem Gesicht beobachtete. Wartend auf den Befehl ihrer Anführerin.

„Bis er sich für einen anderen Weg entschied, war Dolan mein Schwert. War mein Champion. Er beschützte meine Stadt, Carver. Jetzt bitte ich dich um das Gleiche", sagte Nara und brach dann in ein leises Lachen aus. „Nun, *bitten* ist vielleicht das falsche Wort. Wenn man erst einmal die Fehler in der Loyalität gesehen hat, ist es leicht, die Vorteile des Gehorsams zu erkennen. Des Besitzes."

Nara zeigte auf das Getreide, und wir bewegten uns. Ich hörte sie hinter uns gehen, während meine Arme die Halme beiseite schoben. Einen Weg für Naras neue Freiheit bahnend.

Während wir uns bewegten, testete ich die Grenzen von Naras Kontrolle. Sie hatte mir eine Aufgabe gestellt – den Weg freizumachen – und innerhalb der Grenzen dieser Aufgabe schien ich meinen Ansatz anpassen zu können. Einen Halm mit der linken Hand bewegen, dann den nächsten mit der rechten. Oder beide Arme benutzen. Ich versuchte auch, sie einfach mit meinen Schultern umzuwerfen, und das funktionierte ebenfalls. Versuchen aufzuhören, mich zu bewegen, ging jedoch nicht. Mein Körper reagierte einfach nicht.

Früher, bei Dolan, hatte ich gespürt, wie Nara meine Gedanken lenkte. Meinen Verstand veränderte. Meine Worte. Aber wenn der Geist sich nicht auf mich konzentrierte, kam meine Seele zurück. Wie das Aufwachen nach einem tiefen Schlaf musste ich mich mit meinen Sinnen, meinen Gliedmaßen verbinden. Verstehen, was ich konnte und was nicht.

Ich blickte zu Selena hinüber, die entschlossen neben mir marschierte. Keine Ahnung, ob sie dieselben Dinge herausfand.

„Selena?", sagte ich, mehr um zu sehen, ob ich sprechen konnte, als aus irgendeinem anderen Grund.

Ich spürte, wie Naras Blick zu mir schnellte, als ich die Worte sagte. Spürte, wie ihr Geist in meinen eindrang, nach meiner Absicht suchend. Sich entspannend, als sie nur Neugier fand.

„Carver?", erwiderte Selena und erwiderte meinen Blick. „Was werden wir tun?"

„Was auch immer sie von uns will", antwortete ich.

„Richtig", sagte Nara hinter uns. „Nutzt die Gelegenheit, euch an eure neue Existenz zu gewöhnen. Versteht, dass ihr an der Leine seid. Eine, die lang oder kurz sein kann, je nach euren Handlungen. Ich habe kein Verlangen, meine Champions zu verletzen, und würde mich lieber auf andere Dinge konzentrieren als auf euren nächsten Zug, also bitte, schätzt unsere Beziehung."

„Schätzen", sagte Selena. „Du hast gerade unseren Freund getötet."

„Nein. Das wart ihr."

„Das ist eine Lüge", erwiderte ich.

Und fiel auf ein Knie. Meine Augen schlossen sich. Der Mund verkrampft. Nicht mein Tun. Mein Geist floh aus meinem Körper, kauerte sich zusammen gegen einen zermalmenden Kopfschmerz. Dolan ging zum Zyklus wegen dem, was Nara uns zwang zu tun. Richtig?

Oder hatten wir es aus eigenem Antrieb getan?

Hatte Dolan sich nicht gegen uns gewandt? Sein Schwert gezogen, während wir mit Nara sprachen? Den Plan besprachen, Riven zu retten?

Er hatte versucht, Nara zu töten. Ohne Provokation. Sie hatte keine Waffe.

„Wir mussten ihn aufhalten", sagte ich zu Selena. „Es gab keine andere Wahl. Er hätte unsere letzte Chance, Riven zu retten, zunichte gemacht."

Ich sah Selenas langsames Nicken als Antwort. „Ich musste es tun", sagte Selena. „Es war der einzige Weg."

„Bedauerlich", sagte Nara. „Aber wir haben keine Zeit für Trauer. Kommt jetzt, bewegt euch weiter."

Ich stand auf, streckte die Hand aus und schob den nächsten Halm beiseite. Setzte einen Fuß vor den anderen. Dolan war am Ende zum Verräter geworden. Tragisch, aber unvermeidlich. Sein Plan war schließlich gescheitert.

Jetzt hatten wir eine neue Anführerin.

DAS OSTTOR

Zwei Führer warteten am Osttor auf uns. Sie beobachteten, ob wir Erfolg gehabt hatten. Einen von ihnen erkannte ich; den drahtig gebauten Führer, der mit Piotr zusammengearbeitet hatte. Der mich auf der anderen Seite, gefangen im Hotelzimmer in New York City, möglicherweise umgebracht hätte. Den anderen kannte ich nicht, aber das spielte keine Rolle.

„Das ist Nara", sagte ich, als wir näher kamen. „Sie wird uns retten."

Polk sah an mir vorbei und nickte Nara zu. „Wo ist der andere? Dolan? Seid ihr zusammen gereist?"

„Dolan muss sich um andere Probleme kümmern", sagte Nara. „Ich freue mich, euch kennenzulernen."

Nara trat vor und streckte ihre Hand aus. Polk ergriff sie. Ich sah die Veränderung in seinen Augen, den Moment, in dem er die Kontrolle verlor. Den Moment, in dem Nara ihn zu einem der Ihren machte. Der andere Führer schien dem jedoch keine große Beachtung zu schenken. Er blickte auf Selena, und mir wurde klar, dass meine Geliebte ihr Hackbeil gezogen hatte.

„Das wirst du hier nicht brauchen", sagte der Führer. „Es gibt keinen Durchbruch in der Nähe. Wir haben es für euch sauber gehalten."

„Nur für den Fall", sagte Nara und legte ihre Hand auf die Schulter des Führers.

Einen Augenblick später gehörte auch er zu ihr.

Von der Straße her hörten wir ein Geräusch. Ein Schlurfen, als ein weiterer Führer aus einem niedrigen Wachposten trat, direkt innerhalb des Tores. Ich kannte ihn. Derringer. Nur dass seine Augen statt freundlich mit Misstrauen gefüllt waren.

„Derringer", rief ich. „Komm her und sag Hallo."

„Ich glaube nicht, dass ich das tun werde", sagte Derringer. „Weißt du, ich habe viel von Piotrs Arbeit gesehen. Habe gesehen, wie diese gebundenen Geister reagierten, wenn er sprach. Habe gesehen, wie diese Augen seinem Blick glichen, so wie eure alle ihrem gleichen. Ich weiß, was ich hier sehe."

Und dann rannte Derringer los. Nara sprach nicht, sagte die Worte nicht, aber ich spürte den Befehl. Den Ruf, Derringer zu fangen und zur Räson zu bringen. Ihn dazu zu bringen, unsere Anführerin zu respektieren. Also nahmen wir vier die Verfolgung auf. Jagten Derringer über die weiten Steinplätze zwischen dem Palast und den Statuen, die Rivens Ostseite ausmachten.

Derringer war kein kleiner Mann. Auch nicht langsam. Er stampfte voran, pumpte mit Armen und Beinen wie ein echter Läufer. Aber er war menschlich. Seine Muskeln brannten. Selena und ich holten auf, liefen näher, härter. Derringer versuchte, hinter Säulen zu tauchen, zwischen Straßen zu schlängeln und willkürlich Seitengassen zu nehmen, aber es reichte nicht. Er konnte unserer endlosen Energie nicht entkommen.

Die Straßen hatten sich verengt, als wir ihn endlich einholten. Gebäude säumten beide Seiten der breiten Allee.

Die für Riven so typischen Ascheflocken wehten mir in die Augen. Dann blieb Derringer stehen, keuchend, die Hände auf den Knien.

Selena und ich kamen hinter ihm an. Ich hatte meine Peitsche und mein Messer bereit, Selena ihr Hackbeil. In meinem Kopf spürte ich, wie Nara mich drängte, ihn zu töten. Ihn zu verbrennen und in einen Geist zu verwandeln, den sie binden konnte, wenn sie uns einholte. Unter diesem Ruf fühlte ich meine eigene siedende Hitze. Derringer war mit Polk gewesen, mit meinem Körper in diesem Hotelzimmer. Einer von ihnen hatte abgedrückt, meine Verbindung zur anderen Seite durchtrennt.

Ich wollte ihn genauso tot sehen wie Nara.

„Wisst ihr, was passiert, wenn ihr uns tötet?", sagte Derringer. „Die Linie hält im Westen kaum noch. Sie wird jeden Tag, jede Stunde fallen. Wenn das passiert, wird diese ganze Stadt von wütenden, tobenden Geistern dem Erdboden gleichgemacht. Glaubst du, deine neue Anführerin kann das verhindern?"

„Ich glaube nicht", sagte ich, „ich weiß, dass sie es kann."

„Na, das ist ja ein toller Anfang."

Ich hob das Messer und Derringer starrte zurück. Zeit, dieses Gesicht auszulöschen. Ich bewegte mich vorwärts, holte mit dem Arm aus. Und spürte, wie ein brennender Schmerz meine Schulter zerriss. Ich fiel auf die Straße, hörte das Echo des Schusses, als es durch die Allee hallte. Nicht das, was ich erwartet hatte.

„Es wird nicht funktionieren", sagte eine vertraute Stimme. „Du bist umzingelt, Carver. Ergib dich, und vielleicht können wir dich von deinem Fluch befreien."

„Alec", rief Selena, und ja, sie hatte recht. Ich kannte diese Stimme. „Du liegst falsch! Nara will Riven helfen!"

Ich zählte die Gesichter in den Fenstern, viele von ihnen zielten mit langen Gewehren auf mich herab. Die Ressourcen, die sie von der Mauer am Westtor abgezogen haben mussten, um auf unsere Rückkehr zu warten. Eine Rückkehr, von der sie erwarteten, dass sie triumphierend sein würde, Wunder bringen würde. Um ihre sterbenden Freunde auf der anderen Seite der Stadt zu retten.

Jetzt diente der Westen nur noch dazu, die Verdammten zu schützen.

„Selena, es ist eine Tragödie, dich so zu sehen", sagte Alec und ging mit zwei Führern an jeder Seite die Straße hinauf auf uns zu. „Unser Angebot gilt für euch beide. Legt eure Waffen nieder. Sprecht mit uns über Frieden."

Ich stand auf, der Schmerz von der Kugel begann bereits nachzulassen.

„Wir können nicht", sagte ich. „Und ihr könnt nicht gewinnen."

Einer der Führer im Gebäude neben uns schrie auf und verschwand aus dem Fenster. Von hinten angegriffen. Naras Stimme erfüllte unsere Köpfe und befahl uns zu rennen. Die Straße hinunter zurückzuziehen und sie einige Blocks weiter zu finden. Ein weiterer Führer jaulte auf der anderen Seite auf. Als Derringer und Alec sich dem Geräusch zuwandten, flitzten Selena und ich los. Ich hörte Kugeln um mich herum auf den Boden schlagen, aber dann stürzten wir in eine Gasse und waren verschwunden. Wir rasten durch Gebäude und um Ecken und Kurven. Die Route, die Nara uns laufen lassen wollte, erschien wie eine Karte vor unseren Augen. Ein Zwang, der mir sagte, links abzubiegen, dann rechts, dann geradeaus durch einen zerstörten Laden.

Wir fanden sie ganz oben in dem baufälligen Apartment, die wackeligen Treppen gaben uns einen stolpernden Aufstieg zum obersten Stockwerk. Am Rande des Stadtzentrums. Nara starrte aus einem Fenster über Riven. Keiner der anderen Führer war da.

„Zwei geopfert für eure Torheit", sagte Nara. „Beim nächsten Mal fangt eure Beute schneller."

Selena und ich entschuldigten uns. Im Chor.

„Es scheint, dass sich eure Führer im Laufe der Jahre verbessert haben", sagte Nara. „Die Art von Organisation, die für gestaffelte Formationen nötig ist, gab es zu meiner Zeit nicht. Dolan muss stolz auf sein Vermächtnis gewesen sein."

„Die Führer sind stark", sagte ich.

„Aber nicht stark genug", schnappte Nara zurück. „Trotzdem müssen die Führer nicht unser erster Gegner sein. Es gibt einfachere Wege für uns. Fürchte dich nicht, Carver. Wir werden deine Welt retten, und wir brauchen die Führer dafür nicht."

DIE GEBUNDENE ARMEE

Wir bewegten uns nach Süden. Nach Süden und Westen, am Rande des Hauptführergebiets um den Uhrenturm herum. Wir hielten uns an Gassen und Nebenstraßen. Durchquerten Gebäude. Schlichen durch kleine Schluchten zwischen zerstörten Strukturen. Wann immer wir auf einen Geist stießen, ließ Nara uns die verlorene Seele festhalten, während sie sie an sich band. Dann schickte sie den Geist vor uns her und in verschiedene Richtungen, um auszukundschaften, wo Gefahr lauern könnte. Wir vermieden Risse, die Führer anziehen würden. Wir wichen Geisteransammlungen aus, die von anderen gesehen werden konnten. Oder die uns möglicherweise angreifen könnten, bevor wir bereit waren. Aber je weiter wir gingen und je mehr Nara band, begann ich am Rande meines Blickfelds, in den Fenstern der Gebäude, an denen wir vorbeikamen, und in Straßen, die wir nicht betraten, vorbeihuschende Geister zu bemerken. Sie waren immer da, beobachteten uns ständig. Bildeten einen Ring um uns.

Nara sprach nicht, und Selena und ich hatten keine Worte zu sagen. Ich spürte ein wachsendes Gefühl der Verzweiflung. Eine Verzweiflung, die sich dennoch mit der leisesten Hoffnung vermischte. Nara selbst war vielleicht nicht die Retterin, auf die wir gehofft hatten. Andererseits wollte sie auch nicht, dass Riven zerstört wird. Sie könnte Riven retten, auch wenn das, was übrig bliebe, nicht mehr die Welt wäre, die wir kannten.

Wir erreichten die Shambles und das südliche Tor, die Anfänge einer Armee, die um uns herum ging. Mehrere Dutzend Geister trotteten in unserem Kielwasser oder führten unseren Vormarsch an. Nara band jeden, dem wir begegneten. Mit einem schnellen Schütteln ihrer Hand, einer Handfläche auf einem ahnungslosen Rücken, fügte sie unserer Streitmacht einen weiteren hinzu. Ich begann zu verstehen, wie sie so schnell so viele Geister angesammelt hatte. Wie Dolan und Mali begonnen hatten, ihre Freundin zu fürchten. Wenn sie in wenigen Stunden Hunderte von Seelen sammeln konnte, könnte sie in wenigen Tagen Tausende haben. Schließlich Millionen. Dann gäbe es keine Macht mehr, die sie aufhalten könnte.

Dennoch hatte ich das Gefühl, dass es eine gewisse Überlebenschance gab. Die Führer konnten schließlich hinübertreten. Konnten Riven hinter sich lassen. Wenn Nara eine Armee der Toten beherrschte, würden sie zumindest die andere Seite nicht berühren. Sie würden nicht auf die Erde zurückkehren.

Wir waren noch nicht lange im Wald, gingen den Pfad entlang, den die Geister zum Zyklus nahmen, als ein vertrautes Grollen den Boden erschütterte. Aus den Bäumen zu unserer Rechten tauchten mehrere Ghule auf. Welche, die ich früher gesehen hatte, als sie Dolan und Selena bei ihrem Versuch, die Risse zu schließen, gejagt hatten.

„Was sollen wir tun?", fragte ich Nara.

Sie grinste mich nur an: „Schau zu."

Die Ghule stampften auf uns zu, alle drei große, vage

menschenähnliche Monster mit zufälligen Ansammlungen von Armen und Beinen. Sie hämmerten auf den Boden und schöpften Geister auf, während sie vorwärts kamen, verschlangen sie in ihre Körper und wurden mit jedem größer. Bis Nara ihre Welle sandte.

Ihre neue Armee bewegte sich in einem riesigen Cluster, stürmte und heulte und schnitt in die Ghule ein. Sie erklommen diese grässlichen Arme und Beine. Krallten sich in ihre Körper und rissen die Ghule in Stücke. Die riesigen Kreaturen warfen dutzende Geister von sich ab, aber zwei Dutzend mehr rannten herbei, um die verlorenen zu ersetzen.

In Minuten waren die Ghule zerfetzt, zerstreut und in Stücke gebrochen. Nara gab uns den Befehl. Selena und ich, mit meiner Peitsche und dem langen Messer, sie mit ihrem Hackbeil, gingen zu den zerbrochenen Ghulen und verbrannten sie im Feuer. Spalteten sie in ihre Massen von Geistern. Dann band Nara auch diese.

„Zweifelst du jetzt noch an mir?", sagte Nara zu mir, als sie fertig waren. „Glaubst du nicht, dass ich deine Welt retten kann?"

Ich konnte nur den Kopf schütteln. Nara war wahrlich großartig, wahrlich schrecklich. Sie war unsere Retterin.

EINE PLANÄNDERUNG

Der Berg. Das letzte Mal, als ich diesen Ort gesehen hatte, war ich meinem eventuellen Tod entgegengegangen. Er hatte sich nicht viel verändert. Immer noch der eine Eingang, der in seine felsigen Wände gehöhlt war, voller Geister, die in den Zyklus hineinliefen. Geister, die einer nach dem anderen von Nara in einem fieberhaften Blitz gebunden wurden. Von einem zum nächsten nahm sie ihre Seelen und kettete sie an sich. Sie vergrößerte und erweiterte ihre Streitmacht. Sie schickte die neuen Geister, um sich vor dem Berg selbst in Reih und Glied aufzustellen.

Kurz vor dem Höhleneingang drehten wir uns um, um die Reihen zu betrachten, die sich vor uns ausbreiteten.

„Siehst du?", sagte Nara. „Das ist es, wofür du zu mir gekommen bist, Carver. Das ist es, was du gebraucht hast. Mit diesen Seelen können wir unsere Gegner aus Riven vertreiben und die Welt für uns einnehmen."

„Eine Frage." Ich schaute auf die Armee, auf all die Geister, die nichts bei sich trugen. Keine Waffen, keine Haken, keine Schwerter, keine Funkenwerfer. Ein Mob, ja, aber einer, dem die Mittel fehlten, um Geister zu bändigen. „Wie werden wir die Brüche schließen?"

Nara warf mir einen Blick zu. „Du hast das Schwert bei dir."

„Ich kann nicht überall gleichzeitig sein", sagte ich. „Hier, komm mit mir."

Ich spürte, wie Nara mich die Aussage machen ließ. Mich sie auf den Gipfel des Berges führen ließ, durch Piotrs Passage zum Hang hoch über dem Wald. Selena folgte uns.

Von dort oben konnten wir über den ganzen Wald bis zur Grenze der Stadt sehen. Die Brüche platzten auf, gelbe und blaue und grüne Lichter glühten überall im Wald und darüber hinaus. So viele, dass es aussah wie die Sterne am Himmel in jener Nacht, als ich mit Inman zu seinem Lager am Fluss gegangen war.

„Selbst mit einem Dutzend von mir", sagte ich, „würden wir es nie schaffen, sie alle zu schließen. Wir würden es nie schaffen, Riven am Leben zu erhalten."

„Dann werden wir eben hundert deiner Schwerter machen", sagte Nara. „Tausend. Genug für jeden Geist, um eines zu führen."

„Wie?", fragte Selena. „Kannst du das ohne Dolan tun?"

Schock, gefolgt von Frustration, strömte durch die Verbindung, als Nara sich erinnerte, dass Dolan weg war. Der einzige Geist, der jemals die Kunst des Erschaffens der brennenden Waffen gemeistert hatte, war verschwunden. Und während die Führer die ursprünglichen Werkzeuge genommen und sie über die Jahrhunderte hinweg zu neuen Schwertern und Äxten und Bögen umgestaltet hatten, gab es ohne Dolan keine Möglichkeit, mehr herzustellen.

„Dolan war ein Geist", sagte Nara. „Alles, was er getan hat, kann von einem anderen getan werden. Wir müssen nur den Richtigen finden."

Weder Selena noch mir wurde die Erlaubnis gegeben zu

antworten. Stattdessen folgten wir Nara hinunter, zurück in den Berg, an den Rand des Zyklus. Sie positionierte uns in der Nähe des Abgrunds, und wir sahen zu, wie sie auf einen vorbeigehenden Geist, eine ältere Frau, zuging und sie an der Schulter berührte. Sie band sie an Naras Willen. Dann zeigte Nara auf den Zyklus.

Dolan hatte gesagt, dass er die Flamme zufällig eingefangen hatte. Indem er den Zyklus berührte und seine brennende Energie einfing. Nara schickte den Geist, um dasselbe zu tun.

Die Frau beugte sich über den Rand und berührte das Blaue. Feuer raste ihren Arm hinauf, über ihren Körper, bis wir nichts mehr davon sehen konnten. Nichts außer dem blendenden Licht. Der Geist kippte über den Rand und verschwand.

„Nur der erste Versuch", murmelte Nara.

Aber der nächste hatte das gleiche Ergebnis. Und der dritte. Der fünfte. Bis in die Hunderte. Ich konnte nicht nachverfolgen, wie viel Zeit Nara damit verbrachte, Geister in ihr Verderben zu werfen, nur dass es viele Stunden gewesen sein mussten, bevor Nara zurückwich, ihr Gesicht eine Maske kaum kontrollierter Wut.

„Es wird nicht funktionieren", sagte ich. Nara achtete nicht auf meinen Willen, ihre Aufmerksamkeit auf andere Dinge gerichtet. Zum ersten Mal hatte ich die Freiheit, meine eigenen Lippen zu bewegen. „Wir könnten eine Ewigkeit hier stehen und auf einen weiteren Geist wie Dolan warten. Wenn das nicht bald passiert, könnte Riven längst verschwunden sein, bis du einen findest."

„Verschwunden?", sagte Nara und sah mich mit einer Frage in den Augen an. „Vorhin, als du zum ersten Mal zu mir auf das Feld kamst. Du hast erwähnt, dass du Riven retten wolltest. Wovor retten?"

„Es wird überrannt", sagte ich. Ich spürte, wie Nara

drängte, nach einer tieferen Antwort suchte. „Die Geschichte der Führer besagt, dass, wenn es genug Geister in Riven gibt, sich ein Loch zurück zur Erde öffnen könnte. Ein Weg zurück auf die andere Seite. Wo sie unseren Familien schaden könnten. Unseren Freunden. Alles zerstören könnten, was wir kennen."

Nara nickte. „Das ist es, woran ich mich erinnern musste. Komm, lass uns zum Hang zurückkehren."

Zurück am Aussichtspunkt starrten wir wieder auf die Brüche.

„Du hast mich gebeten, deine Welt zu retten, Carver", sagte Nara. „Aber es scheint, dass Riven nicht gerettet werden kann. Es gibt keine andere Wahl, als diese Katastrophe über uns ergehen zu lassen. Die Welle ins Unbekannte zu reiten. Wenn diese Geister ein Tor erschaffen werden, dann werden wir hindurchgehen."

Selbst mit der Verbindung, selbst mit Nara, die meine Gefühle unterdrückte, überkam mich die Wut. Verrat. Für einen Moment überwältigte dieser Drang unsere Verbindung.

„Du hast gelogen", spuckte ich aus. „Du warst es, die Dolan gehen ließ. Die unsere einzige Chance zunichte machte. Es ist nicht so, dass Riven nicht gerettet werden kann, du hast jede Hoffnung auf Rettung zerstört."

„Sind wir nicht alle menschlich?", sagte Nara. „Fehlerhaft, von unseren Ambitionen zu etwas getrieben, das jenseits unserer Fähigkeiten liegt, es zu erreichen? Anstatt uns auf unsere Misserfolge zu konzentrieren, entscheide ich mich dafür, die Zukunft zu nutzen, und unsere Zukunft liegt bei jenen."

Naras Arme fegten über die Aussicht, nahmen die Brüche auf, die die Landschaft übersäten. Als sie das tat, erlosch einer, ein Glühen, das aus dem Inneren der fernen Stadtmauer kam. Nara stoppte ihre Geste, blinzelte auf die Stelle.

„Die Führer", sagte ich und beantwortete ihre unausgesprochene Frage. „Sie versiegeln immer noch die Brüche, die sie innerhalb der Stadt schließen können."

„Unseren Sieg hinauszögern", sagte Nara. „Es scheint, Carver, dass ich doch noch eine Verwendung für dich habe. Mein Champion hat immer noch eine Sache, für die er sein Schwert schwingen kann."

„Wie kann ich dienen?", sagte ich und hasste die Worte, als sie aus meinem Mund kamen, liebte sie aber auch und die Art, wie sie Nara durch das Band erfreuten. Ich war ihre Marionette und genoss es, wenn sie an den Fäden zog.

„Du wirst meine Legion anführen", sagte Nara. „Du wirst entlang des Geisterpfades marschieren und die Stadt von Süden her betreten. Treibe die Führer vor dir her. Schlachte jene ab, die bleiben. Jage jene fort, die fliehen. Reinige Riven von ihnen und ihren Seelen. Öffne die Tür zu unserem neuen Zuhause."

EINFALL

Nara reihte die Seelen für mich in Reihe um Reihe vor dem Eingang des Berges auf. Im Schein des Zyklus stand ich vor Hunderten von Geistern, die dazu bestimmt waren, Naras und durch sie meinem Befehl zu folgen.

Die Geister kamen von überall her. Jung und alt, reich und arm, in Lumpen und in feinsten Anzügen gekleidet. Durch sie hindurch und um sie herum wanderten Seelen, die Nara noch nicht gebunden hatte, wie ein Fluss, der um einen Damm der Toten bricht.

Alle paar Sekunden ging ein weiterer Geist an mir vorbei und nahm seinen Platz in den Reihen ein. Eine weitere Bindung, eine weitere Seele, die vor nichts Halt machen würde, um jeden Führer in Stücke zu reißen. Ich musste ihnen nur sagen, wann.

„Marsch!", rief ich in die wirbelnde Asche. In diese dunklen Bäume hinein. Nara hörte meine Worte und gab den Befehl an die weiter, die ihr hörig waren. Mich eingeschlossen.

Ohne bewusste Anstrengung bewegten sich meine Beine

vorwärts. Lange Schritte, die mich durch und an meiner Armee vorbei führten, bis ich an ihrer Spitze ging. Ich hielt das große Schwert in meinen Händen, bereit, alle Angreifer abzuwehren.

Und davon gab es reichlich. Wütende Geister aus nahegelegenen Rissen bissen an den Seiten meiner Truppe. Sie stürzten in knurrenden Wellen aus den Bäumen, nur damit meine Geister sie zurückschlugen. Sie stürzten sich in knirschenden Haufen auf meine Seelen, bis wir mit unserer zahlenmäßigen Überlegenheit die Angreifer in Stücke rissen.

Natürlich würden sich die Geister ohne die zähmenden Feuer mit der Zeit erholen. Würden zu ihren Amoklauf zurückkehren. Würden Riven weiter unter Druck setzen, bis es zusammenbrach.

„Warum die Shambles?", sagte ich durch unser Band zu Nara. „Die meisten Führer sollten sich doch am Westtor konzentrieren?"

Ich konnte sie dort hinten spüren, nahe dem Zyklus, wie sie weitere Geister sammelte und sie ihrer Streitmacht hinzufügte. Doch die Stärke dieser Verbindung schwächte sich ab, als die Entfernung zwischen uns wuchs. Es würde zwei Tage Marsch bis zu den Shambles dauern, und in dieser Zeit würden ihre Bindungen nachlassen. Wenn wir die Stadt erreichten, könnte ich vielleicht in der Lage sein, ihr völlig zu widerstehen.

„Weil ich ihre Entschlossenheit brechen will", antwortete Nara durch das Band, ihre Stimme krachte in meinen Geist. „Weil sie, wenn du drohst, sie von ihrer Heimat abzuschneiden, nicht kämpfen werden. Sie werden fliehen. Sich zerstreuen und zerbrechen."

„Du unterschätzt sie. Die Führer sind besser als das."

„Sind sie das?" Ich konnte Naras Lachen hören. „Du vergisst, Carver. Ich musste einst zwischen dem Sterben für meine Überzeugungen oder dem Leben, gefangen für Jahrhunderte, wählen. Sie werden wählen wie ich. Sie werden um ihre Chance zu überleben rennen."

Um mich herum strömten die leeren Augen der Toten. Gezähmt oder, mit jeder Stunde unwahrscheinlicher, ein Geist, der auf natürliche Weise vom Zyklus verführt wurde. Ich fing ihre Blicke auf, als sie meine verfehlten. Wie viele von ihnen würde Nara auf ihre Seite ziehen?

„Wir sollten zum Uhrenturm marschieren", wandten sich meine Gedanken dem Angriff zu, versuchten die Winkel für Naras Sieg zu finden. „Das ist das Zentrum der Kräfte der Führer."

„Dann nimm ihn ein", sagte Nara. „Schwinge meine Streitmacht wie einen Hammer und zerschmettere die Führer zu Staub."

Wären wir persönlich anwesend gewesen, hätte ich mich vielleicht verbeugt. Oder gesagt, wie sehr ich die Gelegenheit liebte, ihren Befehl auszuführen. Während ich jedoch den Pfad entlang knirschte, spürte Nara mein Vergnügen durch unser Band. Sie wusste, dass ich nicht zögern würde, die Stadt auf ihr Wort hin zu zerreißen.

Die Hunderte von Seelen hinter mir würden dasselbe tun.

DER ANGRIFF DER TOTEN

Das Südtor war eine Menagerie. Ein Brennpunkt für alle Geister der Stadt, die sich versammelten, bevor sie den Weg zum Zyklus hinunterstürmten. Ich hatte noch nie von außen hineingeschaut.

Zumindest nicht als Eindringling.

Zu beiden Seiten des Tores standen Türme mit Zinnen. Über den rechten lehnte sich ein Führer und blickte meiner Armee direkt in die Augen. Als meine Truppen sich formierten, hob der Führer einen Funkenwerfer und schoss einen hellen Blitz in die Luft.

Ich richtete mein Schwert auf den Führer, als der Funke hoch in den Wolken zerbarst und eine Reihe azurblauer Punkte in alle Richtungen verteilte. Sie verblassten und zischten, während meine Seelen um mich herum zum Tor rannten.

Das mit einem lauten Knall zufiel, seine großen Eichentüren schlossen sich, bevor die ersten meiner Truppen hindurchkommen konnten. Anscheinend hatte ich mich geirrt. Die Führer waren nicht völlig auf das Westtor fixiert.

Vielleicht hatte Bryce von den anderen erfahren, was aus

Selena und mir geworden war. Vielleicht hatte er sich auf das Schlimmste vorbereitet.

Es würde nicht reichen.

Ich rammte das Schwert vor mir in den Boden. Nahm die Armbrust von meinem Rücken und lud einen orangefarbenen Bolzen. Ein Pech, dass Nicholas meinen Vorrat nach Dolans unglücklichem Angriff auf den Wald aufgefüllt hatte.

Ich hob die Armbrust, zielte und drückte ab. Der orangefarbene Bolzen schoss auf das Tor zu, traf die dicken Türen und explodierte in einer blendenden Nova. Die sengenden Strahlen krochen an den Umrissen der Türen entlang, wie verschüttete Farbe, die sich über eine Leinwand ausbreitet.

Nach einer Minute verschwanden die Strahlen und hinterließen nur noch ein paar geschwärzte Reste, die an den Seiten hingen. Drei Führer standen hinter den Ruinen, wie betäubt.

„Ihr solltet wegrennen!", rief ich, als ich auf das Tor zuging. Die Armbrust über meinem Rücken, das große Schwert vom Boden hochgerissen, während ich lief. „Es besteht keine Notwendigkeit, dass ihr hier sterbt."

Die Führerin in der Mitte, eine Frau mit Äxten, die ich vage als eine von Bryces Wächterinnen nach seiner Verhaftung erkannte, versteifte sich, blieb aber stehen. Die beiden Führer neben ihr, jeder mit der Schwert-und-Messer-Kombination von unerfahreneren Rekruten, zeigten die gleiche Entschlossenheit.

„Du bist in der Stadt nicht mehr willkommen, Carver Reed!", erwiderte die Frau, ihre Stimme schwer von dem Wissen um die aussichtslose Lage.

„Wenn irgendjemand die Macht hat zu entscheiden, wer hier ein- und ausgeht, dann glaube ich nicht, dass ihr das seid." Ich hob meine linke Hand und die Geister von Naras Truppe scharten sich neben mich. Sie gingen Schritt für

Schritt mit mir. „Ich sage es noch einmal. Geht, kehrt zurück und erwartet euer Schicksal bei euren Familien."

Diese drei Führer würden sterben, wenn sie blieben. Würden von der Kraft in meinem Rücken weggespült werden. Ihr Opfer würde keine Zeit erkaufen. Würde weder einen Punkt beweisen noch das Ergebnis dieses sicheren Krieges ändern.

Als die Frau also ihre Äxte vor ihrer Brust kreuzte, bereit den Angriff zu empfangen, hielt ich meine Geister zurück. Nara drängte durch unsere Verbindung zu einem Frontalangriff. Sagte mir, ich solle in die Stadt vorstoßen und sie brechen. Aber wo zuvor ihre Stimme durch meinen Verstand gedonnert war, war es jetzt eher wie ein Gespräch. Worte, die ignoriert werden konnten.

Ich ging meiner Armee voraus. Traf die Frau und die anderen Führer direkt innerhalb des Torbogens. Die Slums, die verstreuten Wohnungen und verworrenen Straßen lagen vor mir. Irgendwo dort waren die Tagebücher meiner Mutter, die für immer in einem leeren Haus liegen würden.

„Es besteht keine Notwendigkeit, dass ihr hier sterbt", wiederholte ich den dreien, als ich näher kam. „Ich kann Naras Geister oder mein eigenes Schwert nicht viel länger zurückhalten."

„Und ich sage noch einmal, was ich zuvor gesagt habe. Es ist unser Privileg, für unsere Stadt und unseren Orden zu sterben." Die Frau sah für einen Moment so aus, als würde sie genau jetzt angreifen, aber ein letzter Blick auf die jüngeren Führer neben ihr ließ ihre Hände innehalten.

„Dann tut es, wenn es von Bedeutung sein wird", sagte ich. „Geht, lauft und warnt eure Gefährten vor dem, was kommt."

Nara konnte nicht kontrollieren, was ich sagte, nicht aus dieser Entfernung. Trotzdem begann meine Haut zu kribbeln. Mein Kopf schmerzte. Ich widersetzte mich ihrem

Befehl noch nicht ganz, aber der Druck, diese drei niederzuschlagen, die Geister loszuschicken, wuchs.

„Warum gibst du uns Ratschläge?", fragte die Frau. „Warum sollten wir dir vertrauen, wenn du an den Feind gebunden bist?"

„Weil, wer sonst ist da?", sagte ich. „Außerdem, dies."

Ich hob das Schwert und die Führer traten zurück. Die Geister hinter mir rückten vor. Dies war der Moment.

„Fünf Sekunden", begann ich. „Vier."

Die Frau blickte wieder zu den Führern. Zu den Geistern hinter mir.

„Drei."

Auf die unmöglichen Chancen. Ich sah, wie sich ihre Augen veränderten.

„Zwei."

Sie rannten. Drehten sich um und sprinteten die Straße hinunter. Vorbei an hilflosen Geistern, die auf uns zumarschierten.

„Eins."

Ich richtete das große Schwert nach vorn und Naras Geister stürmten an mir vorbei in die Stadt. Ich ging mit ihnen, ein Fuß vor den anderen setzend.

Zu meiner Linken wanden sich Naras Geister ein Apartmentgebäude hinauf. Sie brachen durch Fenster und Türen, durchsuchten jeden Raum nach versteckten Führern. Zu meiner Rechten fanden die Geister den Ort, wo die drei Führer Ersatzwaffen aufbewahrt hatten. Sie nahmen sie und bewaffneten sich.

Überall, wo ich hinsah, breitete sich Naras Armee aus. Eine Welle, die durch die Stadt brandete und Terror mit sich brachte.

DURCH FREUND UND FLAMME

Die drei Führer mussten es zurückgeschafft haben. Mussten die anderen gewarnt haben. Ich stieß auf keinerlei Widerstand, als ich durch die Trümmerviertel ging. Überhaupt keinen in den Gassen. Sogar Annas Wohnhaus war verlassen worden.

Ein gefährliches Wagnis - ohne Zugang zum Keller würde Anna nicht zurückkehren können. Zumindest nicht, wenn sie das Gebäude weiterhin als ihren Eingang nach Riven benutzt hatte.

Ich bezweifelte, dass sie die einzige Führerin war, die ein solches Risiko einging.

Die Führer hatten sich auf dem Platz vor dem Uhrenturm eingerichtet. Mein Zuhause in Riven über Jahre hinweg, ragte der Uhrenturm selbst als ausgebrannte Ruine am Nordende des Platzes auf. Ein Brunnen, nun umgeben von provisorischen Unterkünften, diente als Knotenpunkt für die Operationen der Führer.

Ich formierte die Geister wieder zu einer Linie, als wir in Sichtweite des Platzes kamen. Einen Häuserblock entfernt. Vor uns, aus Fenstern blickend und in einer Reihe quer über die Allee aufgestellt, standen die Führer, die ich einst Freunde genannt hatte. Brüder und Schwestern, die ich nun vertreiben oder zu Staub zermalmen wollte.

Ganz vorne stand mein Mentor, seine zweischneidige Glefe ragte höher auf als er selbst. Bryce starrte mich mit einer Mischung aus Wut und Enttäuschung an, ein Blick, der ebenso sehr auf sich selbst gerichtet war wie auf mich.

Neben ihm standen Anna und Alec. Ich nehme an, in einem Versuch, meine Gefühle durch meine Freunde zu manipulieren. Ein Versuch, der funktionierte, der mich ins Stocken brachte, der dennoch nichts daran änderte, dass ich den Angriff befahl.

Naras Armee würde viele Geister verlieren, aber das konnten wir uns leisten. Die Führer hingegen würden durch jeden Verlust dezimiert werden.

Aus den Gebäuden um uns herum, zwei, drei und vier Stockwerke hoch, schossen die Führer mit ihren Funkenwerfern. Anna, Bryce und die anderen ebenfalls. Das helle Licht und die Hitze sättigten die Luft, ließen mich innehalten und meine Augen mit den Händen abschirmen. Wärme streifte mein Gesicht, und als ich meine Hände wegnahm, standen die Gebäude um uns herum in Flammen.

Die Führer, die auf ihnen gewesen waren, waren nirgends zu sehen. Die Feuer spien Rauch in die Straße, den Himmel, die Gassen. Geschwächte Wände stürzten ein und verteilten Trümmer und verkohlten Schutt im Weg meiner Geister. Zwar nicht tödlich, behinderten die heißen Ruinen unseren Vormarsch. Setzten Geister in Brand oder zerschmetterten ihre Beine. Fingen sie unter einstürzenden Balkonen ein.

Unser Vormarsch geriet ins Stocken.

Nara konnte die Wut und die Qualen durch ihre Bindungen spüren, und sie übertrug diese Gefühle auf mich, und ich nutzte sie. Stürmte durch die Flammen auf die andere Seite. Wo ich statt Dutzender Führer nur noch

vereinzelte sah. Bryce war verschwunden. Hatte sich zurückgezogen.

„Carver, schön zu sehen, dass sich deine Taktik nicht
verbessert hat." Alec schlug schnell zu, seine Handschuhe
flogen von der Seite auf mich zu.

Ich rollte mich mit den Schlägen ab, drehte mich, als
seine Fäuste meine Schulter trafen, um das große Schwert
zwischen uns zu bringen.

„Mit Naras Geistern brauche ich das nicht."

Ich konterte. Stach mit dem Schwert nach vorne. Alec
packte die Klinge mit seinen Händen, versuchte sie wegzu-
drehen. Nur drückte ich vorwärts, zwang ihn zurück.

Er war als Mensch stärker als ich gewesen. Mit menschlichen Grenzen. Als Geist nicht mehr.

Alec drückte das Schwert zur Seite, als er spürte, wie sich
der brennende Scheiterhaufen eines Gebäudes näherte.
Nahm einen Schnitt an seiner rechten Schulter in Kauf, als er
sich unter der Klinge wegdrehte. Tanzte in mich hinein und
rollte dann wieder heraus, als ich den Hieb umkehrte und
ihn zurückdrängte.

„Du kannst gegen die Bindung ankämpfen, Carver!" Alec
wich zurück, als einige von Naras Geistern hinter mir durch
den Rauch drängten. Ich nickte, und sie stürzten sich auf
meinen Freund.

„Du kannst weglaufen, Alec", erwiderte ich.

Der Führer machte einen Schritt auf den ersten Geist zu
und versetzte der Seele einen Aufwärtshaken mit seinem
gepanzerten rechten Handschuh ans Kinn. Traf und setzte
ihn in Brand.

Der zweite sprang in die Luft, die Arme ausgestreckt, in
Richtung von Alecs linker Schulter. Anstatt sich umzudrehen, streckte Alec seine linke Hand aus und ließ den Geist
sich selbst an den Stacheln des Handschuhs aufspießen.

Der dritte jedoch erwischte meinen Freund in einer

ungünstigen Position. Traf ihn tief, während Alecs rechte Hand noch dabei war, den ersten Geist wegzustoßen. Schlug Alec die Beine unter dem Körper weg und schickte den Führer zu Boden.

Blitzschnell stand ich über ihm, Naras verbliebener Geist hielt Alecs Arme fest. Ich nagelte Alec mit der Spitze meiner Klinge am Boden fest.

„Du bist besser geworden", sagte Alec zu mir.

„Ich hab dich immer gewinnen lassen", antwortete ich. Hob das Schwert. Naras Stimme schrie in meinem Kopf, ich solle ihn erledigen. Alec erstechen und die Verbindung des Führers zur Erde verbrennen. Zum Leben.

Schwer, einen direkten Befehl durch eine Bindung zu ignorieren, selbst von jemandem so Entfernten. Aber ich konnte zögern. Konnte es versuchen.

Nur für eine Sekunde.

„Das werde ich nie glauben."

Alec zog Naras Geist, der sich an seine Arme klammerte, über seinen Kopf und zwischen mein Schwert und seine Brust. Ich stieß zu, spürte, wie das Schwert eindrang, und drehte den Griff. Verbrannte den Geist.

Alec schob sich unter meinen Beinen hervor. Rappelte sich auf, während ich mein Schwert aus dem Geist zog. Ging in Kampfstellung, die sich lockerte, als er über meine Schulter blickte.

Ich konnte sie hören. Naras Geister, die sich ihren Weg bahnten, als sie Wege durch die Flammen fanden. Als brennender Schutt erlosch. Die Führer hatten unseren Vormarsch verzögert, ja, aber ihr Wagnis war am Ende.

„So gern ich auch weitermachen würde", sagte Alec. „Ich glaube, die Chancen stehen gegen mich."

„Du gibst den Uhrenturm auf? Wie wollt ihr zurückkehren?"

„Wenn wir das jetzt nicht beenden, wird es nichts mehr

geben, wohin man zurückkehren kann!" Alec nickte mir leicht zu, dann drehte er sich um und rannte. Der Platz hinter ihm war verlassen. Ausrüstung der Führer, Tische und Karten blieben zurück.

Naras Geister strömten hinein und rissen alles rücksichtslos auseinander. Ich ging zum Haupttisch, wo ich vor nicht allzu langer Zeit mit Dolan, Selena und den anderen gesessen hatte, um unsere letzte große Hoffnung auf Rettung zu planen.

Auf dem Tisch lag dieselbe Karte wie zuvor, nur dass statt der Risse jetzt eine einzige dicke Linie eingezeichnet war. Von der Stadtmitte in Richtung des Berges.

Am Ende der Linie, direkt über dem Zyklus, lag eine kleine Kugel.

EIN GESCHENK

Ich spürte Naras Puls, als ich von der Karte aufblickte. Ihre Worte überbrückten die Entfernung zwischen uns.

„Hast du sie aus ihrer Heimat vertrieben?", fragte Nara.

„Riven ist ihre Heimat, und sie sind immer noch darin", antwortete ich.

„Dann versagst du."

„Ich will nicht erfolgreich sein." Ich beobachtete, wie sich die Geister mit der verbliebenen Ausrüstung bewaffneten. Lange Messer und Schwerter. Speere und Äxte. Führerwaffen in den Händen derer, die sie eigentlich zerstören sollten.

„Aber ich will es, und du gehörst mir." Statt heißem Zorn floss eine kühle Akzeptanz durch das Band. Die Gewissheit, dass ich wirklich ihr gehörte. Dass ich alles tun würde, worum sie mich bat.

Nara hatte recht.

„Ich glaube, sie haben vor, zu dir zu kommen", sagte ich und erklärte die Karte. „Obwohl es schwieriger zu sagen ist, was sie vorhaben, wenn sie dort ankommen."

„Natürlich versuchen sie, mich zu zerstören. Obwohl ich nicht weiß, was sie sich davon erhoffen."

„Der Berg ist für die meisten von ihnen zu weit entfernt", sagte ich und warf einen Blick auf die Ruinen des Uhrturms. „Sie werden nicht in der Lage sein, zurückzukehren, bevor ihre Körper auf der anderen Seite sterben."

„Schade. Du wirst von hinten folgen. Jage sie. Ich baue eine zweite Streitmacht auf, die den Führern im Wald direkt entgegentreten wird. Sie werden nirgendwohin fliehen können."

Mit diesem Befehl verklang Naras Stimme. Ihr Geist wandte sich anderen Angelegenheiten zu. Meiner wandte sich der Armee zu, die mich nun anstarrte und auf weitere Befehle wartete.

Also marschierten wir nach Westen. In Richtung des Berges, Bryce und der Führer.

Als wir durch das Stadtzentrum gingen, wurde mir klar, dass wir nahe an der Wohnung vorbeikamen, die ich mit Selena und den anderen geteilt hatte. An Nicholas' Labor.

Ich wies die Geister an, ihren zerstörerischen Marsch hinter den Führern fortzusetzen, und bog in die rechte Seitenstraße ein. Nara war weniger aufmerksam als sonst. Zweifellos konzentrierte sie sich darauf, ihre zweite Armee aufzubauen.

Die Wohnung stand so da, wie ich sie zuletzt gesehen hatte. Drei Stockwerke schäbiger, aber stabiler Bauweise. Die Balkone, die Selena so gerne zum Hinausschauen nutzte, ragten mit ihrem schwarzen Eisen oben heraus, eine Feuerleiter verunstaltete die Seitenansicht.

Ich betrat Nicholas' Labor, das das gesamte Erdgeschoss einnahm, und hielt inne. Leer, bis auf ein paar alte Tische. Auf einem davon lag ein Stück Papier neben einer Box, die nicht größer als meine Hand war.

Auffällig abwesend war die Bombe. Der Reset-Knopf. Ich

hatte halb erwartet, dass sie auf uns im Uhrturm-Platz warten würde. Gedacht, sie würden sie drücken und uns zurückschicken.

Carver,

Anna erzählt mir, du seist auf dem Weg, uns im Auftrag irgendeines uralten Geistes zu ruinieren. Ich kann mir keine passendere Art vorstellen, wie unsere Zeit hier enden könnte, als durch deine Hand, obwohl ich gestehen muss, dass ich dich eigentlich für zu dickköpfig halte, um einfach Befehlen zu folgen.

Allerdings habe ich Riven als einen Ort der Paradoxe verstehen gelernt. Eine Welt, in der Wissenschaft locker mit dem Spirituellen verbunden ist und in der unsere stärksten Freunde vielleicht die meiste Hilfe brauchen. Und so biete ich dir ein Geschenk an, mit all meinem Dank.

Dein bescheidener Wissenschaftler,
Nicholas

Ich betrachtete die Box, klein und gedrungen und schwarz. Ein Geschenk. Was Nicholas in diesem Stadium für mich haben könnte, wusste ich nicht. Ich griff nach der Box, kein Verschluss hielt ihren Inhalt zurück, und drückte den Deckel nach oben.

Ich hörte den Knall. Meine Augen erfassten den Blitz, bevor sie sich reflexartig schlossen. Ich spürte das Feuer brennen. Sowohl die harte Hitze der orangefarbenen Flammen als auch das reinigende Blau.

„Komm zurück, Carver."

Was? Ich schwebte. Oder vielmehr, existierte an einem Ort, der nicht existierte. Eine riesige Leere. Eine, die ich wiedererkannte, von damals, als Dolan mich eingefangen hatte. Ein Ort der Schatten und flackernden Bilder.

Dies war, wie ich verstand, der Ort, an dem Geister verweilten, während ihre geistlosen Formen zum Zyklus wanderten.

„Sie sagten mir, ich sollte dich zurücklassen. Aber du hast

mich gerettet, also fühle ich mich verpflichtet, den Gefallen zu erwidern."

Ich sah mich um, konnte aber die Quelle der Stimme nicht finden. Konnte mich nicht erinnern, wem sie gehörte. Die Schatten verschoben sich. Ein Gesicht? Haare?

Etwas zog an mir, riss mich von den Füßen, so wie sie waren, auf den Rücken und ich fiel. Durch die Schatten und die Lichter. Bis die Welt um mich herum allmählich heller wurde und ich erkannte, dass ich in Annas Augen blickte.

„Da bist du ja", sagte Anna. Es gab ein Geräusch, irgendwo draußen, und ein besorgter Ausdruck huschte über ihr Gesicht. „Es tut mir leid, aber ich kann nicht auf dich warten. Wenn es dir besser geht, komm und finde uns. Wir gehen zum Berg."

Anna stand auf. Ich versuchte zu sprechen, aber mein Mund funktionierte nicht. Ich konnte meine Beine, meine Arme nicht spüren. Schmerz begann durchzusickern.

Anna zog ihren Flegel heraus, ließ die Kette nahe meinem Kopf baumeln. „Leb wohl, Carver. Ich hoffe, ich sehe dich wieder."

Und dann war sie weg. Ließ mich dort auf dem Boden des Labors liegen, während Horden von Naras Geistern durch die Gegend liefen.

Nicholas' Bombe hatte meinen Geist gebrochen. Es würde Stunden dauern, bis ich geheilt wäre. Stunden, die ich nicht hatte.

ABGETRENNT

Gefühl kehrte in meine Arme zurück, kribbelnde Empfindungen, die sich allmählich in die kühle Berührung des Steinbodens oder das raue Kratzen meines zerstörten Mantels verwandelten, als er mein Bein streifte. Die Decke verschwamm, als meine Augen sich langsam zusammensetzten.

Nicholas hatte mich nicht geschont.

Wäre Anna nicht da gewesen, um mich zurückzuholen, wäre ich immer noch in dieser dunklen Nova. Verloren. Unwissend.

Beim ersten Mal, als Dolan mich weggebrannt hatte, wusste ich nicht, was passierte. Er hatte mich so schnell zurückgerissen, dass ich keine Chance hatte, das Ereignis zu verarbeiten. Wir waren aus der Wüste weitergezogen, und ich hatte keinen zweiten Gedanken daran verschwendet.

Jetzt verstand ich, was passiert war. Wem ich dafür danken musste, dass ich in Rivens aschgraue Welt zurückgebracht wurde.

Ich griff durch Annas Verbindung. Sie entfernte sich. Auf

dem Weg zum Berg. Ich spürte eine Welle warmer Ermutigung von ihr. Irgendwie glaubte sie immer noch an mich.

Meine rechte Hand kam zu mir zurück. Ich tastete den Boden ab. Fühlte mich herum, da mein Hals sich weigerte zu drehen.

Nicholas' Bombe hatte meinen Mantel verwüstet und ein zerfetztes Durcheinander hinterlassen. Zumindest hatte die dicke Jacke etwas dazu beigetragen, das Hemd und die Hose darunter zu schützen. Sie fühlten sich verkohlt an, waren aber intakt.

Dasselbe konnte ich nicht von der Peitsche behaupten. Die Hitze schien das Kabel durchgebrannt zu haben. Der Griff saß im Holster, aber als Waffe hatte sie ausgedient.

Das Kratzen begann zunächst leise. Ein grummelndes Schaben. Die Labortür schwang auf und knallte gegen die Wand. Ich konnte mich nicht umdrehen, um zu sehen, aber ich spürte seine Augen auf mir. Das Schaben hörte auf.

Ein Geist, und nach der Geschwindigkeit zu urteilen, mit der er Gestalt annahm, einer von Naras.

„Er ist hier, ja", sprach der Geist zu niemandem. Zumindest zu niemandem hier. „Lebendig, ja. Seine Augen sind offen. Seine Hand hat sich bewegt."

Meine linke Hand tat nur weh. Ich konnte sie nicht bewegen. Beine konnten zucken, aber sich nicht beugen. Das Einzige, was ich hatte, war meine Rechte.

„Ich bin sicher, ja." Der Geist kam näher zu mir. Sein Kopf tauchte in meinem Blickfeld auf. Langes, strähniges Haar. Ein Gesicht, das jung hätte sein sollen, aber hart gezeichnet war. Sie blinzelte auf mich herab. „Lebendig, ja."

„Sie kann mich nicht spüren, oder?", sagte ich. Um Zeit zu schinden.

„Er spricht", murmelte der Geist. „Stellt Fragen."

„Frag sie", sagte ich.

Der Geist knurrte mich an und zog sich dann zurück. Starrte geradeaus auf die Wand des Labors.

„Er fragt sich, ob du ihn spüren kannst?"

Ich bewegte meine rechte Hand. Zog sie über meinen Körper. Zu meinem linken Holster. Zu dem langen Messer, von dem ich hoffte, dass es dort war. Als der Geist ihre Augen ruckartig wieder auf mich richtete, hielt ich inne.

„Nein, sagt sie. Du gehörst nicht mehr zu ihr."

„Ich kann sie spüren", protestierte ich. Meine Stimme kratzte. Wieder sah der Geist weg. Lauschend.

Meine Hand kam weiter. Umfasste das Ende des Griffs des langen Messers.

„Sie sagt, du lügst." Der Geist beugte sich nah zu mir. Ihre wahnsinnigen Augen fixierten meine, ihre Lippen teilten sich. „Sie sagt, dir ist nicht zu trauen."

„Wie heißt du?"

Eine Taktik, die ich schon früher bei Geistern angewandt hatte, besonders bei denen am Rande des Wahnsinns. Selbst wenn sie nicht die Absicht hatten zu antworten, würde der Geist für einen Moment an seinen Namen denken. Viele konnten sich nicht mehr daran erinnern, und diese Erkenntnis würde sie in Panik versetzen.

So wie bei diesem. Ihr Gesicht erschlaffte, weitete sich dann vor Sorge. Bis Nara diese Gefühle unterdrückte. Den Geist zurück zu seinem Ziel drängte.

„Sie sagt, du sollst beendet werden." Der Geist öffnete ihren Mund weit, das Innere viel zu nah und sichtbar für meinen Geschmack. Zähne, verbogen und gebrochen, kamen meinen Augen bedrohlich nahe.

Das Messer biss hart zu, obwohl ich nicht den richtigen Winkel hatte, um den Griff zu drehen. Mein Handgelenk drehte sich nicht. Der Geist fiel zurück, mein langes Messer steckte in ihrem Bauch. Zischend vor Wut, Schmerz. Pfei-

fende Schreie, die von den harten Wänden des Labors wider-
hallten.

Ich stieß mit meinem rechten Arm vor, zog meinen
Körper herum. Präsentierte dem Geist meinen Rücken, dann
meine linke Seite. Aber ich sah, was ich wollte.

Unter mir eingeklemmt, unter den Ruinen der Armbrust,
lag das große Schwert. Ich rollte mich leicht, gab meinem
rechten Arm genug Spielraum, um seinen Griff zu packen.
Beugte meinen Ellbogen, um die Spitze des Schwertes vielleicht einen Fuß hochzuschwingen.

Mir war nie bewusst gewesen, wie schwer die Klinge war,
bis jetzt. Plötzlich war ich mir nicht sicher, ob ich sie tatsächlich benutzen konnte. Ob ich sie hoch genug halten konnte.

Der Geist umklammerte das Messer und zog es heraus.
Es sah aus, als wollte sie die Klinge wegwerfen, hielt dann
aber inne. Wieder Nara.

So viel direkte Kontrolle aus solcher Entfernung. Wenn
nichts anderes, würde es Nara so beschäftigt halten, dass es
meinen Freunden etwas Zeit verschaffen würde. Ein paar
Geister mehr ungebunden lassen.

Der Geist stürzte auf mich zu, stolperte vorwärts und
schwang das Messer in ihrer rechten Hand. Hielt es zum
Zustechen nach vorne.

Ich drückte mit meiner rechten Hand, hebelte den Griff
des großen Schwertes in den Boden, während ich auf den
Rücken rutschte. Die Spitze ging hoch, als der Geist sich
näherte. Meine Klinge traf das Messer und schlug es dem
Geist aus der Hand. Aber dann war mein Zug vorbei.

Das große Schwert stand aufrecht, aber es war alles, was
ich tun konnte, um es so zu halten.

Draußen, von der Straße, hörte ich das Stampfen von
Schritten. Verstärkung, und ich bezweifelte, dass es
meine war.

Der Geist trat seitwärts näher an meinen Kopf heran, ihre Augen auf mein Schwert fixiert. Ich konnte es nicht bewegen, um zu folgen. Ich versuchte zu überlegen, welche Tricks ich noch hatte. Mir fiel nichts ein.

Als der Geist erkannte, dass ich nicht kontern konnte, breitete sich ein knorriges Lächeln über ihr Gesicht aus. Sie kam näher, um mich zu töten.

Als sie auf mich zustürzte, verschob ich meine Schulter, drückte meinen rechten Arm nach vorne. Ließ den Griff zurück zu meinem Kopf kippen. Die schwere Klinge fiel, direkt auf mich zu. Ich fixierte das Schwert für einen Moment mit meinen Augen, bevor das wilde Gesicht des Geistes meine Sicht blockierte.

Ich spürte, wie ihre Zähne in meine Haut bissen, und dann hörte ich den dumpfen Schnitt, als das große Schwert auf den Kopf des Geistes fiel, in ihn eindrang. Diesmal hatte ich den Hebel, um meine rechte Hand zu drehen, den Griff des großen Schwertes zu verdrehen und das blasse Feuer zu entfachen.

Die Flammen bedeckten meine Sicht, als sie den Geist verzehrten, der auf mir lag. Ich schloss für eine Sekunde die Augen. Begann mich zu entspannen. Bis ich wieder die Füße hörte. Ganz nah.

Ich hatte einen Geist überlebt, nur um durch das Dutzend, das jetzt kam, zu sterben.

VERWUNDETES RINGEN

Ich stieß den leblosen Geist mit meiner rechten Hand von mir. Ich spürte etwas Leben in meinem linken Bein, also drückte ich diesen Fuß gegen den Boden und rutschte zurück. Das verschaffte mir etwas Platz und einen Winkel, um zur Tür zur Straße zu schauen.

Dort sah ich Wahnsinn.

Geister verstrickten sich mit Geistern. Sie stürzten aufeinander zu, rollten auf der Straße herum. Einige hatten die verräterischen blauen Augen einer zornigen Seele, rasend und besinnungslos. Die anderen waren wahrscheinlich Naras Streitkräfte, die in einen Kampf hineingezogen wurden, den sie nicht gesucht hatten.

So viele wütende Geister bedeuteten, dass ein Riss in der Nähe sein musste. Ein Riss, der mir gerade jetzt das Leben rettete.

Ein Klirren lenkte meinen Blick zurück zu dem Geist, den ich gebändigt hatte. Das große Schwert war zu Boden gefallen, als der Geist aufstand, ihr Kopf stand in einem merkwürdigen Winkel von dem Schwerthieb. Ihre Augen waren leer, starrten emotionslos geradeaus.

Sie machte einen Schritt, dann einen zweiten und einen dritten. Zur Tür und hinaus ins Chaos. Ohne Unterbrechung würde sie den ganzen Weg zum Zyklus gehen.

Wo sie, wenn Nara bereit stand, wieder in den Dienst gebunden werden könnte.

Dagegen konnte ich jedoch nichts tun. Also schob ich mich zum großen Schwert hinüber. Diesmal bewegte ich mich zur Wand, das Schwert hinter mir herziehend, während ich kroch.

Ich rammte das Schwert in den Winkel zwischen Boden und Wand und drückte mit meiner rechten Hand. Ich drückte nach unten und schob mein linkes Bein unter mich. Mit meinem rechten Bein noch immer gerade ausgestreckt, war die Position äußerst unbequem.

Aber wenn ich nicht aufstehen könnte, wäre ich wehrlos gegen die nächsten Geister, die hereinkämen, ob es nun Naras oder wilde vom Riss wären.

Mit meiner rechten Hand ließ ich das Schwert los. Verlagerte mein Gewicht auf meine linke Seite. Lehnte mich vor, packte meinen rechten Knöchel und bog mein rechtes Bein unter mich.

Schmerz flammte auf und breitete sich aus. Meine Sicht verschwamm. Ich versuchte, mich zu konzentrieren. Ihn zu unterdrücken.

Der Schmerz ist nicht real, Carver. Du hast keine Nerven.

Wenn es nur so einfach wäre.

Draußen wurden die Schreie lauter. Mehr von ihnen. Geister, die hemmungslos ihre Frustration herausbrüllten. Was bedeutete, dass Naras Seite verlor. Oder das Feld räumte.

Bald würde ich Gesellschaft haben, sobald eine dieser zornigen Seelen hier hereinwanderte.

Wieder nahm ich das Schwert auf, jetzt in kniender

Haltung. Drückte es mit meiner rechten Hand gegen die Wand. Mein linker Fuß, dessen zerfetzter Stiefel an der Haut klebte, bewegte sich, bis er flach auf dem Stein ruhte. Dann drückte ich hart.

Ich mag geschrien haben.

Aber mich auf das Schwert stützend, stand ich auf. Mein rechtes Bein, immer noch ein gebrochenes Durcheinander, berührte den Boden. Ich wollte darauf noch kein Gewicht legen.

Ich blickte durch das Labor. Zu den Tischen zwei Meter entfernt. Das Schwert würde mein Gehstock sein. Mein linkes Bein meine einzige Balance. Wenn ich zu den Tischen gelangen könnte, hätte ich etwas Unterstützung. Könnte meine rechte Hand befreien, um das Schwert zu schwingen, zumindest einigermaßen.

Ein Körper krachte gegen die Außenseite des Labors, kratzende Hände und reißende Zähne verrieten, was mit ihm geschah.

Ich stieß mit dem Schwert vor, drehte mich und trieb die Spitze in den Stein. Ich hoffte, Mali hatte Dolans Schwert stärker gemacht als die Stadt. Dass ihr Geschenk an ihren Geistergefährten sich in den Fels beißen konnte.

Das Schwert traf den Boden und Funken flogen, aber ich spürte, wie sich die Spitze in den Grund bohrte. Es hielt mein Gewicht, als ich meinen linken Fuß einen großen Schritt nach vorne bewegte. Ich tat es ein zweites Mal.

Jetzt konnte ich die Tische erreichen. Noch ein Ruck mit dem Schwert, und ich wäre perfekt positioniert.

Aber mir war die Zeit ausgegangen.

Hinter mir hörte ich das wahnsinnige Murmeln, Knurren von einem Paar Geister. Ich riskierte einen Blick. Soldaten, ihr militärischer Verstand längst verschwunden. Sie sahen mich an, als wäre ich ihr Mittagessen.

Sie stürzten auf mich zu, die Augen weit aufgerissen und brennend. Ich wartete eine lange Sekunde, dann verlagerte ich mein Gewicht auf den linken Fuß. Drückte mit meinem linken Bein nach unten und schwang dann das große Schwert mit meiner rechten Hand.

Als sich mein Körper drehte, stieß ich mich mit meinem linken Bein ab. Die Hände der Geister streiften meinen zerfetzten Mantel, als ich mich drehte, das Schwert über den Boden schabend. Ich sah ihre Gesichter, ihre brennenden Augen, als ich fiel. Sie kamen weiter.

Mein Rücken traf die Kante des Tisches, und Nicholas' Arbeitstisch hielt stand. Ich nutzte den Hebel, zog das Schwert hoch in einem Kreuzschnitt, in den die Geister, ohne jeglichen Sinn in ihren Seelen, hineinrannten.

Ich drehte den Griff, als das Schwert schnitt und zog brennende blaue Linien über die ausgestreckten Arme der Geister. Sie landeten auf mir, drückten mich vom Tisch und zu Boden. Zusammengebrochen.

Ich sah die Unterseite des Tisches und hatte eine Idee. Die brennenden Geister rollten von mir herunter, und in Sekunden würden sie verschwunden sein. Mich wieder offen für Angriffe lassend. Es sei denn, die Geister könnten nicht erkennen, dass ich hier war.

Mit meiner rechten Hand hob ich das Schwert und hackte auf das vordere rechte Tischbein ein, das der Tür am nächsten war. Nach ein paar Schlägen brach das Bein in der Mitte durch und der Tisch neigte sich nach vorne, dann fiel er. Als er sich neigte, schob ich mich hinter die fallende Barriere.

Der Tisch lag zwischen mir und der Tür und versperrte jede Sicht nach draußen. Die Schreie waren abgeklungen. Der Riss würde immer noch Geister anziehen, aber da nichts sie hier hielt, würden sie auf der Suche nach Seelen zum Zerfleischen weiter umherstreifen.

Ich kauerte mich hinter diesen umgefallenen Tisch. Zog meine Beine zusammen, hielt das Schwert nahe und zwang meine Seele, zu heilen.

AUFSTEHEN

Hinter dem Tisch versteckt, während ich darauf wartete, dass mein Körper heilte, streckte ich mich über meine Verbindung zu Anna aus. Ich spürte ihre nervöse Aufregung und sprach zu ihr.

„Wo seid ihr alle?", sagte ich die Worte in meinem Kopf und richtete die Frage wie einen Ruf an einen entfernten Freund an Anna.

„Wir sind im Wald", antwortete Anna. „Wir schließen Risse und marschieren auf den Berg zu. Bryce führt uns an. Entschlossen."

„Überrascht mich nicht. Tut mir leid, dass ich nicht dabei sein kann."

„Noch nicht, meinst du."

„Ich verstecke mich hinter einem Tisch, Anna. Nicholas' Bombe hat mich wirklich in Stücke gerissen."

Eine Welle der Besorgnis strömte durch die Verbindung, zusammen mit ein wenig Gelächter.

„Wir konnten kein Risiko eingehen", übermittelte Anna. „Falls das Feuer die Verbindung zu Nara nicht gebrochen hätte, wollten wir nicht, dass du wieder auf die Beine kommst."

„Richtig. Stattdessen darf ich hier bleiben und Geister mit einem funktionierenden Arm bekämpfen."

„Ich dachte, du versteckst dich?"

„Jetzt." Ich lauschte. Geister rannten immer noch durch die Straßen draußen, aber nichts zog sie ins Labor. „Wie wollt ihr bis zum Berg durchhalten?"

„Wir werden es schaffen, weil wir müssen. Es gibt keine andere Wahl."

„Nicholas glaubt, dass seine Bombe funktionieren wird?"

„Gleiche Antwort, Carver. Sie muss einfach."

„Weißt du, was passieren wird, wenn es klappt, oder? Ich werde verschwinden."

Stille von Anna. Ein Hauch von Traurigkeit.

„Wir wissen es", Annas Worte kamen langsam. „Wenn Nicholas das schafft, was er verspricht, wird er auch weggeschwemmt werden. Und Selena. Und eigentlich wir alle, die noch hier sind."

„Das ist ein hoher Preis."

„Verglichen mit den Kosten, nichts zu tun?"

„Ich verstehe, worauf du hinauswillst."

„Ich glaube, du hast mir kurz nach unserem Kennenlernen gesagt, dass Führer jederzeit bereit sein müssen zu sterben, oder? Dass wir kein langes Leben erwarten könnten?"

Ich nickte niemandem im Labor zu. Es war ein mutiges Gefühl gewesen. Worte, die mich stark und wichtig fühlen ließen, besonders wenn ich sie mit einem Kind im Zug nach Chicago teilte oder in einem Zitat für eine von Oppermans Geschichten.

„Gehört zum Job", sagte ich zu Anna. „Nur weil es wahrscheinlich ist, heißt das nicht, dass man damit einverstanden sein muss."

„Sag mal. Würdest du wirklich hier bleiben wollen, in Riven? Für immer?"

„Es ist nicht alles schlecht." Ich überraschte mich selbst mit den Worten. Wie wahr sie waren. „Mit Selena und euch allen gibt es jede Menge Abenteuer. Orte zum Erkunden. Dinge zu tun. Die Landschaft könnte etwas Arbeit vertragen, und das Essen ist schrecklich..."

Anna sagte nichts. Nicht, dass es viel gab, was man jemandem sagen konnte, der bereits gestorben war und im Begriff war, wieder zu sterben, wenn seine Freunde ihren Willen bekämen.

„Außer", fuhr ich fort. „Weißt du was, ich bin wütend. Ich bin frustriert. Ich hatte nie die Chance, eine Familie zu gründen. Ein normales Leben zu führen. In einem Krieg für mein Land zu kämpfen oder einen normalen Job zu finden. Durch Zufall konnte ich ein Führer werden, und bevor ich es besser wusste, war ich einer. All die Dinge, die ich hätte tun können, kann ich nicht tun."

„So ist es für uns alle", kam Annas sanfte Antwort. „Wir sind Bauern in einem Spiel, das größer ist als wir. Carver, selbst mit all den Schrecken, all den Gefahren und all den Kämpfen haben wir wenigstens die Chance, die Welt zu beeinflussen. Du und ich, Bryce und die anderen Führer, wir gestalten die Zukunft aller."

„Ich weiß. Deshalb würde ich das gegen nichts eintauschen", ich verzog mein Gesicht zu einem Lächeln, von dem ich hoffte, dass es sich in meinen Worten widerspiegelte. „Ich brauche ab und zu eine Katharsis."

„Weißt du, was du stattdessen tun könntest?"

„Was?"

„Dich aufrappeln und uns nachkommen."

„Das könnte eine gute Idee sein." Ich testete meine Beine. Meine Hände und Füße. Mehr Gefühl. Ich konnte wahrscheinlich stehen, vielleicht humpeln. Ein oder zwei Schritte wagen.

Ich krümmte mich nach vorne und setzte mich auf. Legte meine rechte Hand auf die Tischplatte und zog mich hoch. Mein rechtes Bein war nicht begeistert davon, aber zwischen den Zuckungen hielt es stand. Ich beugte mich hinunter, hob das große Schwert auf. Hob es mit beiden Händen. Verlagerte die Waffe in meine Rechte und machte einen Schritt, die linke Hand bereit, mich am Tisch abzustützen.

Ich fiel nicht.

Machte noch einen Schritt. Erreichte das Ende des Tisches. Ich konnte das schaffen.

„Anna, es wird eine Weile dauern, aber ich bin unterwegs."

SEELENWETTE

Die Fabriken und Lagerhäuser der Teergrube waren
leer. Ihre Straßen waren frei von den umherir-
renden Geistern, die ich normalerweise sehen würde. Die
Risse hatten die Seelen anderswohin gezogen, und die
Führer hatten die Stadt so gut wie möglich von ihnen frei-
gehalten.

Mein Hinken wurde beim Gehen besser. Ich bewegte die
Finger meiner linken Hand. Schaffte es sogar, meinen Kopf
ohne Schmerzen von einer Seite zur anderen zu drehen. Die
Wunder des Totseins.

Nach einigen Stunden konnte ich das Westtor sehen, oder
besser gesagt, seine Ruinen. Die lange Schuttreihe, wo einst
der Torbogen gestanden hatte. Der halb zerbröckelte Wachturm auf der Südseite.

Und die Führer, die davor einen verzweifelten Kampf
führten.

Ich konnte nicht richtig rennen, aber als mein
humpelnder Trab mich näher brachte, sah ich das Paar
Führer vor der einzigen Tür des Turms. Sie kämpften gegen

eine Gruppe von Geistern, die ebenfalls bewaffnet waren. Also Naras Armee, die ein paar Nachzügler jagte.

Das Klirren von Metall auf Metall bestätigte, dass die Geister nicht die übliche Hände-und-Zähne-Meute waren. Ich verlangsamte meine Schritte, als ich mich näherte, und suchte Deckung in den zerrissenen Ruinen eines Wachhauses. Durch seine zerfetzten Wände bekam ich einen besseren Blick.

Was ich sah, gefiel mir nicht.

Vor der Tür, Seite an Seite kämpfend, standen meine am wenigsten geliebten Führer: Polk und Derringer. Sie versperrten mit ihren Körpern die Tür und drängten Naras Geister zurück. Die Chancen standen nicht gut; acht gegen die beiden, und Naras Geister schienen sich damit zufriedenzugeben, ihre Zeit abzuwarten. Sie stürmten ein und aus, auf der Suche nach einem schnellen Stich, anstatt des rücksichtslosen Ansturms, den ich von Geistern gewohnt war.

Polk und Derringer waren Menschen. Sie würden bluten, sie würden ermüden. Sie würden verlieren.

Obwohl ich nicht ganz mein heimliches Selbst war, war ich nicht bemerkt worden. Ich könnte in den Rücken der Geister waten, könnte sie niederschlagen. Andererseits hatten Polk und Derringer mich getötet. Hatten mir ein Messer an die Kehle gesetzt oder eine Pistole an den Kopf gehalten und abgedrückt. Welche bessere Gerechtigkeit gäbe es, als ihre Grausamkeit erwidert zu sehen?

Ich sah, wie Derringer einem Schwung des Geisterschwerts auswich, dann sah ich Polk über den Kopf seines Partners stechen und die Spitze seines Rapiers in die Brust des Geistes treiben, der in blauen Flammen aufging.

Ein starker Zug. Einer, der Polk ungeschützt ließ.

Das Beil kam auf Polks Rücken herab, der Geist schwang es mit beiden Händen. Der Führer brach über Derringer zusammen, der aus Reflex oder Geschick Polk perfekt zurück durch die Tür warf, während er selbst zurückwich, um den Eingang zu füllen.

Einer gegen sieben.

Selbst ich bin nicht so gemein.

Ich stolperte aus dem Wachhaus auf die schmutzige Straße und begann zu schreien. Wedelte mit den Armen. Versuchte, Aufmerksamkeit zu erregen. Die Geister und sogar Derringer drehten sich bei dem Lärm um. Starrten mich an.

Dann nutzte Derringer die Gelegenheit. Benutzte seine Schwerter und erstach den Geist, der ihm am nächsten war. Verbrannte ihn.

Jetzt zwei gegen sechs.

Die Geister teilten sich in zwei Hälften, drei wandten sich Derringer zu und ein weiteres Trio mir. Ich hatte den Beilmann, einen anderen Geist mit einem Paar langer Messer und einen, der einen Speer mit beiden Händen hielt. Alle drei Geister sahen aus wie schäbige Geister einer Krankenhausstation, gekleidet in fleckige Kittel mit pockigen Gesichtern.

„Nette Auswahl, Jungs", sagte ich und zog das große Schwert.

Der mit dem Speer hatte die Reichweite, und er führte den Angriff an, stürmte mit einem geraden Stoß vor, während die anderen beiden zu meinen Seiten ausbrachen. Ein guter alter Zangenangriff.

Also trat ich vor. Glitt gerade so an der Spitze des Speers vorbei, und als der Geist begann, seine Waffe zurückzuziehen, schwang ich das große Schwert quer. Der Geist war nicht weit genug weg, um der lodernden Spitze auszuweichen.

Ich behielt meinen Schwung bei, zog das Schwert und drehte meine Füße nach links, zwang den Beilmann zurück. Das ließ Langmesser frei, um auf meinen Rücken zu springen und mit diesen verdammten Dolchen zuzustechen. Aber ich drehte mich weiter, und er rechnete nicht mit seinem eigenen Schwung, und selbst als diese Messer in mich einstachen, flog er ab und schlug auf dem Boden auf.

Ich hob meinen Schwung, drängte den brennenden Schmerz beiseite, unterbrach meine Drehung zur Hälfte und brachte das große Schwert über meinen Kopf und herunter auf den messerschwingenden Geist. Er würde nicht wieder aufstehen.

Was den Beilmann ganz allein zurückließ.

„Carver!" Derringers schmerzerfüllter Schrei riss meinen Blick zurück zum Turm. Ein Geist war noch für ihn übrig, aber Derringer, der sich am Eingang anlehnte, hatte ein Messer in der Seite stecken. Eines seiner Schwerter lag am Boden. Der letzte Geist, der eine große Axt hielt, holte zum tödlichen Schlag aus.

Also tat ich das Einzige, was ich tun konnte. Ich drehte mich, legte mein Gewicht hinein und schleuderte das große Schwert durch die Luft. Es flog, sich drehend, und klatschte in die Beine des Axtmannes. Schnitt ein und brachte den Geist zu Fall.

Ich sah nicht, was Derringer dann tat, denn der Beilmann kam auf mich zu. Er schwang in Richtung meiner Brust, und ich tauchte nach vorne. Fing seinen Unterarm, bevor die Waffe herunterkommen konnte, und trieb uns beide in den Schmutz.

Leider bedeutete das, das Gesicht des Geistes aus der Nähe zu sehen; sein wunder, eiternder Albtraum war ein wahres Fest des Schreckens. Ich reagierte darauf auf die einzige vernünftige Weise, die ich mir vorstellen konnte - indem ich meinen eigenen Kopf nahm und gegen seine Nase schlug.

Mit meiner linken Hand versuchte ich, das Beil zu greifen. Scheiterte, als der Geist seinen Arm aus meiner Reichweite bewegte. Bereit, es auf meinen Rücken zu schmettern. Also schob ich meinen rechten Arm unter den Rücken des Geistes und zog, als er das Beil schwang. Riss den Geist über mich, sodass sein Schlag weit rechts vorbeiging.

Das Beil traf den Stein hart und prallte ab, aus seinem Griff. Ließ uns beide waffenlos zurück. Zwei Geister, die einander zerkratzten und zerrissen. Zumindest dachte ich, dass das passieren würde, bis der Geist, der mich anknurrte, erstarrte und zusammenbrach, als blaues Feuer um ihn herum brannte.

DERRINGERS VERSCHWITZTES, blutiges Gesicht tauchte über den Schultern des brennenden Geistes auf und suchte nach Anzeichen, ob ich noch am Leben war.

„Gerade so", antwortete ich auf die unausgesprochene Frage und warf den Geist von mir herunter. Mein Rücken brannte, aber im Vergleich zu Nicholas' Bombe war das ein Kinderspiel. Nichts dabei.

„Danke." Derringer half mir auf. „Kam aus dem Nichts."

„Bin immer noch nicht überzeugt, dass ich dir hätte helfen sollen." Ich stützte mich auf ihn, während wir zum Turm zurückgingen.

„Polk und ich waren die Wachen." Derringer führte mich hinein, und ich sah dort, in verschiedenen Verletzungszuständen, ein Dutzend Führer oder mehr liegen. Die meisten lehnten an den Wänden. Einige saßen am Boden. Ein paar lagen auf dem Rücken.

Mir wurde leicht übel. Fast hätte ich sie alle ihrem Tod überlassen, nur wegen meines eigenen Grolls.

„Zu verletzt, um weiterzugehen", hustete Polk, als er aufstand, um mir die Hand zu schütteln. „Bryce hat uns mit ihnen zurückgeschickt. Sind um die Gruppe von Geistern herumgegangen, die du angeführt hast. Schätze, das machst du nicht mehr?"

„Hab meine Meinung geändert", sagte ich. „Der Rest des Weges sollte nicht zu schlimm sein. Eine Bresche, aber es ist nicht überfüllt."

Derringer nickte. „Nehme an, du willst uns nicht eskortieren?"

Ich schüttelte den Kopf. „Muss die anderen einholen. Wenn sie keinen Erfolg haben, spielt es keine Rolle, ob ihr lebendig zurückkommt."

Keiner von ihnen protestierte. Sie alle wussten es.

ZWEI GHULE

Derringer kam auf mich zu, während ich auf die
Ruinen des Westtores starrte, die sich bereits mit
Ascheflocken überzogen. Die Durchbrüche im Wald und die
daraus hervorquellenden Geister jagten wahrscheinlich den
Führern nach. Naras Armee. Ein seltener Moment der Ruhe
für diesen Teil von Riven.

„Polk und ich können mit dir gehen. Wir können helfen",
sagte Derringer.

„Ihr werdet nicht mithalten können", erwiderte ich, ohne
ihn anzusehen. „Ich werde nicht müde. Jeder Geist, der mich
erwischt, von dem erhole ich mich in Minuten. Du bist
bereits verletzt. Polk kann kaum laufen."

Derringer sagte für einen Moment nichts. Dann spürte
ich seine Hand auf meiner Schulter. „Wir stehen hinter dir,
Carver. Ich weiß, du hast keinen Grund, uns zu mögen, und
das ist in Ordnung, aber wir unterstützen dich. Wir alle
wollen, dass du zu diesem Berg zurückkehrst, dich um Nara
kümmerst und Riven rettest."

„Du sagst, ihr steht hinter mir?" Ich sah Derringer an
und breitete dann meine Arme aus. Ich glaube, er dachte,

ich würde ihn umarmen, aber nein, ich hatte eine bessere Idee.

„Alles, was wir tun können."

„Gib mir deinen Mantel."

„Was?" Dann sah Derringer auf meinen, der weniger ein Mantel als ein Haufen Stofffetzen war. „Oh."

In Derringers Mantel, der an den Schultern etwas locker war, aber ansonsten gut saß, verließ ich den Wachturm und ging nach Westen. Jenseits des Tores und in die Lichtung vor dem Wald. Als ich mich den Bäumen näherte, drehte ich mich um. Blickte auf die zerstörte Mauer, das zerbrochene Tor und die Stadt, die dahinter lag. Ich würde nie wieder dorthin zurückkehren. Das wusste ich so sicher wie alles andere.

Entweder würden wir Erfolg haben, und der Zyklus würde über mich hinwegfegen und mich aus der Existenz tilgen. Oder wir würden scheitern, und Nara würde mich erneut an sich binden, um wieder ihr Sklave zu werden. Und wir würden im Berg das Ende von allem erwarten.

Ich hatte keine Traurigkeit verspürt, als ich daran dachte, dass ich meine Wohnung in Chicago nie wiedersehen würde. Ein Lächeln bei dem Gedanken an Ezra's, nie wieder ein Glas ihres schaumigen Biers oder warmen Kaffee an einem kalten Wintermorgen zu kosten. Riven hatte keinen dieser Reize, aber mir wurde klar, als ich dort stand, dass es mehr ein Zuhause für mich war als jeder andere Ort je gewesen war. Ich kannte seine Straßen, seine zerfallenden Gebäude, seine endlose Brise und Ascheflocken. Riven war nie sicher, aber es war ein Zuhause.

Um es jetzt zu schützen, musste ich es zerstören.

Mit dem großen Schwert vor mir ausgestreckt, meinen Rücken noch wund von der Axt, bewegte ich mich in den Wald hinein. Die grauen Stämme ragten hoch in die Luft, das dunkle Blätterdach filterte den nebligen Himmel. Geräusche von Geistern, die gegeneinander kämpften, drangen durch. Sie hallten von den Bäumen und dem Boden wider, sodass es schien, als wäre die ganze Welt um mich herum in einen tödlichen Kampf verwickelt.

Ich wusste, welche Richtung Westen war, und dorthin ging ich.

Ich streckte meine Gedanken nach Anna aus, um zu sehen, ob sie noch da war. Zuversicht strömte zu mir zurück. Ein leichter Anflug von Traurigkeit. Vielleicht verloren sie Führer. Vielleicht begriffen sie, dass dies sie auch ihr Leben kosten könnte. Resignation vor einer Notwendigkeit.

Mehrere Stunden in den Marsch hinein, oder zumindest schätzte ich das so, brachen die ständigen Krache, Knurren und Geräusche näher an mir aus als zuvor. Ich konnte Bewegung hinter dem nächsten Baum sehen und machte mich bereit. Wartete darauf, dass etwas hindurchbrach. Die Geräusche wendeten sich im letzten Moment ab, eine scharfe Änderung. Sie waren laut, ein Kampf zwischen mehr als nur Geistern.

Ich hätte nicht nachforschen sollen. Kein Grund, jetzt neugierig zu sein. Hätte einfach weitergehen sollen. Außer, ich wusste nicht, ob es wie bei Polk und Derringer war. Ein Freund, der Hilfe brauchte.

Also lief ich, anstatt vor dem Lärm wegzulaufen, darauf zu. Ging in eine Lichtung, die vorher nicht da gewesen war, aber jetzt, durch das Fällen von Bäumen durch Schläge und Körper, erschien ein gebrochener Kreis. Darin standen, ihre großen und dicken Arme gegeneinander schwingend, Malis goldener Ghul, der sich mit einem anderen, fremdartigeren duellierte.

Dieser Ghul, geformt aus den verschmolzenen Körpern verzehrter Geister, hatte sechs Arme und nutzte sie als Beine und für alles andere, was nötig war. Er rang mit dem goldenen Ghul, und sie warfen sich abwechselnd in der

Lichtung umher. Ich konnte nicht erkennen, wer am Gewinnen war, beide schlugen gleichermaßen aufeinander ein.

Das Monster stand auf zwei seiner Arme und packte die gepaarten Hände des goldenen Ghuls mit zwei weiteren, und dann ergriff es mit seinem obersten Paar den Kopf des goldenen Ghuls und begann zu drehen. Um den goldenen Ghul in Stücke zu reißen.

Malis Schöpfung war mein Freund gewesen.

Ich rannte vorwärts und schlug mit dem großen Schwert zu. Traf den Rücken des Monsters und schnitt tief in das dunkle, wirbelnde Fleisch. Das blaue Feuer meiner Klinge tanzte entlang der Schnittkanten, konnte aber nicht Fuß fassen.

Der Ghul bemerkte es jedoch. Er brach aus seinem Griff aus und stieß ein hochfrequentes Heulen aus, das, wie ich erkannte, aus einem Mund in der Mitte dessen kam, was ich für seine Brust gehalten hatte. Der Ghul drehte sich um und trat mit seinem unteren linken Bein zu. Traf mich direkt in die Rippen, obwohl ich dabei einen weiteren Schnitt mit dem Schwert anbringen konnte. Ich flog zurück, landete auf zerbrochenen Ästen.

Was machte schon ein weiterer blauer Fleck aus?

Der Angriff gab dem goldenen Ghul die Chance, wieder Fuß zu fassen. Er schlug auf das sechsarmige Wesen ein und trieb es mit der Kraft seiner goldenen Faust in den Boden. Doch aus seiner neuen Position, den Boden umarmend, packte der Ghul die Füße von Malis Kreatur und riss sie unter ihm weg. Der goldene Ghul stürzte zu Boden.

Das Monster nutzte seinen Vorteil; es kletterte auf den goldenen Ghul und begann, mit vier seiner sechs Arme auf ihn einzuschlagen. Es schlug und zerschmetterte meinen monströsen Freund.

„Mali hätte dich besser machen sollen", murmelte ich, als

ich aufstand. Ich richtete das Schwert und stürmte los, die Spitze wie einen Speer führend.

Als ich näher kam, verlangsamte das Monster seine Schläge mit dem mittleren linken Arm und schwang ihn mir entgegen. Ich trat nach links, um dem Schlag auszuweichen, und brachte dann das Schwert herum und ließ es auf den Arm niedersausen. Mit der zusätzlichen Kraft schnitt das Schwert durch und trennte die Gliedmaße des Ghuls ab.

Es kreischte und taumelte vom goldenen Ghul zurück. Diesmal verbrannte das blaue Feuer meines Schwertes die abgetrennte Hand und leckte am Stumpf. Als der Ghul zurückfiel, folgte ich ihm. Ich schlug jedes Mal zu, wenn der Ghul versuchte, mich mit seinen Armen wegzudrängen. Er hatte keine Verteidigung gegen das Schwert.

Oder so dachte ich zumindest.

Der Ghul hielt inne, und ich stieß vor, um direkt in seinen Mund zu stechen. Und dann kamen alle drei seiner verbleibenden Arme, die er nicht als Beine benutzte, aus verschiedenen Winkeln auf mich zu. Ich passte meinen Schwung an, um auf den rechten zu zielen, schlug quer über die ausgestreckte Hand des Ghuls, aber er kam weiter.

Der Ghul drückte das Schwert in meinen Körper und akzeptierte die blaue brennende Flamme. Ich spürte den Druck von allen Seiten. Zerquetschend, zermalmend. In einem Moment würde ich vollständig zerbrechen. Zu nichts als Staub zermalmt werden.

Bis Malis Ghul, das Ding, das mich in ihrem Tempel beinahe getötet hätte, kopfüber in die Mitte des Biests sprang. Es stieß mich aus seinen Armen und trieb seine goldenen Fäuste immer wieder in den anderen Ghul. Ich schlug auf dem Boden auf und blieb einen Moment lang still liegen, um herauszufinden, welche Teile von mir noch funktionierten.

Dank Malis Ghul konnte ich meine Arme und Beine

spüren. Ich war nicht zerstört wie nach Nicholas' Bombe. Knarrend stand ich auf, hob das Schwert vom Boden auf, ging um den goldenen Ghul herum, während er weiter auf das zappelnde Biest einschlug, und rammte dann meine Klinge in den Kopf des sechsarmigen Monsters. Ich ließ das blaue Feuer das Schwert hinunterfließen und in die Kreatur eindringen, wodurch die Verbindungen, die es zusammenhielten, verbrannt wurden.

Malis Ghul stand auf, als das Feuer seinen Feind vollständig verzehrt hatte. Er starrte mich mit einem Nicken an. Und dann wandte er sich zurück zu den brennenden Überresten.

Ich sah, warum. Als der Ghul brannte, traten Geister hervor. Die Quelle seiner Kraft und seiner Wut. Diese Geister waren die der Rechten und Linken Hand. Cheos Krieger, zerrissen und verwirrt. In verlorener Wut zusammengebunden.

„Cheo", sagte ich, als ich sah, wie der Anführer aus dem Feuer auftauchte. Er war jedoch nicht der Mann, den ich gekannt hatte. Wie die anderen hatte der Ghul jede Verbindung, die er noch zum Verstand hatte, zerrissen. Wäre ich noch menschlich gewesen, hätte ich noch Leben gehabt, hätte ich sie binden können. Wenn ich gewusst hätte, wie man Naras Technik anwendet, hätte ich das auch tun können. Aber ich sah die Ruhe auf diesem Gesicht, die ruhigen, klaren Augen, und legte meine Hand auf seine Schulter.

„Ich bin froh, dir den Frieden zu geben, den du gesucht hast", sagte ich, als Cheo mich ansah. „Deine Kampftage sind vorbei."

Einen Moment später ging Cheo seine letzten Schritte zum Zyklus.

WIEDERSEHEN

Ich schob das große Schwert zurück in seine Scheide und wandte mich nach Westen. Bereit, den Fußspuren von Cheos Geistern zu folgen und die Führer einzuholen, die sich auf den Berg zubewegten. Ich machte einen Schritt vorwärts und hörte dann ein Grollen hinter mir.

Oh. Über meine Schulter bemerkte ich den goldenen Ghul, der sich aufbaute.

Ich machte noch einen Schritt vorwärts. Ich spürte, wie der Boden unter meinen Füßen bebte, als der Ghul sich bewegte und mir folgte.

Schätze, er wollte mitkommen.

Von da an gingen wir weiter. Der Ghul folgte mir fast bis zur Grenze, schob Bäume beiseite, als wären sie Zweige, und blieb immer nur Zentimeter hinter meinem Fuß. Wenn die Vorstellung einer drei Meter großen lebenden Statue mit abgebrochenen Teilen, die hinter mir herging, nicht seltsam erschien, nun ja, ich war schon lange in Riven.

Dinge überraschten mich nicht mehr sehr.

Während wir uns bewegten, tauchten gelegentlich Geister

auf, aus Brüchen oder verlorenen Kontingenten von Naras Armee. Der Ghul und ich gingen mit ihnen mit gleicher Verachtung und Geschicklichkeit um. Ich schnitt oder stach zu. Der Ghul stampfte oder traf den Geist mit seiner Faust so hart, dass die Seele durch die Bäume flog und ihr Gesicht nicht wieder zeigte. So kamen wir voran. Mit jedem Schritt fühlte ich mich stärker. Meine Seele fügte sich wieder zusammen.

Ich weiß nicht, wie lange es dauerte, aber wir holten Naras Armee ein. Oder was davon übrig war. Als ich vom Berg aufgebrochen war, als Kommandant von Naras Streitmacht, waren über tausend Geister mit mir marschiert. Aber im Laufe der Zeit, als Brüche und Führer und wütende Geister an den Seiten gerissen hatten, marschierten nur noch etwa dreißig in irgendeiner Art von Ordnung. Als der Ghul und ich uns näherten, hielten sie an. Drehten sich um, um uns anzusehen.

„Carver!", hörte ich die Stimme; Bryces Ruf. „Wie wär's, wenn du sie von hinten nimmst und wir sie von vorne?"

Ich hob das Schwert hoch, signalisierte Zustimmung. Wir stürmten los. Naras Geister drehten sich um, die Hälfte von ihnen, um mich und den Ghul zu begrüßen, und die andere Hälfte, um dem plötzlichen Auftauchen eines Dutzends Führer entgegenzutreten. Führer, die ich erkannte. Anna und Bryce, Alec und mehr. Sie stürzten sich mit verzweifelter Wildheit auf die Geister. Wir alle wussten, dass dies der entscheidende Moment war, und wir würden nicht zulassen, dass die knurrenden Überreste von Naras Armee uns im Weg standen.

Der Kampf war schnell und unspektakulär. Eine ununterbrochene Linie von Schnitten und Wirbeln, durchsetzt mit blauem Feuer, und Naras Geister wurden vernichtet.

Als es vorbei war, half ich einigen der Führer, ihre Wunden zu versorgen. Bryce fand mich, als ich gerade dabei war, die Schulter eines Mannes wieder einzurenken, die ausgerenkt worden war, als ein Geist, den er gerungen hatte, darauf gefallen war.

„Nicholas ist gleich hinter dem nächsten Baumgruppe. Der Rest unserer Streitkräfte um ihn herum." Bryce musterte mich von oben bis unten. „Schön, dass du zurück bist, Carver."

„Wenn ihr mich zurückhaben wolltet, hättet ihr einen netteren Weg finden können, um zu fragen", sagte ich. „Eine Bombe zu hinterlassen, wirklich?"

„Wir wussten nicht mal, ob du sie überhaupt finden würdest", sagte Bryce. „Eher ein letzter verzweifelter Versuch als alles andere. Anna hatte mehr Vertrauen als ich."

„Danke."

„Aber jetzt, wo du hier bist, müssen wir entscheiden, was zu tun ist."

„Ich habe die Karte gesehen", sagte ich. „Ihr wollt sie im Inneren des Berges zünden."

„Nicholas glaubt, dass sein Gerät weit genug brennen wird, um den Berg zum Einsturz zu bringen. Um den Zyklus zu befreien." Bryce führte mich in die Bäume, weg vom Aufräumen. Hin zu Nicholas. „Wenn das passiert, wird der Zyklus durch den Wald wehen, über die Stadt -"

„Er wird alles auslöschen", sagte ich. „Ich weiß."

„Einschließlich dir. Und Selena."

„Wir sind bereits tot, Bryce." Ich grinste ihn halbherzig an. „Ich bin einmal gestorben, ich kann es wieder tun."

Mein Mentor nickte kurz. „Danke, dass du es verstehst. Der andere Teil davon ist natürlich der Rest von uns."

„Wir werden euch Zeit geben zu entkommen." Ich würde die Bombe nicht zünden, solange Bryce und Alec und all die anderen noch hier drin waren. Sie hatten Familien. Die ganze Sache wäre sinnlos, wenn es bedeuten würde, diejenigen zu töten, die ich liebte.

„Wir können das nicht dir allein anvertrauen", sagte Bryce. „Wenn du scheiterst, wenn Nicholas die Bombe nicht zünden kann, dann verlieren wir alles. Wer weiß, was Nara da oben für uns bereithält - wenn du allein bist, gibt es vielleicht keine Chance auf Erfolg. Wenn das bedeutet, dass wir uns selbst verlieren, dann sei es so."

Als wir zur Hauptstreitmacht der Führer kamen, konnte ich die Blicke auf mir spüren. Einige Hände gingen zu ihren Waffen, bevor sie sich bei Bryces Blick entspannten. Meine Kameraden, die mich zuletzt gesehen hatten, als ich durch ihre eigenen Reihen schnitt, hatten zweifellos einige Beschwerden. Schulden, von denen sie fühlten, dass sie beglichen werden mussten.

„Naras Einfluss ist gebrochen", verkündete ich den Führern. „Ich bin hier als ich selbst. Ich werde Nicholas und die Bombe in den Berg bringen, wir werden sie zünden und die Gefahr beenden, die Riven für euch und eure Familien darstellt."

Ich sah ein paar Kopfnicken, aber es schien, als wären die Führer nicht in der Stimmung für Reden. Da wurde mir klar, dass sie schon seit Tagen unterwegs waren. Schon viel länger hinübergegangen als für eine normale Jagd. Ihre Körper auf der anderen Seite waren in Gefahr.

„Bryce", ich wandte mich an ihn. „Du musst sie zurückbringen. Du musst zurück."

„Wie sollten wir das machen?", erwiderte Bryce. „Sie sind erschöpft. Nur einige von uns, die Stärksten und Erfahrensten, konnten ihre Ausdauer bewahren. Sie jetzt zurückzuschicken, durch diesen Wald, würde bedeuten, sie in den Tod zu schicken."

„Nicht, wenn sie eine Eskorte hätten."

„Dafür ist keine Zeit."

„Wir teilen sie auf", sagte ich. „Malis goldener Ghul geht

mit euch allen zurück in die Stadt. Nicholas und ich gehen zum Berg."

„Du, Nicholas und einige von uns", entgegnete Bryce. „Wie ich schon sagte, Carver, wir haben vor, das bis zum Ende durchzuziehen."

Bryce versammelte die restlichen Führer, diejenigen, die laufen konnten, und diejenigen, die die anderen tragen konnten, die es nicht konnten. Ich schickte den Ghul mit ihnen. Ich zeigte auf ihn und befahl dem Wesen, die Führer mit seinem Leben zu beschützen. Ich wusste nicht, ob es mich wirklich verstand, aber als die Führer sich auf den Weg zurück zur Stadt machten, zu den Orten, wo sie hinübergehen und in ihre Heimat zurückkehren konnten, folgte der Ghul ihnen.

Sie würden es schaffen. Sie würden gerettet werden.

Alec und Anna standen in der Nähe von Nicholas und betrachteten die Bombe, die an einem Karren befestigt war, der fast so groß war wie ich. Rohe Räder am Boden und Seile um das Gerät, die es an den Schildern festhielten. Um es gerade zu halten, um es sicher zu halten.

„Tut mir leid, dass ich dich fast umgebracht hätte", sagte ich zu Alec, als ich näher trat.

„Mich? Ich hatte beschlossen, dich nicht zu töten." Alec blickte zu Anna. „Ihretwegen. Ich, ich hatte erklärt, dass du deinen Nutzen überlebt hättest. Aber sie argumentierte, dass du noch eine Chance verdient hättest."

„Na dann, danke Anna", sagte ich. „Alec, ich werde dich nicht retten, wenn du in Schwierigkeiten gerätst."

„Mein Freund, wenn ich in Schwierigkeiten gerate, wird das das Problem der Schwierigkeiten sein, nicht meines."

Anna lachte. „Carver, ohne dich in der Nähe ist er nur noch unerträglicher geworden."

„Ich dachte nicht, dass das möglich wäre." Ich sah zu

Nicholas, der sich über die Bombe beugte und etwas an der linken Seite justierte. „Wird es funktionieren?"

Der Wissenschaftler richtete sich auf und sah mich mit ernstem Gesicht an. „Immer stellst du mich in Frage, und immer liegst du falsch. Warum sollte es diesmal anders sein?"

„Diesmal ist es anders, weil du versuchst, einen Berg in die Luft zu jagen. Nicht eine Peitsche oder eine Armbrust zu machen."

„Es sind alles Wunder, und ich bin ein Wunderwirker."

„Falls du dich fragst, Carver", warf Anna ein. „Ich bleibe bei diesen beiden nur dadurch bei Verstand, dass ich lange Spaziergänge mache. Lange Spaziergänge, bei denen ich jeden Geist finde und einfange, den ich sehe."

„Gesünder als Trinken, was meine Lösung war", erwiderte ich.

„Du deutest an, dass ich in irgendeiner Weise lästig bin", Nicholas zog gespielt scharf die Luft ein. Lächelte. „Du hast wahrscheinlich recht. Schön, dich wieder zu haben, Carver."

„Konnte das Finale nicht verpassen."

„Wir werden dieses Schwert von dir brauchen", sagte Alec. „Es wäre schön, wenn wir auch Selena hätten."

„Sie wird da sein", sagte ich. „Nur nicht auf unserer Seite."

„Noch nicht", Anna legte ihre Hand auf meine Schulter und zog mich dann in eine Umarmung. „Wir werden sie zurückbekommen. Vor dem Ende."

„Ich hoffe es", sagte ich. Und das tat ich. Wirklich. Ich hatte mich noch nicht von Selena verabschiedet. Ich wollte nicht in das große Nichts gehen, in das nächste große Abenteuer, ohne ein letztes Mal mit ihr zu sprechen. Unser Leben wurde uns gestohlen, und es war Zeit, es zurückzuholen.

Bryce gab einen Moment später das Signal. Zeit aufzubrechen, zum Berg. Um einen weiteren wahnsinnigen Geist in den Boden zu treiben.

DER PÖBEL

Der Berg ragte über dem Wald auf, kein Naturwunder mehr, sondern eine Falle, die mit hoffnungsvollen Absichten konstruiert wurde: Um Riven zu einem zweiten Zuhause für die Menschheit zu machen. Ein Traum, der zum Albtraum wurde.

Im Grunde war der Berg der einzige Grund, warum Riven überhaupt existierte. Ohne ihn wäre der Zyklus frei. Geister würden kurz nach ihrer Ankunft in seine blaue Unendlichkeit wandern.

Keine Risse. Keine Ghule. Keine Führer.

Aber da stand der Berg vor uns, und vor dem weiten Höhleneingang, durch den Hunderte und Tausende von Geistern auf ihrem Weg zum Zyklus passierten, stand Naras neue Streitmacht. Kleiner und konzentrierter, und angeführt von der Liebe meines Lebens. Meines Todes.

Selena führte mindestens hundert Geister an. Sie stellten sich hinter ihr auf, standen in Reih und Glied, in Abteilungen. Perfekte Linien, perfekte Soldaten.

Ein paar Dutzend von uns kamen aus dem Wald. Bryce, Anna, Alec, ich selbst und ein Haufen anderer Führer, die die

Reise gemacht hatten. Alle erschöpft. Alle langsam. Alle wussten, dass sie wahrscheinlich nicht nach Hause kommen würden. Heute waren sie hier für ihre Freunde. Für ihre Familien. Für ihre Heimat.

Ich würde sie nicht im Stich lassen. Ich würde sie nicht enttäuschen.

Nicht noch einmal.

Nicholas blieb hinten, versteckt unter den verlorenen Geistern, die sich weiterhin um uns herum auf ihrem leeren Gang zum Berg bewegten. Wir mussten ihn schützen. Wenn Nara Nicholas' Gerät zerstören würde, wäre alles verloren.

Ich hingegen. Ich war entbehrlich. Der einzige Geist auf unserer Seite. Das bedeutete, ich ging vorne raus. Ich behielt das große Schwert auf meinem Rücken, als ich auf Selena zuging, die einige Meter vor Naras Truppen stand. Ihre vielen Augen folgten mir, und ich blitzte kurz zurück zu diesem Moment in der Teergrube, als mein Vater, Graham, eine Fackel warf. So viele zielstrebige Gesichter auf mich gerichtet.

„Nara vermutete, dass du die Seiten gewechselt hast." Selena lächelte nicht, als ich herankam. Zog ihre Waffen nicht. Stattdessen sah sie mich an, wie jemand ein besonders hässliches Haus anstarren würde. Ein Objekt, sowohl gewöhnlich als auch unwichtig. Bei Bedarf zu erledigen oder zu ignorieren.

„Ich habe Probleme damit, Seiten zu wählen", sagte ich und breitete meine Hände aus, als ich näher kam. „Aber ich denke, dir würden die Vorteile auf dieser Seite gefallen. Die Leute sind zum einen netter."

„Sie werden nicht gewinnen", erwiderte Selena. „Schau sie dir an. Die Hälfte ist schon jetzt kurz davor umzufallen. Und die anderen... können die überhaupt ihre Schwerter heben?"

„Meine Liebe, ich fordere dich heraus, es herauszufinden."

Liebe. Dieses Wort schien Naras Bindung zu durchdringen. Ließ Selena zusammenzucken, für einen Moment wegschauen. Ihre Hände, bemerkte ich, ballten sich zu Fäusten. Für einen Augenblick hatte Selena ihren eigenen Körper zurück.

Als ihr Gesicht wieder zu mir hochkam, war Naras Maske wieder aufgesetzt.

„Nara ist bereit, euch allen eine letzte Chance zu geben", sagte Selena die Worte nicht zu mir, sondern über und um mich herum, zu Bryce und den anderen Führern. „Wenn ihr geht, wird sie euch unbehelligt in die Stadt zurückkehren lassen. Ihr könnt sicher zu euren Familien zurückkehren."

„Bis wann?", rief Bryce zurück. „Bis eure Armee wieder gewachsen ist und uns jagt? Oder bis ihr Riven unter der Last der Toten zerfallen lasst?"

Selena wandte sich wieder zu mir. „Ich sehe, Bryce hat sich nicht verändert. Er war noch nie ein Mann der Vernunft."

„Bist das du, oder spricht Nara?"

„Ich schätze, das wirst du nie erfahren", sagte Selena, und dann runzelte sie die Stirn. Ich bemerkte, wie eine einzelne Träne aus einem Auge lief. „Aber Carver, du solltest wissen, was als nächstes passiert, ist alles sie."

Selenas Hand bewegte sich schneller, als ich es für möglich gehalten hätte. Sie glitt in ihren Mantel und zog das Hackbeil zu einem Hieb auf meinen Bauch. Ich sprang nicht so sehr zurück, als dass ich fiel, meine Füße tanzten schnell unter mir, um das Gleichgewicht zu halten. Der Schnitt erwischte die Ränder meines geliehenen Mantels und riss ihn durch. Aber nicht mich. Kein blaues Feuer verbrannte meine Haut.

Ich griff hinter meinen Rücken und zog das Schwert in einem weiten Schwung, der Selena zwang, ihren Vormarsch zu stoppen. Ich hatte Reichweite. Ich hatte Kraft. Selena hatte

Geschwindigkeit. Schwer zu sagen, wer diesen Kampf gewinnen würde.

„Widersteh ihr", sagte ich und hielt das Schwert in Verteidigungsposition. Bereit, mich zu jeder Seite zu drehen, die Selena wählen würde.

„Ich kann nicht." Selena hob ihr Hackbeil in die Luft, drehte den Griff und ließ die Klinge in blauen Flammen aufgehen. Hinter ihr brüllten die Geister wie einer und begannen ihren Sturm auf meine Freunde. Das würde es sein, und ich wusste nicht, wie die Führer überleben konnten. Sie waren zu müde, zu erschöpft.

Selena ließ ihr Hackbeil fallen, ging in die Hocke. Bereit, auf mich loszuspringen.

Nur dass ich nicht stillstand.

Ich sprang nach links, warf mich in einen Haufen anstürmender Geister, die mich ignorierten, um auf die Führer loszugehen. Schwang das große Schwert durch ihre Reihen. Spürte, wie die Waffe biss und schnitt und brannte. Versuchte, so viele wie möglich mit jedem Ausfall und jeder Drehung mitzunehmen. Dolans Schwert sang, und es spielte eine feurige Melodie.

Selena war über mir. Ihr Hackbeil blockierte meinen Schlag, stoppte das Schwert. Ihr Messer stach auf mich zu. Ich drehte meinen Griff am Schwert um und wirbelte rückwärts. Weg von ihrem Messer.

Mit umgedrehtem Handgelenk hatte ich nicht den Hebel, um die Klinge aufrecht zu halten, und mein Schwert ging zu Boden. Fiel weg von Selenas Hackbeil.

Ich drehte mein Handgelenk erneut, unter dem Schwert, und schwang es hoch. Selena wich nach rechts aus, direkt in den Weg eines ihrer eigenen Geister. Die anstürmende Seele rammte Selena und warf sie zu Boden.

Ich hatte freie Bahn. Hob das Schwert, bereit es niederzuschlagen, als ich Annas Panik durch unsere Verbindung spürte. Eine lähmende Angst, eisige Kälte durch meinen Körper. Ich drehte mich um und blickte den Hügel hinunter.

Ich hatte getan, was ich konnte, aber die Führer wurden immer noch überrannt. Anna selbst, mit schwingendem Dreschflegel, hielt allein vier Geister in Schach. Sie blutete bereits, war schon verletzt.

„Du bleibst hier", sagte ich zu Selena, die versuchte, sich von dem Geist zu befreien.

Ich sprintete den Hügel hinunter und nutzte das Gewicht des Schwertes, um zusätzlichen Schwung zu gewinnen. Ich schlug nach Geistern auf meinem Weg nach unten, hackte ihnen die Beine unter dem Leib weg oder stieß sie gegeneinander. Alles, um ihre Zahl zu stören. Um zu verhindern, dass sie meine Freunde einfach überrannten wie eine Welle, die über einen kleinen Felsen bricht.

Ich traf die Geister von hinten und zerschnitt drei von ihnen mit einem breiten Hieb. Annas Dreschflegel erwischte den vierten. Sie schenkte mir ein kurzes, müdes Grinsen. „Wie gesagt, es ist gut, dass du zurück bist."

„Ich tue, was ich kann", erwiderte ich, drehte mich und legte zwei weitere mit ein paar Hieben um. Im Gegensatz zu Naras erster Armee, die ich in die Stadt geführt hatte, fehlte diesen Geistern Waffen und Disziplin. Nara geriet in Panik. Ich konnte an dem Strom gelegentlich aus dem Berg kommender und in selbstmörderischen Angriffen auf uns zustürzender Geister sehen, dass Nara mehr auf Masse als auf Strategie setzte. Ihre Streitkräfte lebten und starben durch Horden, nicht durch Geschick.

„Pass auf, Carver!", rief Alec, als ich mich um einen weiteren Geist kümmerte. Der Führer, seine Handschuhe in Flammen gehüllt, schoss zwischen Anna und mir hindurch und erwischte einen anderen Geist, von dem ich dachte, er sei gefallen, der aber nur gestolpert war und mit seinen Händen nach meinen Knöcheln griff.

„Geht zurück zu Nicholas." Ich brauchte sie beim Wissenschaftler. Ich brauchte sie weg von mir. „Ich kann ihre Klauen aushalten. Ihr nicht."

Aber ich konnte das Hackbeil nicht aushalten. Ich konnte Selenas Messer nicht aushalten. Sie kam unerbittlich auf mich zu. Ich hatte mein Schwert kaum rechtzeitig oben, um einen geraden Stich zu blocken, wobei die geriffelte Kante des Hackbeils genauso tödlich war wie der seitliche Hieb. Sie versuchte, mir das Messer in mein rechtes Bein zu rammen, aber ich wechselte in eine seitliche Stellung, sodass ihr Messer mich nur streifte. Nicht genug, um mich in Flammen zu setzen.

Ich drängte sie mit einer schnellen Serie von Einstichen zurück; kurze Stöße, die die Reichweite des Schwertes nutzten, um sie in eine defensive Haltung zu zwingen.

„Nara sagt, dass sie dir vergeben wird", sagte Selena, während sie um mich herumwirbelte und ihre Füße von einer Seite zur anderen in einem Kreis bewegte, ständig meine Bewegungen mit dem großen Schwert testend. Auf der Suche nach einer Gelegenheit, bei der ich aus der Position gerate. Bei der ich ihr nicht folge und mich für einen schnellen Schlag öffne.

„Wie gütig von ihr." Ich bewegte meine Füße geschickt. Wenn es eine Sache gab, die ich bei Bryce und unseren Jagden gelernt hatte, dann war es, dass Beweglichkeit der Schlüssel zum Überleben war. Bewegung hielt dich am Leben, was wichtiger war als ein glücklicher Treffer. Wir drehten uns, bis Selena hangabwärts von mir stand. Ein schlechter Zug.

„Sie denkt, es sei großzügig", sagte Selena. „Ich denke, es ist deine einzige Chance."

„Ich denke, du solltest besser aufpassen." Ich stürmte vor. Nutzte meine höhere Position, um einen Überkopfschlag aus einem Winkel zu führen, den sie nicht abwehren konnte, ohne beide Klingen über ihren Kopf zu halten. Aber ich hatte nicht mit ihrer Rolle gerechnet. Anstatt zu blocken, tauchte sie den Hügel hinunter. In Richtung Anna, die einen weiteren Geist abwehrte. Selena kam aus ihrer Rolle heraus, erhob sich und stach Anna mit dem Messer.

Ich sah, wie sich Annas Augen weiteten. Sah ihren Mund aufklappen, sah, wie sie sich vor Schmerz umdrehte und Selenas Messer mit ihrem Dreschflegel wegschlug. Anna taumelte gegen einen Baumstamm zurück. Die Schleicherin, die ich gefunden hatte, die ich vor all diesen Tagen und Monaten und Jahren im Zug getroffen hatte, hielt ihre Hand auf das aufblühende Rot an ihrer Seite.

Durch unsere Verbindung flossen Schmerz und eine plötzliche Schwäche.

Ich rannte. Folgte meinem Schwung. Selena drehte sich mit dem Hackbeil zu mir, aber ich ging an ihr vorbei. Führte einen Querhieb aus, der einen Geist erwischte, der Anna den Rest geben wollte. Selena hatte freie Schussbahn auf meinen Rücken.

Ich erwartete den Biss ihres Hackbeils, selbst als ich meine Füße aufsetzte, um mich umzudrehen.

Anna stieß sich vom Baum ab, ihre linke Hand hinterließ einen blutigen Abdruck. Sie schwang den Dreschflegel nach vorne, über meinen Kopf, als Selena vorstieß. Annas stachelige, brennende Kugel traf Selenas Schulter, lenkte ihren Schlag ab und setzte sie in Brand. Die blaue Flamme umhüllte meine Geliebte und löschte sie aus.

Ich wollte sie halten. Bei Selena bleiben und sie nie, nie verlassen. Aber während Selena brannte, musste ich mich umdrehen. Musste weiter das Schwert schwingen und mit meinen Mitführern kämpfen.

Einige fielen, andere hielten stand. Bryce stach immer wieder mit seiner Glefe zu. Alec setzte seine Handschuhe mit verheerender Wirkung ein. Andere Führer benutzten ihre

Messer, ihre Schwerter, ihre Äxte. Am Ende standen acht von uns inmitten einer Horde leerer Geister.

Nara, so schien es, hatte ihre eigene Lektion gelernt. Beschloss, alle neuen Seelen für später aufzubewahren. Sie gab uns einen Moment zum Durchatmen.

Anna sah grau aus. Blass und verloren. Ihre Augen trafen meine, als ich zu ihr hinüberging, ihren Rücken gegen den Baum gelehnt, ihren Dreschflegel am Boden, ihre Hände auf die Wunde an ihrer Seite gepresst, wo Selenas Messer tief eingeschnitten hatte.

„Du musst mich freilassen", sagte ich und betrachtete die Wunde. „Löse die Bindung. Nimm deine Kraft zurück."

„Aber wir brauchen dich, um das hier zu beenden."

„Ich brauche dich lebend", sagte ich. „Wir sind dem Zyklus jetzt so nahe, so nahe an Nara. Ich werde es für eine Weile abwehren können."

Anna starrte mich an. Dann schüttelte sie den Kopf. „Ich werde nicht. Ich werde dieses Risiko nicht eingehen."

„Dann versprich mir", sagte ich. „Versprich mir, dass du mich loslässt, wenn du musst."

„Nur wenn es unbedingt sein muss."

Bryce und Alec waren einen Moment später da. Alec schob Annas Arme weg und begann, die Wunde zu verbinden. Er riss Streifen von seinem eigenen Mantel ab und umwickelte den Stich. „Es ist ein weiter Weg zurück, Anna, also sollten wir uns besser auf den Weg machen."

„Ihr könnt sie hier nicht im Stich lassen", erwiderte Anna und schüttelte den Kopf.

„Der Weg ist frei", sagte ich. „Nara hat keine Kräfte mehr übrig. Ich kann es schaffen."

„Nein", sagte Bryce. „Du wirst Hilfe brauchen."

Mein Mentor drehte sich um und ging zu Selena, die gerade aufstand, verloren in dieser Welt. Er legte seine Hand auf ihre Schulter und begann, mit ihr zu sprechen. Er stellte die Vertrautheit her, die Beziehung, um eine Bindung zu formen. Nach einer Minute sah Selena, meine Selena, mich an.

„Carver? Sind wir frei?"

„Noch nicht."

Minuten später teilte sich die gesamte Gruppe in zwei Abschnitte auf. Bryce und die anderen Führer in einem. Selena, Nicholas und ich im anderen, zusammen mit dem Karren, der die Bombe trug.

„Nehmt Anna zurück", sagte ich und ließ meinen Blick wieder zu ihr wandern. Schwitzend und blass hatte Anna ihre Augen geschlossen. „Geht so schnell ihr könnt. Wir kümmern uns darum."

„Ich werde ihr durch unsere Verbindung Bescheid geben, wenn wir in Sicherheit sind", nickte Bryce Selena zu. „Damit du zünden kannst."

So gut wie jeder andere Plan. Während Geister an uns vorbeizogen, begannen meine Freunde den langen Marsch zurück zur Stadt. Zurück dorthin, wo sie überqueren konnten. Auf dem Weg würden sie zweifellos gegen andere Geister kämpfen müssen, die durch Risse strömten und in verstreuten, wütenden Wellen in immer größerer Zahl durch Riven streiften. Sie würden es schaffen. Sie würden überleben.

Es würde keine Rolle spielen, wenn wir versagten.

AM ABGRUND

Umgeben von den wandelnden Geistern betraten wir drei den Berg, wobei Nicholas das Gerät auf einem Karren hinter sich herzog. Geister füllten den Tunnel, alle bewegten sich hinunter zum Zyklus. Zu beiden Seiten zweigten Gänge ab, leer und unerforscht. Ich erinnerte mich an sie von unserem letzten Besuch.

„Es ist irgendwie passend", sagte ich. „Das Ende der Führer wird an dem Ort sein, wo sie einst begannen."

„Wo sie begannen?", fragte Nicholas.

„Mali erschuf den Berg, um den Zyklus zu beherbergen. Hier war es, sagte Dolan, wo er zuerst herausfand, wie man die Waffen herstellt, die brannten. Hier, wo die Führer blieben, als sie sich erstmals formierten, um gegen Nara zu kämpfen."

Ich wusste nicht, was ich sonst noch sagen sollte. Es gibt etwas an der tatsächlichen Konfrontation mit der Geschichte, das einen sprachlos macht. Mythos und Legende werden real und ziehen eine direkte Linie zu dir. All diese Ereignisse, diese Fehler und Erfolge führten zu uns dreien, die in einem letzten Versuch versuchten, all das auszulöschen.

Wir erreichten die Höhle, wo Piotr übergetreten war. Wo ich vor Monaten meine Eltern verloren hatte. Wir hatten unseren ersten echten Sieg errungen und unseren ersten echten Verlust erlitten.

Es wäre schön gewesen, Graham und Katherine an meiner Seite zu haben. Grahams selbstsicherer Optimismus, sein großer Hammer hätten uns mit Zuversicht erfüllt. Katherines Freundlichkeit, ihr Gespür für den besten Weg vorwärts ... aber sie waren nicht hier. Wir waren auf uns allein gestellt.

Links führten Stufen weiter hinab, tiefer in die Höhle. Am Fuß dieser Stufen würde der graublaue Ozean des Zyklus sein. Am Fuß der Stufen, da war ich mir sicher, würde Nara sein.

„Ich gehe voran", sagte ich, das große Schwert vor mir. „Selena, du bildest die Nachhut. Bleib zwischen allem und Nicholas. Und du, Genie, bring diese Bombe zur Klippe und bring sie zum Laufen."

„Müssen wir nicht auf Bryce und die anderen warten?", fragte Selena.

„Wir warten, wenn wir Zeit haben. Ich will, dass sie leben, aber wir können kein Risiko eingehen. Wenn wir keine Wahl haben, Nicholas, dann sprengst du das Ding."

Der Wissenschaftler nickte. Ich bemerkte keine moralischen Bedenken in seinen Augen aufblitzen. Keine Sorge, dass er es nicht durchziehen könnte. Nicholas kannte das Ziel. Er würde tun, was er tun musste.

Wir nahmen die letzte Treppe, vorbei an der Höhle, die zu Piotrs Aussichtspunkt führte, langsam. Am Fuß öffneten sich die Stufen in eine weite Kammer, die vom Zyklus dominiert wurde. Sein blaues Licht durchflutete alles, bedeckte unsere Gesichter, unsere Mäntel, unsere Gedanken in

Türkis. Vor uns marschierte eine Parade von Geistern über den Abgrund in das endlose Meer. Einer nach dem anderen, wie Tiere. Oder Maschinen.

„Ich habe es noch nie gesehen", sagte Nicholas. „Es ist wunderschön."

„Komm nur nicht zu nah ran." Ich verlagerte das große Schwert, sah mich um. Wo war Nara?

Nicholas bewegte den Karren in die Kammer. Schob ihn nahe an den Rand der Klippe. Geister liefen an ihm vorbei, an uns allen vorbei.

„Du bist zu mir zurückgekehrt", hallte Naras Stimme die Stufen hinunter. Sie war über uns. Den Weg zurück, den wir gekommen waren.

„Wo bist du?", rief ich. Ich scheuchte Selena an mir vorbei und wies sie zu Nicholas. Wir mussten ihn beschützen.

„Warum spielt das eine Rolle?", sagte Nara. „Es wird nichts daran ändern, was passieren wird."

„Was denkst du, wird passieren?"

Ein Teil von mir wollte sie am Reden halten, obwohl ich nicht glaubte, dass wir das Hin und Her einen ganzen Tag lang aufrechterhalten könnten. Oder länger, je nachdem, wie es Bryce und den anderen erging. Nara würde früher oder später herauskommen. Wir würden bereit sein.

„Du wirst verlieren", sagte Nara. „Du wirst es nicht einmal kommen sehen."

Ich positionierte mich vor den Stufen. Warf einen Blick zurück auf Nicholas und Selena. Sie schienen okay zu sein.

Ich spürte Hände, die meinen Mund, meinen Hals packten, mich zurückzogen und meine Arme an meine Seiten pressten. Schreie kamen von meinen Freunden, und Geister, von denen ich schwören könnte, dass sie vor einer Sekunde noch zum Zyklus liefen, zogen sie vom Gerät weg. Weg vom Zyklus. Gegen die Höhlenwände.

Geister hielten jeden von uns fest und befolgten

entschlossen den Befehl ihres Anführers. Nara, die die Stufen hinunter und in die Kammer kam. Sie ging auf die Bombe zu und starrte sie an.

Zwei andere Geister, beide Soldaten, folgten ihr. Persönliche Leibwächter.

„Was versucht ihr damit zu tun?", sagte Nara und sah zu uns zurück. „Was ist das? Eine Art Waffe?"

Mir wurde klar, hoffentlich auch Nicholas, dass Nara vielleicht noch nie eine Bombe gesehen hatte. Vielleicht hatte sie keine Ahnung, was so etwas bewirken könnte. Schließlich hatten Sprengstoffe keinen Platz in Riven. Vielleicht würde ihr der Gedanke, den Berg zu sprengen, niemals in den Sinn kommen. Es wäre nicht einmal eine Möglichkeit.

„Es gehört mir", sagte Nicholas. „Ich versuche, mehr über den Zyklus herauszufinden."

„Es spielt keine Rolle. Der Zyklus wird bald keine Rolle mehr spielen. Wir werden alle nach Hause zurückkehren."

Nara ging durch die Kammer, durch die Geister und auf Nicholas zu. Streckte ihre Hand nach seinem Gesicht aus.

Ich sah, wie Nicholas seine Schultern bewegte. Sah sie sich verschieben, und dann erkannte ich den Mantel, den er trug. Die Linien, die ihn kreuzten. Ich hatte einmal einen solchen Mantel gehabt, bis Geister ihn mir entrissen hatten. Als Nara danach griff, brach der Mantel in blaue, sich windende Flammen aus. Sie bedeckten den Geist, der ihn festhielt. Nara zuckte überrascht ihre Hand zurück.

Ich spürte das Zucken. Der Geist, der mich festhielt, schwankte, als Nara ihre eigene Bindung verlor. Ihre eigene Konzentration auf die Geister schwand in ihrer Angst. Ich nutzte den Vorteil. Drückte meine Füße auf den Boden und stieß den Geist zurück gegen die Wand hinter mir. Zerbrach ihn am Stein.

Die Hände des Geistes fielen ab und ich trat frei, das

große Schwert in meiner rechten Hand. Bereit, Naras Wahnsinn zu beenden.

Ich drehte das Schwert um und stach hinter mich. Spürte, wie es in den betäubten Geist eindrang. Verbrannte ihn. Nara rannte von Nicholas weg, zurück die Höhlentreppe hinauf. Feigling.

„Carver!", schrie Selena, und ich sah, wie ihr Geist Selena die Treppe hochzerrte. Hoch und weg vom Zyklus.

Ich wollte ihnen folgen, als Naras zwei Leibwächter mir den Weg versperrten. Sie waren groß, klobige Kreaturen. Aber sie trugen keine Waffen.

Als sie also auf mich zustürzten, benutzte ich das Schwert. Ein Schwung nach rechts, dann eine Drehung nach links. Zwei Schnitte, zwei brennende Geister. Der Weg war frei.

Nara brauchte bessere Wächter.

Nicholas eilte zu dem Gerät und warf mir einen Blick zu. Ich konnte Selena nachjagen. Oder ich konnte bleiben und Nicholas beschützen.

„Geh", sagte Nicholas. „Das war nicht meine letzte Überraschung." Er öffnete seine Jacke und enthüllte eine Reihe blauer Bolzen an der Innenseite, Ersatz für meine Armbrust. „Ich komme schon klar."

„Das will ich hoffen. Schrei, wenn sich etwas ändert."

Ich rannte die Treppe hinauf, Selena hinterher. Nara hinterher. Versuchte zu überleben.

GETRETTET

Ich ging die Treppe hinauf und hielt inne, als ich den Weg zur Aussichtsplattform passierte. Es gab zwei Orte, zu denen sie gehen konnten. Ich wusste nicht, welcher es war. Ich konnte Selenas Schreie immer noch hören, aber sie hallten durch die Höhle, prallten von den Wänden ab und machten es schwer zu erkennen, woher sie kamen.

Von überall, eigentlich.

Ich war kurz davor zu rufen, um zu fragen, in welche Richtung, als Schmerz durch mich floss. Es war jedoch nicht meiner, sondern Annas. Er kam durch unsere Verbindung. Er verschwand fast so schnell, wie er gekommen war, aber unsere Bindung wurde weiter geschwächt. Ich konnte es spüren, spüren, wie ihr Leben entglitt. Wenn sie sterben würde, wäre unsere Bindung verschwunden.

Ich schüttelte den Kopf. Ich konnte jetzt nichts für sie tun. Musste Selena finden, musste Nicholas in Sicherheit bringen.

„Die Aussichtsplattform!", hörte ich Selenas Ruf und ging

in diese Richtung. Sie hatte wohl erkannt, dass Anweisungen zu geben besser war als verzweifeltes Schreien.

Es gab keine Geister auf Piotrs Weg, also kam ich schnell voran. Ich sprang die Stufen hinauf. Stieß mich von den Wänden ab und hielt das große Schwert vor mir, stetig. Stürmte auf die Aussichtsplattform.

Der Wald erstreckte sich unter mir, fiel vom Berg ab. Ich konnte, fast wie Stadtlichter, leuchtende Risse sehen. Riven wurde überrannt, und es geschah immer schneller. Einige Risse sahen aus, als würden sie sich verbinden, große gelbe Seen verschlangen ganze Bäume. Irgendwo dort unten rannten Bryce und die anderen um ihr Leben.

Am Rand der Aussichtsplattform kämpfte Selena um ihres. Der Geist hatte sie gepackt, ein dürrer, aber starker Soldat, der Selenas Füße vom Boden gehoben hatte. Er bewegte sie in Richtung Kante, bereit, sie fallen zu lassen.

Ich konnte es nicht rechtzeitig dorthin schaffen. Selena würde fallen.

Ich hob das große Schwert über meinen Kopf, mit beiden Händen, und warf es nach vorne. Ließ los, als meine Hände sich nach unten bewegten.

Das Schwert flog durch die Luft, wirbelte um sich selbst. Es traf den Geist. Bohrte sich in seinen Rücken. Ging in Flammen auf. Der Geist fiel über die Klippe.

Und Selena ging mit ihm.

Ich rannte auf sie zu. Dorthin, wo sie gewesen waren. Tauchte und rutschte über den Felsen, streckte meine Hand aus, um zu sehen, ob es etwas zu greifen gab.

Fühlte nichts.

„Du wirst weiter greifen müssen", Selenas Stimme jagte mir einen Schauer über den Rücken. Ich spähte über den Rand; sie hing ein paar Meter tiefer, ihr Beil und das lange Messer hatten sich in den Felsen gebohrt und gaben ihr gerade genug Halt. Ich kroch weiter, lehnte mich hinunter und klammerte mich mit der linken Hand an den Felsen. Streckte meine rechte Hand aus. Selena blickte darauf, dann auf das Beil und das lange Messer.

„Lass es", sagte ich. „Es ist es nicht wert zu sterben."

„Du vergisst immer wieder, Carver, wir sind bereits tot." Selena ließ mit der linken Hand los, und das Beil fiel aus dem Berg und stürzte in die Unendlichkeit. Sie stützte sich auf das Messer und streckte sich, um meine Hand zu ergreifen.

Als ich Selena hochzog, löste sich das Messer. Selena hielt ihre rechte Hand um den Griff geschlossen. Nicht bereit, diese letzte Waffe aufzugeben. Ich rollte mich herum, nutzte den Hebel meines Rückens, um Selena hochzuziehen und auf die Aussichtsplattform zu bringen. Sie rollte über mich hinweg, und wir blieben beide einen Moment lang still liegen.

„Wie oft muss ich dir noch das Leben retten?", sagte ich zu ihr.

„Das Gleiche könnte ich dich fragen."

Und dann erinnerte ich mich an Nicholas. Allein dort unten beim Zyklus. Mit Nara, die durch die Höhlen streifte.

EIN GEFLÜSTERTES ENDE

Selena und ich sprinteten die Treppe hinunter. Zurück durch den geheimen Gang und hinunter zur Höhle und dem Zyklus. Jede Sekunde, die wir nicht an seiner Seite waren, konnte Nara einen Weg finden, den Wissenschaftler zu zerreißen. Das Gerät zu zerstören.

Selena und ich stürmten in die Kammer, schoben Geister beiseite und sahen das Gerät noch intakt auf der Klippe. Nicholas stand vor zwei schwelenden Geistern und beobachtete sie, um sicherzugehen, dass sie nicht wieder aufstanden. Hinter ihm, aus einer Gruppe von Geistern heraustretend, die zum Zyklus marschierten, ging Nara auf seinen Rücken zu.

Nicholas blickte auf, sah uns, hob eine Hand. Er sah Nara nicht, die sich näherte.

Ich rief seinen Namen. „Hinter dir!"

Der Wissenschaftler, dünn und schlaksig, die Augen vor Adrenalin glänzend, drehte sich rechtzeitig um, damit Nara ihn am Gesicht packen konnte. Ihre knochigen Finger umschlossen seine Wangen und ich sah, wie das Leben aus ihnen wich. Die Unabhängigkeit, die Freiheit, verschwunden.

Ich rannte auf sie zu. Ich konnte hören, dass Selena dasselbe tat. Obwohl wir nur Selenas Messer hatten, war ich entschlossen, etwas zu versuchen, irgendetwas.

Nicholas drehte sich zu mir um, zwischen Nara und mir. Er hob seine Hand, winkte einmal. „Auf Wiedersehen, Carver."

Der Wissenschaftler drehte sich um und sprang in den Zyklus.

Wir alle sahen zu, wie Nicholas im Blau verschwand. Dann sprach der alte Geist, der, der uns eigentlich helfen sollte, Riven zu retten, und der diese Träume zu Asche zerstreut hatte. „Er war das größte verbleibende Risiko", sagte Nara. „Ein Unbekannter. Ich weiß nicht, was dieses Ding ist, aber es muss einen Grund geben, warum ihr ihn hierher gebracht habt. Es muss einen Grund geben, warum ihr versucht habt, ihn zu retten."

„Das spielt jetzt keine Rolle mehr."

Ich wusste nicht, was ich denken sollte. Was ich fühlen sollte. Mit Nicholas' Verschwinden wusste ich nicht, wer das Gerät auslösen konnte, wenn überhaupt jemand. Ich wusste nicht, was der Plan war. Ich hatte einfach nie gedacht, dass wir scheitern würden. Ich hatte es nie kommen sehen. Wir hatten den Vorteil, wir hatten die Ausrüstung. Aber hier stand ich nun, unbewaffnet, am Ende der Welt.

„Was kommt als Nächstes?", sagte Nara und sah Selena an. „Stichst du mich? Verbrennst mich und wirfst mich in den Zyklus? Obwohl es dir nichts nützen wird?"

„Vielleicht nicht, aber es wird sich großartig anfühlen", sagte Selena. Sie machte einen Schritt auf Nara zu, und dann stürzte sich der alte Geist auf mich. Ich hatte keine Waffen, um sie zu schlagen, also tat ich, was ich konnte, und begegnete ihrer greifenden Hand mit einem Tackle. Schob sie zurück, entlang des Randes des Zyklus. Wir tanzten, ich versuchte, ihre Hände davon abzuhalten, meine zu ergreifen, mein Gesicht, meinen Hals, meine Handgelenke zu berühren, überall, wo sie eine Verbindung zu dem herstellen konnte, was von meiner Seele übrig war.

„Du bist so eine Enttäuschung", knurrte Nara, während wir rangen. Sie war stärker, als ich erwartet hatte. Aber wieder einmal konnten Erscheinungen in Riven trügerisch sein. Muskeln und Knochen spielten keine Rolle mehr, wenn man tot war. Das Einzige, was zählte, war deine Entschlossenheit. Deine Fähigkeit.

Nara hatte in ihren Jahrhunderten viel gelernt.

Sie verdrehte ihr Bein und erwischte meine Wade, warf mich zu Boden. Griff nach unten in Richtung meines Gesichts. Ich trat mit meinem Fuß nach oben und traf sie in den Magen. Trieb sie zurück.

„Kannst du nicht sehen, dass die Erde es nicht verdient zu sterben, damit du leben kannst?", schrie ich sie an.

„Ich denke schon, dass sie es verdient." Nara stürzte wieder auf mich zu. Ich konnte Selena hinter ihr sehen, die nach der richtigen Stelle suchte, um Nara mit dem Messer zu erwischen. Das war meine Hoffnung, das war mein Plan.

Aber Nara wusste das genauso gut wie ich. Sie drehte uns ständig, rotierte unsere Griffe, um Selena aus der Position zu bringen.

Ich musste etwas anderes versuchen.

Also ließ ich, als Nara wieder angriff, zu, dass sie ihre Finger um meinen Hals legte. Spürte, wie sie begann, meine Seele zu zerreißen. Spürte, wie Naras Flüstern in meinen Geist strömte. Und dann fühlte ich, wie sie verschwanden. Weggestoßen von Selenas brennendem blauen Messer.

Nara machte einen Schritt von mir zurück, Überraschung zeigte sich auf ihrem Gesicht. Sie konnte sich so etwas unmöglich vorstellen. Als ob der Gedanke an eine Niederlage nie ihren Sinn gekreuzt hätte.

„Von hinten erstochen", sagte Selena. „Sollte dir bekannt

vorkommen." Nara machte einen Schritt, ihr Mund bewegte sich, und dann brach sie in den Flammen zusammen. Sie schwanden um ihren Körper auf dem Boden. Ich ließ sie nicht aufstehen und stieß sie über den Rand.

Als Nara im tiefen Blau des Zyklus verschwand, wurde mir bewusst, dass alle drei Geister, die Riven erschaffen hatten, fort waren. Passend also, dass ihre Schöpfung mit ihnen gehen sollte.

Ich schenkte Selena ein Lächeln und begann, mich zum Gerät zu bewegen, als meine Welt explodierte.

Schmerz durchzuckte mich wieder, kam aus dem Nichts und überall her. Durch die Verbindung, die ich mit Anna teilte. Es war wild, unkontrollierbar, und ich wusste, es gab nur einen Weg, es zu stoppen.

„Lass mich los", sagte ich die Worte laut, aber schickte sie durch unsere Verbindung. Schickte sie zu Anna über die Entfernung zwischen uns. Wenn sie lebend zurückkommen sollte, brauchte sie all ihre Kraft. Sie brauchte den Teil von ihr, den sie mir gegeben hatte. Ich musste sie dazu bringen, ihn zurückzunehmen.

Verwirrung, Erleichterung flossen durch unsere Verbindung. Anna zögerte. Also drängte ich sie erneut. Flehte sie an. Versuchte, zuversichtlich zu sein, ihr zu vermitteln, dass dies meine Entscheidung war. Dass ich in Ordnung sein würde. Trotz der Tatsache, dass ich keine dieser Dinge wusste.

Selena kniete neben mir, ihr Gesicht eine Maske der Sorge, als sie fragte, was los sei, konnte ich kaum die Worte formen, um es ihr zu sagen.

Dann spürte ich es. Das seltsame Gefühl, wie mein Körper sich wieder zusammensetzte. Wie Anna mich verließ und abschnitt. Sie würde dasselbe fühlen. Kraft, die in ihre Glieder zurückkehrte. Wie das Aufwachen nach einem langen Nickerchen oder einer guten Mahlzeit. Ich hoffte, es würde genug sein.

Als die Trennung vollzogen war, stand ich auf, schmerzfrei.

„Es ist vorbei", sagte ich zu Selena. Nur war es das nicht. Ich hörte die Stimmen, die in meinen Kopf sickerten. Das Flüstern. Die endlose Parade von Aussagen, eine nach der anderen. Sie drängten mich, drängten mich, vorwärts zu gehen. Ein paar Schritte zu machen und zu verschwinden. All meine Sorgen, all meine Probleme würden aufhören.

Ich wusste, woher sie kamen, ich kannte diesen Ruf.

Der Zyklus wollte mich.

EIN PERFEKTES WARTEN

Selena hatte ihre Arme um mich geschlungen, bevor ich mich bewegen konnte. Ihr Mund war nahe an meinem Ohr, und ich hörte ihre Stimme.

„Carver, Carver komm zurück. Schieb es weg. Hör mir zu."

Die Worte kamen und gingen, vermischten sich mit dem wachsenden Chor von Flüstern. Forderungen. Drängende Impulse, in das tiefe Blau einzutauchen. Wie das Verlangen nach Tabak, Alkohol. Tiefe Bedürfnisse, die befriedigt werden mussten.

„Ich kann nicht dagegen ankämpfen", sagte ich und stieß Selena weg. Stand auf. Bewegte meinen linken Fuß, dann meinen rechten Fuß. Näher an den Rand.

Selena tackelte mich von hinten. Warf mich zu Boden. Rammte ihren Ellbogen in meinen Rücken und drückte mich auf den Boden.

„Du wirst mich hier nicht allein lassen", sagte Selena, ich konnte hören, wie ihre Stimme brach. „Nach all dem wirst du mich nicht allein lassen. Nicht hier. Nicht jetzt."

Die rohe Emotion in diesen Worten durchbrach die

Barriere. Dämpfte die Kraft des Rufs des Zyklus gerade genug, damit ich innehielt. Um meine Hände, meine Beine, meinen Mund zu spüren. Um die Kontrolle zu übernehmen. Aber ich sagte Selena nicht, sie solle aufstehen. Noch nicht. Nicht bis ich sicher war.

„Sprich weiter", sagte ich. „Ich brauche dich."

Selena tat es. Sie sprach in Geschichten und Erinnerungen und Gedichten. Sie erzählte mir, wie sie sich fühlte, als wir uns zum ersten Mal trafen. Als ich sie vor dem Geist und den Straßen gerettet hatte. Sie erzählte von der Wohnung, den langen Tagen des Zeichnens und dem Versuch, eine Leidenschaft in Riven zu finden, und wie sie es liebte, wenn ich an der Tür stand, um Aufregung zu bieten.

Sie erzählte mir von dem ersten Mal, als sie das Hackbeil hielt. Mehr als eine Waffe war es ein Symbol der Unabhängigkeit. Etwas, das sagte, dass dies auch ihre Welt war und sie einen Platz darin hatte. Nicht länger der Gnade anderer ausgeliefert war. Sie konnte ihr eigenes Schicksal lenken.

Sie sprach darüber, wie sie sich mir näher fühlte als jedem anderen. Wie die Zeiten, als wir beide durch die fremde Welt reisten, die besten ihres Lebens waren. In Riven oder außerhalb. Dass wir beide als Team, ob wir uns Schrecken stellten oder einfach nur zusammen durch die endlose Wüste oder Getreidehalme wanderten, diese Momente waren es, die sie schätzte.

Selena begrub den Zyklus unter ihren Worten. Ihre Liebe beruhigte das Flüstern, dämpfte die Schreie. Ich verfiel in eine Trance, während ich allem zuhörte, was sie sagte. Als sie fertig war, bevor sie etwas anderes beginnen konnte, hob ich einen Arm. Mein Gesicht lag noch immer auf dem Felsen, aber ich sprach trotzdem.

„Danke", sagte ich. Vielleicht gab es mehr zu sagen. Aber in diesem Moment schien nur das wichtig zu sein.

Selena ließ mich einen Moment später aufstehen, aber ich

bemerkte, dass sie bereit blieb. Willens, sich wieder und wieder und wieder unter meine Beine zu werfen, wenn nötig.

Um uns herum setzten die Geister ihren verdammten Marsch fort, als ob nichts von all dem geschehen würde. Ein Publikum, das sich des Schauspiels vor ihnen nicht bewusst war.

Das Gerät lag da. Wartend.

Ich ging darauf zu. Eine massive, schmutzige Metallkugel, mit einer kleinen Luke, die sich öffnete, als ich sie hineindrückte. Innen saß eine kleinere Kugel, verbunden mit der äußeren durch viele Speichen. Ein einfacher Schalter, den man drücken konnte, befand sich darin.

In das Metall darüber war eine Nachricht eingraviert.

An denjenigen, der zufällig dieses Gerät aktiviert, möchte ich Folgendes weitergeben:

Das Drücken des Schalters wird das Verfahren aktivieren. Genau 10 Sekunden danach wird der innere Kern zünden. Die Strahlen werden kurz darauf ausgesandt und lösen die erwartete Kettenreaktion aus.

Ich warf einen Blick auf Selena. „Er sagte, das wäre komplex, es sieht aus, als wäre es nur ein Schalter."

„Vielleicht wusste er es", sagte Selena. „Vielleicht verstand er am Ende, dass es nicht so einfach sein würde. Dass er es vielleicht nicht schaffen würde."

Ich schaute wieder in Richtung des Schalters und bemerkte eine weitere Reihe von Gravuren. Unter dem Knopf. Diese in einer unordentlicheren Schrift.

Wenn du dies liest, dann vergib mir. Der Zyklus ruft mich, und wenn ich ihn sehen soll, brauchte ich einen Grund. Dies war meine Chance.

Dein Freund,

Nicholas

„Ich wusste schon immer, dass Nicholas ein schlauer Kerl

war", sagte ich, nachdem ich Selena die Nachricht hatte anschauen lassen.

„Er hat seinen Wunsch bekommen", antwortete Selena.

„Also wann drücken wir ihn?"

„Wenn Bryce uns das Signal gibt."

Ich weiß nicht, wie lange wir dasaßen, Geschichten erzählten, uns umarmten und im blauen Leuchten des Zyklus badeten. Die Geister beobachteten, wie sie in ihrem endlosen Marsch vorbeizogen. Es war ein langer, perfekter Abschied. Wir beide zusammen in unserem Warten auf das Ende.

Als Selena sich aufsetzte, wusste ich, dass der Anruf gekommen war. Bryce hatte es nach Hause geschafft.

„Er lässt uns danken", sprach Selena und wiederholte Bryces Worte an sie. „Dass sie es zurückgeschafft haben, mit überraschender Hilfe von einem goldenen Ghul, der, zurück-wandernd aus der Stadt, sie gefunden hat."

„Malis beste Schöpfung."

„Anna hat es geschafft", sagte Selena. „Alec sagt, Laurence wird sie ins Krankenhaus bringen. Bryce sagt, wir sollen es zünden."

„Bist du bereit?"

Selena nickte. Ich bewegte mich auf die Bombe zu, hielt inne. Drehte mich zu ihr um. „Zusammen."

Wir beide griffen hinein, ihre Finger ruhten leicht auf dem Schalter. Selena flüsterte *jetzt* und wir drückten ihn herunter. Das einzige Geräusch war ein leichtes Zischen, als ob etwas zu brennen begonnen hätte.

Ich schloss die Luke. Selena traf meinen Blick, ich traf ihre Lippen, und die Welt wirbelte davon.

FRIEDEN

Anna ging die Allee entlang, auf einem breiten Bürgersteig unter hochaufragenden Gebäuden. Täglich wuchsen sie höher und höher. Jetzt, da der Krieg vorbei war, wurden jede Menge Energie und Materialien in das Wachstum der Stadt gesteckt. Zeppeline füllten den Himmel, weniger Mechs liefen durch die Straßen. Trotzdem fühlte Anna Erleichterung, als sie Ezras Bar in Sicht bekam. Eine Art Zuhause. Durch den Luftreiniger und hinein in die gediegene Bar. Über der Theke hing dieses Bild mit dem fantastischen Orchester, darunter drangen jazzige Klänge aus den Lautsprechern. Alec war schon da und nippte an seinem Kaffee. Auf dem Tisch stand eine Tasse Tee, nur für sie.

„Ist schon 'ne Weile her", sagte Alec, als Anna sich setzte.

Das stimmte. Monate. Es gab nicht mehr viele Gründe, sich so weit von zu Hause zu treffen. Sie hatten keine regelmäßigen Treffen mehr. Die Führer als Ganzes hatten mehr oder weniger aufgehört zu existieren. Bryce meinte, er würde ab und zu nachsehen. Rüberwechseln und auf dem kleinen Stück Riven stehen, das noch übrig war. Anna hatte es nicht versucht. Die meisten Übergangspunkte, die Betten, an die sie gewöhnt waren, würden dich direkt in deinen eigenen Untergang führen. Sie hatten auf diese Weise ein paar Führer verloren, direkt danach. Jetzt gab es nur noch spezielle Orte, die mit dem kleinen verbliebenen Fetzen von Riven verbunden und dafür bestimmt waren.

„Er kommt heute, oder?", fragte Alec. Anna nickte.

Sie verbrachten die nächste Stunde damit, ihre Leben Revue passieren zu lassen. Sie brachten sich gegenseitig auf den neuesten Stand, so wie es, vermutete Anna, normale Menschen taten. Es gab keine giftigen Ghule, keine wütenden Geister, die sie störten. Keine Diskussion über versteckte Feinde, niederträchtige Machenschaften. Nein, zum ersten Mal hatten sie nur über die Miete zu klagen. Neue Restaurants. Das Gespräch verlief sich.

Dann gesellte sich eine dritte Person an den Tisch. Anna hielt inne. Sie sah den Mann an.

Opperman, der Reporter, nahm Platz und zog einen Notizblock hervor. „Also, ich höre, Sie haben eine Geschichte zu erzählen."

IN FERNER ZUKUNFT erwacht ein schlafender Android auf einem riesigen Raumschiff und erkennt, dass die letzten Hoffnungen der Menschheit auf ihm ruhen.

Beginnen Sie ein neues Abenteuer mit Der fernste Stern, Die fernen Horizonte buch Eins.

ÜBER DEN AUTOR

A.R. Knight erzählt Geschichten in einem frostigen Haus in Madison, Wisconsin, das hauptsächlich einem Katzenpaar gehört. Nachdem er durch den Wirtschaftscrash 2008 in den Arbeitsalltag hineingezogen wurde, verbrachte er langweilige Meetings damit, durch den Weltraum zu fliegen und große Abenteuer zu erleben.

Schließlich verbrachte er Zeit mit Podcasts, Drehbüchern, Kurzgeschichten und anderen Romanen und fand eine Geschichte, in die er sich hineinversetzen konnte, sowie eine Besetzung unterhaltsamer und herzenslustiger Charaktere.

A.R. Knight möchte in andere Welten vordringen und in den grenzenlosen Grenzen unserer Vorstellungskraft neue Geschichten erzählen.

Vielen Dank, wie immer, fürs Lesen!

Für mehr Informationen:
www.blackkeybooks.com

Für Matthew